光文社古典新訳文庫

ナルニア国物語⑥

銀の椅子

C・S・ルイス

土屋京子訳

kobunsha classics

光文社

Title: THE SILVER CHAIR
1953
Author: C. S. Lewis

『銀の椅子』もくじ

King Caspian X

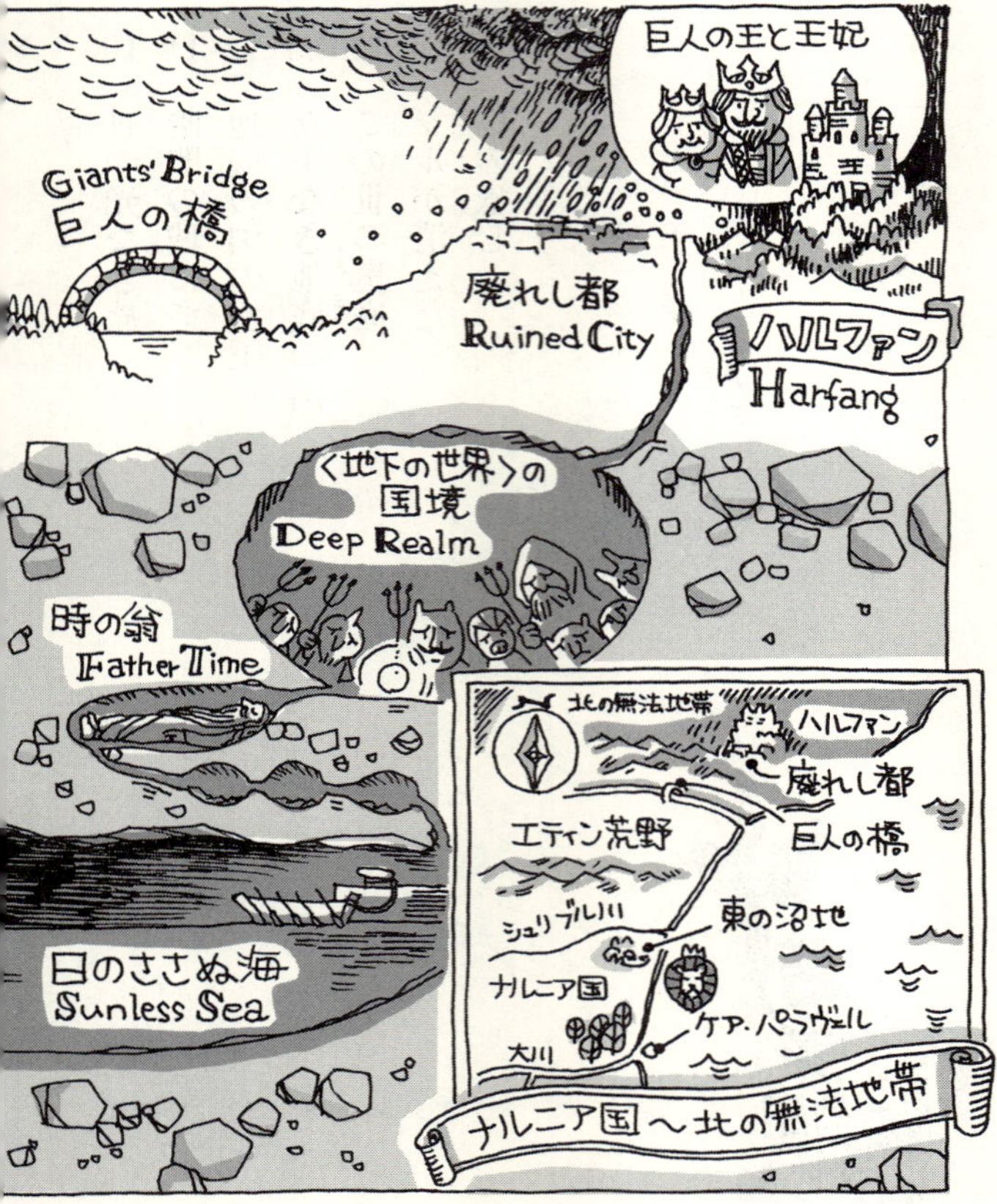
巨人の王と王妃
Giants' Bridge
巨人の橋
廃れし都
Ruined City
ハルファン
Harfang
〈地下の世界〉の
国境
Deep Realm
時の翁
Father Time
日のささぬ海
Sunless Sea
北の無法地帯
ハルファン
廃れし都
エティン荒野
巨人の橋
シュリブル川
東の沼地
ナルニア国
ケア・パラヴェル
大川
ナルニア国〜北の無法地帯

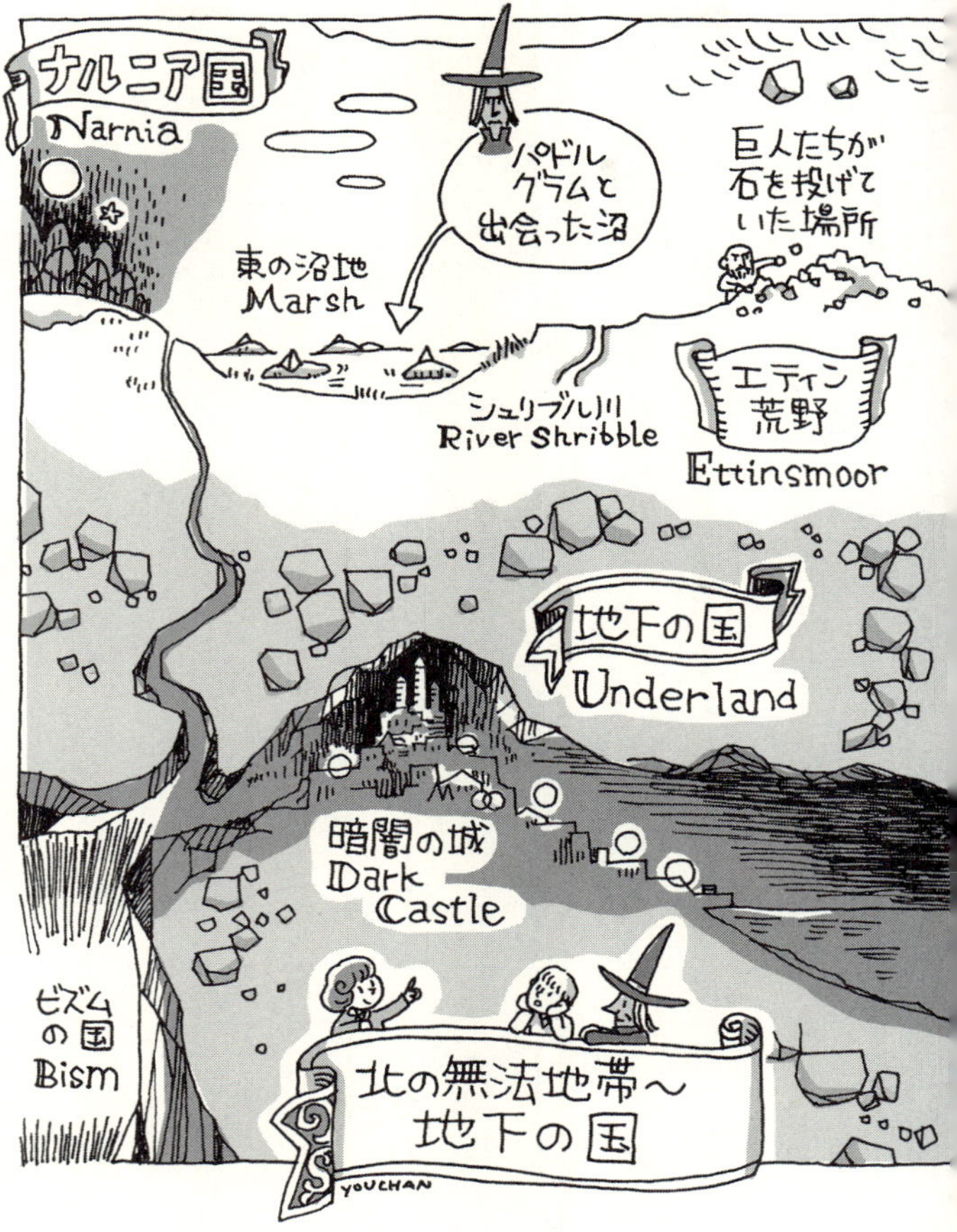

ナルニア国
Narnia
パドルグラムと出会った沼
巨人たちが石を投げていた場所
東の沼地
Marsh
シュリブル川
River Shribble
エティン荒野
Ettinsmoor
地下の国
Underland
暗闇の城
Dark Castle
ビズムの国
Bism
北の無法地帯～地下の国
YOUCHAN

挿画・地図／YOUCHAN

銀の椅子

ニコラス・ハーディーへ

1　体育館の裏《うら》で

どんより曇《くも》った秋のある日、ジル・ポウルは体育館の裏で泣《な》いていた。泣いていたのは、いじめられたからだ。しかし、この物語は学校生活の話ではないので、ジルの学校のことは必要最小限《ひつようさいしょうげん》にしておこう。いずれにしても、愉快《ゆかい》な話題ではない。その学校は「男女共学校《きょうがくこう》」で、当時は「ごちゃ混《ま》ぜ」学校などと呼《よ》ばれていた。もっとも、共学校を運営《うんえい》している人たちの頭の中のほうがよほど「ごちゃ混ぜ」だという説《せつ》もあったが。共学校を運営している人たちは、子どもたちには好《す》きなことをさせて放っておくべきである、という考えの人たちだった。しかし、あいにく、最上級生《さいじょうきゅうせい》の男女一〇人から一五人ほどにとって、何より「好きなこと」とは、ほかの生徒《せいと》たちをいじめることだった。その結果《けっか》、この学校ではありとあらゆる恐《おそ》ろしいことが日常的《にちじょうてき》に横行《おうこう》していた。普通《ふつう》の学校ならば、いじめなどは一学期の半分もたたないうちに見つかってやめさせられるものだが、この学校ではそうではなかった。たとえいじめが見つかったとしても、加害者《かがいしゃ》の生徒《せいと》が退学《たいがく》になったり罰《ばつ》を受けたりすることはなかった。校長はいじめを「興味深《きょうみぶか》い心理学的症例《しんりがくてきしょうれい》」などと称《しょう》して加害者の生徒たちを校長室に呼《よ》び、何時間も話を聞くのだ。校長が気にいるような返事をするだけの知恵《ちえ》がある生徒なら、たいていは、退学どころかむしろ校長のお気に入りになるというわけだ。

ジル・ポウルがどんより曇《くも》った秋の日に体育館と裏手《うらて》の植えこみにはさまれたじめじめとした小道で泣《な》いていたのも、そのせいだった。ところが、泣いた涙《なみだ》も乾《かわ》かないうちに、一人の少年が両手をポケットに突《つ》っこんだかっこうで口笛を吹《ふ》きながら体育館の角を曲がって裏の小道へはいってきた。そして、すんでのところでジルにぶつかりそうになった。

「自分の前ぐらい見て歩けないの？」ジル・ポウルが言った。

「わかったよ、そんなに突っかからなくても――」と言いかけて、少年は相手の顔に気づいた。「あれ、ポウル、どうしたの？」

ジルは黙《だま》ったまま顔をしかめた。何か言おうとしたらまた泣《な》いてしまいそうなとき、誰《だれ》でもそんな顔をするものだ。

「〈あいつら〉だね。またか」少年は険《けわ》しい表情《ひょうじょう》で、両手をポケットにさらに深く突《つ》っこんだ。

ジルはうなずいた。言葉を口に出せたとしても、何も言う必要《ひつよう》はなかった。二人ともわかっていたのだ。

「ね、考えてみなよ」少年が言った。「こんなことしてたって、ぼくたちみんな——」

悪気《わるぎ》はないのだが、この少年はついつい説教《せっきょう》口調になってしまう癖《くせ》があった。ジルはカッとなってかんしゃくを起こした（泣いているところを邪魔《じゃま》されれば、誰だってそうなるだろう）。

「あっち行って。ほっといてよ」ジルは言った。「誰もあんたにおせっかいしてくれなんて頼《たの》んでないでしょ。だいたい、あんたなんかに言われたくないわよ。どうせ、〈あいつら〉にせいぜいおべっかを使えとか、ごきげんを取れとか、ちやほやしとけとか、そんなこと言うつもりなんでしょ、あんたがやってるみたいに」

「げっ！」植えこみの手前の草におおわれた土手に腰《こし》をおろした少年が声をあげ、あわてて立ちあがった。草がぐっしょり濡《ぬ》れていたのだ。この少年はユースティス・スクラブという残念《ざんねん》な名前だったが、悪い子ではなかった。

「ポウル、それってひどくないか？」少年が言った。「今学期、ぼく、そんなことしたか？　ウサギのことで、ぼく、カーターと対決しただろ？　それに、スピヴィンズのことだって、しゃべらなかったし――痛《いた》い目《め》にあわされても。それに――」

「そんなこと、知らないもん。どうだっていいわ」ジルが泣《な》きじゃくった。

スクラブは相手の気もちがまだ高ぶっているのを見て、機転《きてん》をきかせた。ペパーミント・キャンディをさしだしたのだ。そして、自分もキャンディを口に放りこんだ。そのうちに、ジルも落ち着いてものが考えられるようになった。

「ごめん、スクラブ、ひどいこと言っちゃって」ジルが謝《あやま》った。「たしかに、あんたの言うとおりだわ。今学期はね」

「じゃ、先学期までのことは、できれば忘《わす》れて」ユースティスが言った。「ぼく、先

YOUCHAN

学期はいまとはちがう人間だったんだ。ぼくって、ほんと嫌《いや》なやつだったよね」

「うん、はっきり言って、そうだったわね」ジルが言った。

「てことは、やっぱり、ぼく、変《か》わったと思う？」ユースティスが言った。

「わたしだけじゃないわ」ジルが言った。「みんな、そう言ってるわよ。〈あいつら〉も気がついてるわ。きのう、女子更衣室《こういしつ》でアディラ・ペニファーザーがその話をしてるのを聞いたって、エリナー・ブラキストンが言ってたもの。ペニファーザーが『あのスクラブのやつ、誰《だれ》の子分になったのかしら。今学期はぜんぜん言うこときかなくなって。次はあいつをかわいがってやらないとね』とか言ってたんだって」

ユースティスは身震《みぶる》いした。この実験《じっけん》学校[1]の生徒《せいと》なら、〈あいつら〉にかわいがられるのがどういうことか、みんな知っていた。

二人は少しのあいだ黙《だま》って立っていた。植えこみのゲッケイジュの葉先からポタポタと水がしたたり落ちていた。

「なんで、先学期からそんなに変わったの？」ジルが口を開いた。

「夏休みのあいだに、妙《みょう》なことがいろいろあったんでね」ユースティスがいわくありげに答えた。

「どんなこと？」ジルが聞いた。

ユースティスは長いこと黙《だま》っていたが、やがて口を開いた。

「ねえ、ポウル、きみもぼくと同じで、こんな学校なんて大《だい》っ嫌《きら》いだよね？」

「あたりまえでしょ」ジルが言った。

「それなら、きみのことはほんとうに信用《しんよう》してもだいじょうぶだな」

「それはどうもご親切に」ジルが言った。

「じゃなくて、ほんとうにものすごい秘密《ひみつ》なんだよ。あのさ、ポウル、とんでもない話でも信《しん》じられる？　その……この学校じゃみんなに笑《わら》われちゃうような話でも？」

「そんなこと、これまで一回もなかったけど――でも、たぶん、だいじょうぶじゃないかな」ジルが言った。

「この前の夏休みにぼくがこの世界から外に出たって言ったら、信じられる？　この

1　新しい教育の理論《りろん》や思想を実験的《じっけんてき》に試《こころ》みる学校。

世界の外に行ってきたって言ったら――?」

「言ってる意味がわかんないんだけど」

「じゃ、こっちの世界とか外の世界とかいう話はおいといて、言葉をしゃべる動物がいる場所に行ってきた、って言ったら? それで……その……魔法《まほう》とかドラゴンとかがある場所に……つまり、おとぎ話で聞くような場所へ行ってきたって言ったら、信《しん》じられる?」そう言いながら、スクラブはなんだかきまり悪くなって顔を赤らめた。

「どうやって行ったの?」ジルが聞いた。こちらも妙《みょう》に気恥《きは》ずかしいような気分になっていた。

「方法《ほうほう》は一つしかない。魔法だよ」ユースティスは、ほとんどささやくような声で言った。「いとこたち二人といっしょに行ったんだ。その……一瞬《いっしゅん》で連《つ》れていかれちゃった感じで。いとこたちは、前にもその場所へ行ったことがあるんだけどね」

ひそひそ声になったせいか、話がジルの耳にも本物っぽく聞こえはじめた。が、そのとき急に猜疑心《さいぎしん》に襲《おそ》われたジルがユースティスを問《と》い詰《つ》めた(おそろしくきつい調子だったので、一瞬、ジルがメスのトラみたいな顔つきに見えた)。

「そんなこと言ってて、わたしをからかってるんだったら、もう二度と、二度と、ぜったいに口をきいてあげないからね」

「からかってないよ」ユースティスが言った。「誓《ちか》って言う。からかってなんか、いないよ。あの……あの……ありとあらゆるものにかけて誓うけど」

（著者《ちょしゃ》が学校に通っていた時分《じぶん》は、こういう場面では「聖書《せいしょ》にかけて誓う」と言ったものだが、実験《じっけん》学校では聖書教育に力を入れていなかった。）

「わかった」ジルが言った。「あんたの言うこと、信《しん》じるわ」

「誰《だれ》にも言わない？」

「わたしのこと見そこなわないでよね」

こんな話をしているうちに、二人ともすっかり興奮《こうふん》してきた。でも、そう言いながらも、ジルがあたりを見まわすと、空はあいかわらずどんより曇《くも》った秋の空だし、木々の葉先からはあいかわらずポタポタと水滴《すいてき》が落ちつづけていて、実験学校の寮《りょう》生活《せいかつ》はお先真っ暗だった（一三週間ある秋学期のうち、まだ一一週間も残《のこ》っていた）。

ジルは言った。

「でも、けっきょく、そんなの何の助けになるわけ？　わたしたち、その場所にいるわけじゃないでしょ、だって現《げん》にここにいるんだから。その場所に行くことなんか、できないんでしょ？　それとも、できるの？」

「それを考えてたんだ」ユースティスが言った。「〈むこうの場所〉から帰るとき、〈あるひと〉が言ったんだけど、ペヴェンシーの子たち（ってのは、ぼくのいとこたち二人のことなんだけど）はもう二度とそこへは行けないんだって。そのときが三回目だったからね。もう十分だ、ってことじゃないかな。だけど、ぼくは二度と来られないとは言われなかったんだ。ぼくをまた来させてくれる気がないんだったら、ちゃんとそう言ったはずだと思わない？　だから、考えちゃうんだよね――また行けないかな、って。もしかしたら、って」

「つまり、そうなるように何かするってこと？」

ユースティスはうなずいた。

「それって、たとえば地面にぐるっと輪《わ》を描《か》いて、輪の中に変《へん》てこりんな字みたいなものを書いて、その輪の中にはいっておまじないや呪文《じゅもん》を唱《とな》える、とかいうこと？」

「うーん」ユースティスは少しのあいだ考えこんでいたが、こう言った。「たしかに、そんなようなことを考えてたんだけど、実際《じっさい》にやってみたことはなかったな。でも、いま、あらためて考えると、輪《わ》を描《か》くだの呪文《じゅもん》を唱《とな》えるだのっていう方法《ほうほう》はダメだと思う。さっき言った〈あるひと〉は、そういうことは喜《よろこ》ばないんじゃないかな。それじゃ、ぼくたちが〈あるひと〉を思いどおりに動かせるって思ってるみたいになっちゃうから。でも、ほんとうのところは、その〈あるひと〉にお願《ねが》いすることしかできないんだ」

「さっきから〈あるひと〉とか言ってるけど、誰《だれ》のことなの？」

「〈むこうの場所〉では、みんな〈アスラン〉って呼《よ》んでた」ユースティスが言った。

「へえ、変《か》わった名前ね！」

「名前より、その〈あるひと〉自身のほうがよっぽど変わってるんだよ」ユースティスが大まじめな顔で言った。「でも、とにかくやってみよう。お願いしてみるだけなら、何も悪いことはないから。ぼくの横に並《なら》んで立ってみて。こんな感じに。で、腕《うで》を前に伸《の》ばして、手のひらを下に向ける。ラマンドゥの島でやってたみたいに――」

「誰《だれ》の島？」

「またこんど話すよ。それから、東を向いたほうがいいかな。ええと、どっちが東だっけ？」

「わかんない」ジルが言った。

「信じられないよな、女子って西も東もぜんぜんわかんないんだから」ユースティスが言った。

「そっちだって、わからないくせに」ジルが憤慨《ふんがい》して言った。

「わかるさ。ちょっと、邪魔《じゃま》しないでくれる？　あ、わかった。こっちが東だ、ゲッケイジュが生えてるほうが東。それじゃ、言葉を唱《とな》えるから、同じようにくりかえして」

「何の言葉？」ジルが聞いた。

「ぼくがこれから言う言葉さ、もちろん」ユースティスが答えた。「それじゃ、いくよ――」

ユースティスは言葉を唱えはじめた。「アスラン、アスラン、アスラン！」

「アスラン、アスラン、アスラン」ジルも同じ言葉を唱えた。

「お願《ねが》いです、ぼくたち二人を——」

ちょうどそのとき、体育館の表のほうで誰《だれ》かの大きな声がした。「ポウルですか？　はい、居場所《いばしょ》はわかってます。体育館の裏《うら》で泣《な》きべそかいてますよ。引きずってきましょうか？」

ジルとユースティスはさっと顔を見合わせ、ゲッケイジュの根もとに飛《と》びこんで、四つんばいで土の急斜面《きゅうしゃめん》を登りはじめた。それはおおいにほめてやってもいいくらいのスピードだった（実験《じっけん》学校の風変《ふうが》わりな教育方針《ほうしん》のおかげで、生徒《せいと》たちはフランス語や数学やラテン語のような学科はたいして身につかないかわりに、〈あいつら〉に追いかけられたときにすばやく音をたてずに逃《に》げる方法《ほうほう》だけはしっかりと身につけていたのである）。

一分ほど急斜面を登ったあたりで二人は動きを止め、耳をすました。音で、〈あいつら〉が追ってきているのがわかった。

「またあの扉《とびら》が開いてたらなあ！」急斜面を登りながらスクラブが言葉をもらし、ジルもうなずいた。植えこみのいちばん上は高い石の塀《へい》になっていて、その塀に扉があって、そこからヒースの生《お》い茂《しげ》る広々とした丘《おか》に出られるようになっていたのだ。その扉《とびら》は、たいてい鍵《かぎ》がかかっていた。けれども、ごくたまに鍵がかかっていないこともあった。あるいは、鍵がかかっていなかったのは、たった一回だけだったかもしれない。しかし、たった一回の記憶《きおく》でも、それを望《のぞ》みの綱《つな》としてみんながその扉に手をかけてみようとするのは不思議《ふしぎ》ではない。もし運よく扉の鍵が開いていたら、誰《だれ》にも見られずに学校の敷地《しきち》の外に出られる願《ねが》ってもないチャンスなのだ。

ジルもユースティスもゲッケイジュの植えこみの下をからだをほとんど二《ふた》つ折《お》りにしたような姿勢《しせい》のまま全速力で登ってきたせいで、全身がカッカと熱《あつ》くなり、泥《どろ》だらけで、息を切らして石の壁《かべ》までたどりついた。見ると、扉はいつものように閉《し》まっていた。

「どうせダメだと思うけど」と言いながら、ユースティスは扉の取っ手に指をかけた。そして、「うわっ、うそっ！」と声をあげた。取っ手が動いて、扉が開いたのだ。

ついさっきまで、二人とも、もしも鍵がかかっていなかったら、大急ぎで扉から外へ出るつもりだった。ところが、実際《じっさい》に扉が開いてみると、二人ともその場に立ちすくんでしまった。目の前に広がっていたのが想像《そうぞう》とはまるでちがう景色《けしき》だったからだ。二人が思《おも》い描《えが》いていたのは、ヒースにおおわれた灰色《はいいろ》の丘《おか》がどこまでもせり上がっていって、その先でどんよりした秋空と溶《と》けあうような景色だった。ところが、二人の目に飛《と》びこんできたのは、強烈《きょうれつ》な日ざしだった。まるで、ガレージの扉《とびら》を開けたら六月の日ざしが一気にさしこんできた、というような明るさで石塀《いしべい》の戸口から光がさしこんできたのだ。まばゆい光を浴《あ》びて、草の葉に残る水滴《すいてき》がビーズのようにきらめき、泣《な》いたあとのジルの顔がいっそう薄汚《うすよご》れて見えた。しかも、その光は、どう見ても別《べつ》の世界からさしこんでくる光のようだった。少なくとも、二人に見える範囲《はんい》では。二人の前に広がっていたのは、ジルが見たこともないくらいきれいに生えそろった明るい芝生《しばふ》と青い空で、宝石《ほうせき》か巨大《きょだい》なチョウかと思うような色鮮《いろあざ》やかなものがあちこちを飛《と》びまわっていた。

ジルはこのような場所にあこがれを抱《いだ》いてはいたものの、実際《じっさい》に目にしたとたん、たじろいでしまった。見ると、スクラブもおびえた表情《ひょうじょう》をしていた。

「行こう、ポウル」ユースティスが息を飲みこんだような声で言った。

「またもどってこられる? 危《あぶ》なくない?」ジルが聞いた。

そのとき、背後《はいご》から呼《よ》びかけてくる大きな声がした。悪意に満《み》ちたいやらしい金切《かなき》り声《ごえ》だった。「ほら、ポウル。そこにいるのは、わかってるんだから。下りてきなさい」イーディス・ジャックルの声だ。ジャックルは〈あいつら〉の一人ではないが、取《と》り巻《ま》き連中《れんちゅう》で、告《つ》げ口《ぐち》係だった。

「早く!」スクラブが言った。「さあ、手をつないで。離《はな》ればなれになるといけないから」何が何だかよくわからないうちにポウルはスクラブに手をつかまれ、引っぱられて扉《とびら》の外に出た。そうして学校の敷地《しきち》から外へ、イギリスから外へ、わたしたちのこの世界から外へ出て、〈むこうの場所〉に足を踏《ふ》み入《い》れたのだった。

イーディス・ジャックルの声は、ラジオのスイッチを切ったときのようにプッツリと聞こえなくなった。そして、その瞬間《しゅんかん》から、二人の耳にまったくちがった音が飛《と》びこんできた。それは頭の上を飛びまわる鮮《あざ》やかな色をしたものたちが発する声で、その正体は鳥だった。鳥たちは騒々《そうぞう》しい鳴き声をあげていたが、わたしたちの世界で聞く鳥のさえずりにくらべると、鳥の声というより音楽に近い感じで、最初《さいしょ》のうち少しとっつきにくい現代音楽《げんだい》のような感じのさえずりだった。そして、鳥たちの声が響《ひび》いているにもかかわらず、あたりは底知《そこし》れない静《しず》けさに支配《しはい》されていた。あたりの静けさと空気のすがすがしさから、ジルはそこがものすごく高い山の頂《いただ》きにちがいないと思った。

スクラブはまだジルの手を握《にぎ》っていて、二人はそのまま四方八方へ目を配りながら進んでいった。どっちの方向を見ても、巨大《きょだい》な木々がそそり立っていた。ヒマラヤスギに似《に》ているが、ヒマラヤスギよりも大きな木だ。でも、木と木のあいだが離《はな》れていたし、森の下生えもなかったので、右も左も森の奥《おく》まで見通すことができた。ジルの目が届《とど》くかぎりどこまでも、森の中は同じ景色《けしき》だった。平らな芝生《しばふ》が続《つづ》き、黄色い羽《はね》やトンボのように青い羽や虹《にじ》のような色の羽を持つ鳥たちが飛《と》びかい、青い木陰《こかげ》があり、がらんとした空間が広がっていた。ひんやりとして明るい森にはそよ風さえ吹《ふ》いておらず、ひどくものさびしい感じの森だった。

正面を見ると、そっちの方向には木は一本もなくて、ただ青い空が広がっているばかりだった。二人は黙《だま》ったまま前へ進んでいったが、とつぜん「危《あぶ》ない！」というスクラブの声がして、ジルは後方へ引っぱられた。二人は崖《がけ》っぷちまで来ていたのだ。ジルは、高い場所が平気な質《たち》だった。だから、断崖絶壁《だんがいぜっぺき》のすぐ縁《ふち》に立っても、べつに怖《こわ》くはなかった。むしろ、スクラブに後ろへ引きもどされたことに気を悪くして、「子どもじゃあるまいし」と言ってその手をふりほどいた。真っ青になっているスクラブの顔を見たら、軽蔑《けいべつ》の感情《かんじょう》がわいてきた。

「何よ、おおげさに」ジルは言った。そして、自分が怖がっていないことを見せるために、絶壁のすぐきわまで行った。ほんとうのことを言えば、自分でもちょっときわどいかなと思うくらい絶壁の縁に近いところまで。そして、崖の下を見た。

自分の目で見たら、スクラブがあんなに真っ青になったのも無理《むり》はないとわかった。その崖は、わたしたちの世界にある崖とはとうていくらべものにならないような高さだったのだ。読者諸君《しょくん》が自分の知っているいちばん高い崖の縁に立ったところを想像《そうぞう》してみてほしい。そして、そこから谷底《たにぞこ》をのぞきこんだと思ってほしい。さらに、のぞきこんだ谷底がその二倍も、一〇倍も、いや二〇倍も深く落ちこんでいると想像してみてほしい。そんな深い谷底をのぞいたときに、小さな白いものが見えたとしよう。

ちょっと見たところは、ヒツジのように思えるかもしれない。でも、よく見ると、それは雲で、しかも霧《きり》が渦巻《うずま》きになったような小さな雲ではなく、むくむくと育った大きな白い雲で、一つ一つがふつうの山と同じくらいの大きさの雲なのだ。雲のあいだからかろうじて見える谷底《たにぞこ》は、あまりに遠すぎて、いったい野原なのか森なのか、陸《りく》なのか海なのか、区別《くべつ》さえもつかない。そして、崖《がけ》の上から雲までの距離《きょり》よりも、雲から谷底までの距離のほうがはるかに長いのだ。

ジルがのぞきこんだのは、そんな谷底だった。そして、やはりここは一、二歩ばかり崖っぷちから離《はな》れたほうがいいかもしれない、と思った。でも、スクラブに心の内を見すかされるのが嫌《いや》で、その一歩を下がることができずにいた。しかし、そのうち急に、スクラブがどう思うかなんてどうでもいい、という気がしてきた。とにかくこの恐《おそ》ろしい崖っぷちから遠ざかろう、そして、高い場所を怖《こわ》がる子のことをもう二度と笑《わら》ったりはしない、と心に誓《ちか》った。ところが、動こうとしても、ジルは動くことができなかった。へなへなと両足の力が抜《ぬ》けてしまって、周囲《しゅうい》の景色《けしき》がぐるぐる回りはじめたのだ。

「何やってんだよ、ポウル。もどってこいよ、バカなことするんじゃない！」スクラブのどなる声がしたが、その声もどこか遠いところから聞こえてくるような気がした。スクラブの手が自分をつかまえようとしているのがわかった。しかし、このときにはすでにジルは自分の手足が自分でどうにもならなくなっていて、二人は崖《がけ》っぷちで一瞬《いっしゅん》もつれあう形になった。ジルは恐《おそ》ろしさとめまいに襲《おそ》われて我《われ》を失《うしな》っていたが、そのあと死ぬまで忘《わす》れられない二つのことが起こった（それは夢《ゆめ》にもくりかえし出てきた）。一つは、自分がスクラブの手をふりほどいたこと。もう一つは、その拍子《ひょうし》にスクラブがからだのバランスを崩《くず》し、恐ろしい絶叫《ぜっきょう》を残して奈落《ならく》の底《そこ》へ落ちていったことだった。

さいわいなことに、ジルには自分が何をしでかしたかを考える余裕《よゆう》もなかった。というのは、何か巨大《きょだい》で輝《かがや》かしい色をした動物が崖っぷちへ駆《か》けつけたからだ。その動物は崖っぷちに伏《ふ》せて身を乗り出し、ここが不思議《ふしぎ》なところなのだが、息を吐《は》いた。吼《ほ》えるのではなく、鼻を鳴らすのでもなく、大きく開いた口からただ息を吐いたのだ。掃除機《そうじき》が空気を吸《す》いこむのを逆《ぎゃく》にしたような勢《いきお》いで、その動物はたえまなくずっと

YOUCHAN

息を吐《は》きつづけた。ジルはその動物のすぐそばに倒《たお》れていたので、吐く息で動物の全身が震《ふる》えているのを感じることさえできた。ジルはその場に倒れたままじっとしていた。立ちあがることができなかったのだ。ジルはほとんど気絶《きぜつ》しかけていた。というか、できることなら気絶してしまいたいくらいだった。しかし、気絶というものは望《のぞ》んだときに都合よくできるわけではない。そのうちに、はるか下のほうにごくごく小さな黒い点が見え、それが絶壁《ぜっぺき》から離《はな》れて、ゆらゆらと浮《う》き上《あ》がってくるのが見えた。その点はだんだん上がってくるにつれて遠くへ流されていった。崖《がけ》とほぼ同じ高さまで上がってきたころには、黒い点はもう遠すぎて見えなくなってしまったが、どうやらものすごいスピードで崖から遠ざかっていったことだけは確《たし》かだった。ジルには、自分のとなりで息を吐いている生き物が黒い点を吹き飛《ふと》ばしたのだとしか思えなかった。

それで、ジルは顔を横に向けて、その動物を見た。それはライオンだった。

2　ジル、任務《にんむ》を与《あた》えられる

ライオンはジルには目もくれずに立ちあがり、最後《さいご》にもうひと吹《ふ》き息を吐《は》いた。そして、仕事のできばえに満足《まんぞく》したようすでからだの向きを変《か》え、悠々《ゆうゆう》とした足取りで森の奥《おく》へもどっていった。

「夢《ゆめ》にちがいないわ。そうよ、夢にきまってる」ジルは自分に言い聞かせようとした。「きっと、もうすぐ目がさめるはず」でも、それは夢ではなかったし、目がさめることもなかった。

「こんなひどい場所、来なければよかった」ジルはつぶやいた。「スクラブだって、こんな場所だとは知らなかったんだと思う。知っていたなら、警告《けいこく》もなしにわたしをこんな場所に連《つ》れてくるなんて、やめといてほしかったわ。スクラブがあの崖《がけ》から落ちたのは、わたしのせいじゃない。わたしを放っておいてくれたら、二人とも何も起こらずにすんだのに」そう考えたとたん、崖《がけ》から落ちていったスクラブの絶叫《ぜっきょう》がまた思い出されて、ジルはわっと泣《な》きだした。

涙《なみだ》が出るあいだは泣くのもそれなりにけっこうだが、いずれは泣きやむしかないのだし、泣きやんだらその先どうするか考えなければならないことに変《か》わりはない。泣きやんでみると、ジルはのどがひどく渇《かわ》いていた。それまでずっと地面にうつぶせに倒《たお》れて泣いていたのだが、ジルはからだを起こして地面にすわりなおした。鳥たちの歌はやんで、あたりはしんと静《しず》まりかえり、一つのかすかな音だけがかなり遠くのほうから聞こえていた。ジルは耳をすました。そして、あれは流れる水の音にちがいないと思った。

ジルは立ちあがり、周囲《しゅうい》を慎重《しんちょう》に見まわした。ライオンは影《かげ》も形もなかった。とはいっても、あたりには木がたくさんあるから、自分に見えないだけで、ライオンがまだすぐそばにいる可能性《かのうせい》はある。それどころか、ライオンは一頭だけではないかもしれない。でも、のどの渇きががまんできなくなってきたので、ジルは勇気《ゆうき》を奮《ふる》いおこして水の流れている場所を探《さが》しにいくことにして、木から木へと足音を忍《しの》ばせて慎《しん》重《ちょう》に進んでいった。一歩ごとに足を止め、あたりを見まわしながら進んだ。

森の中はとても静《しず》かだったので、音がどっちの方向から聞こえてくるかはすぐにわかった。一歩ごとに音は大きくなり、思ったよりあっさりと、ジルは森の中のひらけた場所に出た。見ると、芝生《しばふ》を横切って小川が流れていた。ガラスのように澄《す》みきった水で、石を投げれば届《とど》くほど近くを流れていた。水を見たとたんにのどの渇《かわ》きがそれまでの一〇倍も切実になったが、ジルは小川に駆《か》け寄《よ》ろうとはせず、口をあんぐり開けたまま石になったかのようにその場に立ちすくんでしまった。無理《むり》もない。小川のこちら側《がわ》にさっきのライオンが伏《ふ》せていたのだ。

ライオンは頭を上げ、二本の前足をからだの前に伸《の》ばして、トラファルガー広場[1]のライオン像《ぞう》にそっくりの姿勢《しせい》で地面に伏せていた。ジルはすぐに、ライオンに姿《すがた》を見られたとわかった。ライオンが一瞬《いっしゅん》ジルと真正面から目を合わせ、そのあとそっ

1　ロンドンにある広場。四頭のライオンの巨大《きょだい》なブロンズ像がある。

ぽを向いたからだ。この子のことはよくわかっている、気にする必要《ひつよう》もない、とでもいうように。

「逃《に》げたら、追いかけられるにきまってる」ジルは考えた。「でも、このまま進めば、真正面からあの口につっこんじゃうし……」どちらにせよ、ジルは動こうにもからだが動かなかったし、ライオンから目を離《はな》すこともできなかった。そんな状態《じょうたい》がどのくらい続《つづ》いただろうか。何時間もそうしていたような気がした。そのうちに、のどの渇《かわ》きが耐《た》えがたくなってきて、一口でいいから水が飲めるならライオンに食われたってかまわない、という気になりはじめた。

「のどが渇いているのなら、飲むがよい」

崖《がけ》っぷちでスクラブから声をかけられて以来《いらい》、はじめて耳にする話し声だった。一瞬《いっしゅん》、誰《だれ》がしゃべったのかと思って、ジルはあちこちを見まわした。すると、また声がした。「のどが渇いているのなら、ここへ来て、飲むがよい」そうだ、スクラブが言っていた別の世界とやらには言葉をしゃべる動物がいたんだっけ、と、ジルは思い出した。そして、いま言葉を発したのはライオンだったのだと気づいた。とにかく、今回はライオンの唇《くちびる》が動くのが見えたし、声は人間の声ではなかった。ライオンの声は人間の声よりずっと深く、野性的《やせいてき》で、力強い声だった。どっしりとした金色の声、とでも言うべきか。声を聞いたからといってライオンに対する恐《おそ》れが小さくなったわけではなく、それよりも別《べつ》の意味でジルはそのライオンを恐ろしいと感じた。

「のどが渇《かわ》いているのではないか？」ライオンが言った。

「のどが渇いて死にそうです」ジルが言った。

「ならば、飲むがよい」ライオンが言った。

「あの……その……水を飲むあいだ、どっかに行っててくれますか？」

ライオンは答えるかわりにジルを一瞥《いちべつ》し、非常《ひじょう》に低《ひく》いうなり声を発した。ジルはライオンのびくとも動きそうにない巨体《きょたい》を見つめて、このライオンに場所をどいてくれと言うのは大きな山にむかってこちらの都合で場所を移《うつ》ってくれと言うに等しいことだと悟《さと》った。

小川の水がさらさらと音をたてて流れており、その水音を聞いていると、ジルは水を飲みたくて頭がどうかなりそうだった。

「あの、約束《やくそく》してもらえますか？　わたしが近くへ行っても何もしない、って」ジルは言った。

「わたしは約束はしない」ライオンが言った。

ジルはのどの渇《かわ》きに我《われ》を忘《わす》れて、思わず一歩前に出た。

「あなたは女の子を食べるんですか？」

「わたしは女の子も男の子も飲みこんだことがある。女も男も、王も皇帝《こうてい》も、大きな都も王国も、飲みこんだことがある」ライオンは言った。自慢《じまん》するような口調ではなく、かといって申《もう》し訳《わけ》なさそうな口調でもなく、怒《いか》りを込《こ》めた口調でもなかった。ただ、そう言ったのである。

「わたし、怖《こわ》くて、そこまで飲みに行けません」ジルが言った。

「それならば、あなたは渇きで死ぬだろう」ライオンが言った。

「ああ！」と言いながら、ジルはまた一歩前に出た。「だったら、ほかの小川を探《さが》しに行くしかないわ」

「ほかの小川はない」ライオンが言った。

ライオンの言葉を疑《うたが》ってみようという考えは、ジルの頭にはうかばなかった。ライオンのあの厳《いか》めしい表情《ひょうじょう》を見たら、その言葉を疑う人などいないだろう。そして、あっという間にジルは決心した。これまで生きてきて最悪《さいあく》の選択《せんたく》だとは思ったが、ジルは小川のほうへ歩いていって、岸辺《きしべ》に膝《ひざ》をつき、両手で水をすくって飲みはじめたのだ。それは味わったこともないほど冷《つめ》たい水で、生きかえるようにおいしい水だった。たくさん飲む必要《ひつよう》はなかった。ほんの一口でのどの渇《かわ》きが癒《い》えたからだ。水をすくって飲む前は、飲みおわったら大急ぎでライオンのそばから逃《に》げようと思っていた。しかし、よく考えてみれば、それこそ危険《きけん》きわまりない行為《こうい》だとわかった。ジルは立ちあがり、唇《くちびる》を水で濡《ぬ》らしたまま、その場にじっとしていた。

「ここに来なさい」ライオンが言った。ジルはその言葉に従《したが》うしかなかった。ジルはライオンの二本の前足のあいだにはさまれるほど近くまで進み、ライオンの顔をまっすぐに見た。しかし、それは長くは続《つづ》かず、ジルは目を伏《ふ》せた。

「人の子よ」ライオンが言った。「男の子はどこへ行ったのか？」

「崖《がけ》から落ちていきました――」ジルは言った。そして、「――ライオン様」と付《つ》け加《くわ》えた。ほかに相手をどう呼《よ》べばいいかわからなかったし、「様」をつけないのは無《ぶ》礼《れい》に聞こえるような気がしたのだ。

「なぜそのようなことになったのか、人の子よ？」

「彼《かれ》はわたしが崖《がけ》から落ちるのを止めようとしたのです、ライオン様」

「なぜ、あなたはそれほど崖の縁《ふち》に近いところにいたのか、人の子よ？」

「わたしは見栄《みえ》を張《は》ったのです、ライオン様」

「それはたいへん良《よ》い答えだ、人の子よ。これからはそのようなことのないようにさて」（ここでライオンは初《はじ》めて厳格《げんかく》な表情《ひょうじょう》を少し和《やわ》らげた。）「男の子はだいじょうぶだ。わたしがナルニアまで吹《ふ》き飛《と》ばしておいた。しかし、あなたがしたことのために、あなたの任務《にんむ》はいっそう難《むずか》しくなるだろう」

「あの、ライオン様、任務とは何のことですか？」ジルが聞いた。

「わたしがあなたとあの男の子をそちらの世界から呼び出したのは、その任務のためである」

これを聞いて、ジルは話がすっかりわからなくなった。「このライオン、わたしを誰《だれ》かほかの人間とまちがえてるんだわ」と思った。黙《だま》っていれば話がますますややこしくなりそうだとは思ったが、ジルはライオンに面と向かってまちがっているとは言えなかった。

「思っていることを言うがよい、人の子よ」ライオンが言った。

「その、思ったんですけど——何かまちがってるんじゃないでしょうか？　だって、スクラブもわたしも、誰かに呼《よ》ばれたわけじゃないんです。ここへ来たいと願《ねが》ったのは、わたしたちのほうからだったんです。スクラブが言うには、〈あるひと〉に呼びかけるんだという話でした。聞いたことのない名前でした。呼びかけたら、たぶん、その〈あるひと〉がわたしたちをむこうに入れてくれるだろう、って。それで、わたしたち、呼びかけたんです。そしたら扉《とびら》が開いてたんです」

「わたしがあなたがたを呼んだのでなければ、あなたがたがわたしを呼ぶことはなかっただろう」ライオンが言った。

「では、あなたがその〈あるひと〉なのですか？」ジルが言った。

「そうだ。よいか、任務《にんむ》を聞きなさい。ここからはるか遠いナルニアという国に、年《とし》老《お》いた王がいて、悲しんでいる。自分の血を引いて王座《おうざ》に就《つ》く王子がいないからだ。世継《よつ》ぎがいないのは、王のたった一人の息子《むすこ》が何年も前にさらわれてしまい、ナルニアの誰《だれ》ひとりとして王子がどこへ行ったのかを知らず、王子が生きているかどうかもわからないからだ。しかし、王子は生きている。わたしはあなたがたに次の任務《にんむ》を与《あた》える――すなわち、この行方不明《ゆくえふめい》の王子を探《さが》すこと。その結果《けっか》、王子を見つけて父王の城《しろ》に連《つ》れ帰《かえ》るか、あるいは任務のとちゅうで死するか、あるいはあなたがたの世界にもどってしまうか、そのいずれかとなろう」

「どうやればいいのですか?」ジルが聞いた。

「わが子よ、わたしが教えよう」ライオンが言った。「王子を探す旅を導《みちび》くために、わたしはあなたがたに〈しるし〉を示《しめ》す。第一は、ユースティスがナルニアに着いた直後になつかしい旧友《きゅうゆう》に出会うであろうが、ユースティスはすぐにその友人に挨拶《あいさつ》をしなくてはならない。そうすれば、あなたがた二人は大いなる助けを得《え》ることになるだろう。第二に、あなたがたはナルニアを出て北へ旅をし、古代の巨人《きょじん》たちが営《いとな》んだ都の廃墟《はいきょ》へ行かなければならない。第三に、あなたがたはその廃墟の石に書かれている言葉を見つけ、それに従《したが》わなくてはならない。第四に、あなたがたが行方不明《ゆくえふめい》の王子を見つけたとして、その人が探《さが》し求《もと》める王子であると知るための〈しるし〉は、旅のあいだにわたしの名すなわちアスランの名においてあなたがたに何かを頼《たの》む最初《さいしょ》の人が王子その人である」

アスランの話が終わったようなので、ジルは何か言わなくてはならないと思って、「ありがとうございました。わかりました」と言った。

「わが子よ」アスランは、それまでよりずっと優《やさ》しい声で言った。「おそらく、あなたは自分が思うほどよくわかってはいないようだ。しかし、まず大切なのは、おぼえることだ。四つの〈しるし〉を順《じゅん》に言ってみなさい」

ジルは言おうとしたが、うまく言えなかった。そこで、ライオンはジルのまちがいを直し、完璧《かんぺき》に言えるようになるまで、何度も何度もくりかえし練習させた。アスランが非常《ひじょう》に忍耐《にんたい》強《づよ》く教えたので、ジルはようやく〈しるし〉をちゃんとおぼえ、そのあと勇気《ゆうき》を奮《ふる》いおこしてアスランにたずねた。

「あの、わたしはどうやってナルニアへ行くのですか?」

「わたしの息吹《いぶき》に乗って行くのだ」ライオンが答えた。「ユースティスを息で吹き飛《ふと》ばしたように、あなたにも息を吹きかけて、世界の西のほうへ吹き飛ばしてあげよう」

「最初《さいしょ》の〈しるし〉を伝《つた》えるのに間に合うようにスクラブに会えるかしら？　でも、そんなこと、あんまり問題ではないかも。もしむかしの友だちを見かけたら、スクラブは声をかけに行くはずだもの。そうでしょう？」

「ぐずぐずしている時間はない」ライオンが言った。「だから、いますぐに、あなたを送り出さなくてはならないのだ。来なさい。わたしの前を歩いて、崖《がけ》の縁《ふち》まで行きなさい」

ぐずぐずしている時間がないのは自分のせいだということを、ジルはよくわかっていた。「わたしがあんなバカなことをしなければ、スクラブと二人でいっしょに行けたはずだったのに。それに、〈しるし〉のことだって、スクラブもいっしょにぜんぶ聞けたはずだったのに」と、ジルは思った。だから、ジルはライオンから言われたとおりにした。崖っぷちまで歩いてもどるのはとても不安《ふあん》だったし、とりわけライオンが自分と並《なら》んで歩くのではなく、後ろからついてくるというのが不安だった。ライオンの柔《やわ》らかい肉球は、足音もたてないのだ。

しかし、崖《がけ》っぷちまで行くよりはるか手前で、背後《はいご》から声が聞こえてきた。「立ち止まりなさい。これから息を吹《ふ》く。しかし、第一に言っておくが、くれぐれも、くれぐれも〈しるし〉を忘《わす》れないように。朝に目ざめたら〈しるし〉を言うように。夜に寝《ね》る前にも〈しるし〉を言うように。夜中に目がさめたときにも〈しるし〉を言うように。そして、あなたの身にどれほど奇妙《きみょう》なことが起ころうとも〈しるし〉に従《したが》う決意を変《か》えてはならない。第二に、警告《けいこく》しておく。この山の上では、わたしはあなたに明らかな言葉で話しかけた。しかし、ナルニアでは、わたしはめったにこのようには話さない。この山の上では、空気が澄《す》んでいるし、あなたの頭もはっきりとしている。しかし、ナルニアへ向かって下りていくにつれ、空気はよどんでくるだろう。心をまどわされることのないよう、よくよく気をつけるように。そして、あなたがここでおぼえた〈しるし〉は、ナルニアで出会うときには、あなたが思っているような形ではあらわれないだろう。だからこそ、〈しるし〉をしっかりと心に刻《きざ》み、見た目にまどわされないことが大切なのだ。〈しるし〉を忘れないように、そして〈しるし〉を信《しん》じるように。それ以外《いがい》に大切なことはない。それでは、イヴの娘《むすめ》よ、さらばだ――」

ライオンの声はさっきからだんだん小さくなっていたが、いまではまったく聞こえなくなってしまった。ジルは後ろをふりかえった。驚《おどろ》いたことに、崖《がけ》はすでに一〇〇メートル以上《いじょう》も後方に遠ざかっており、ライオンも崖っぷちで金色に輝《かがや》く小さな点にしか見えなくなっていた。ライオンに吹き飛《ふと》ばされる瞬間《しゅんかん》はどんなにすごい勢《いきお》いかと思って、ジルは歯を嚙《か》みしめ両のこぶしを握《にぎ》りしめていたが、実際《じっさい》にはライオンの息吹《いぶき》はとても優《やさ》しかったので、ジルは自分のからだが地面から離《はな》れた瞬間さえ気がつかなかった。そして、いま、ジルは何万メートルもの高さを飛んでいて、下には空気のほかに何もなかった。

怖《こわ》いと思ったのは、ほんの短いあいだだけだった。ひとつには、自分の下の世界があまりにも遠すぎて、自分と関《かか》わりがあるように思えなかったからだ。もうひとつには、ライオンの息に吹かれて浮《う》いている状態《じょうたい》がとほうもなく気もちよかったからだ。

あおむけに寝《ね》そべることもできたし、うつ伏《ぶ》せに寝ることもできたし、どんな姿勢《しせい》でも好《す》きなようにできて、まるで水中にいるような感じだった（水に浮《う》くのがじょうずな人の場合にかぎるが）。それに、ライオンの息吹《いぶき》と同じスピードで進んでいるので風も感じないし、空気はとても暖《あたた》かく感じられた。飛行機《ひこうき》に乗っているのとちがって、騒音《そうおん》もなければ震動《しんどう》もなかった。もしジルが気球に乗ったことがあったとすれば、それにいちばん似《に》ていると思ったかもしれないが、実際《じっさい》には気球よりはるかに快適《かいてき》だった。

　ふりかえって眺《なが》めると、自分があとにしてきた山がいかに大きなものだったか、はじめて実感できた。あんなに巨大《きょだい》な山なのにどうして雪や氷をかぶっていないのか不《ふ》思議《しぎ》だったが、「きっと、そういうことは何もかもこの世界ではちがうのだろう」と、ジルは考えた。それから、ジルは下のほうを見た。でも、あまりに高いところを飛《と》んでいたので、自分が陸《りく》の上を飛んでいるのか海の上を飛んでいるのか、どのくらいのスピードで進んでいるのか、何もわからなかった。

「あ、そうだった！〈しるし〉！」ジルはいきなり声を出した。「くりかえして言ってみなくちゃ」ほんの一秒か二秒ほどあわてたものの、まだちゃんとすべての〈しるし〉をおぼえていることがわかった。「これなら、だいじょうぶだわ」ジルはそう言って、ソファにくつろぐような姿勢《しせい》で空中でくつろいで、満足《まんぞく》のためいきをもらした。

「あらら、わたし、眠《ねむ》っちゃったみたい」何時間かたったあと、ジルはつぶやいた。「空中に浮《う》いたまま眠っちゃうなんて。こんなことした人、わたしのほかにいるかしら？　きっと、いないだろうな。あ、でも、スクラブは眠ったかも！　こうやってわたしと同じように吹き飛《ふと》ばされていくあいだに。わたしより少し前に。さて、さて、下のほうはどうなってるかしら？」

下を見てみると、そこは、ものすごく広くて濃《こ》い藍色《あいいろ》の平面に見えた。丘《おか》のようなものは何ひとつ見あたらず、大きくて白いものがゆっくりと通《とお》り過《す》ぎていった。「雲にちがいないわ」ジルは思った。「でも、あの崖《がけ》っぷちから見た雲より、ずっとずっと大きいわ。大きいってことは、きっと、さっきより近くなったからね。だんだん高度が下がっているにちがいないわ。まぶしいなあ、太陽の光」

空の旅が始まったときにははるか頭上にあった太陽が、いまは真正面にまぶしく輝《かがや》いていた。それはつまり、太陽が前方へ沈《しず》んでいこうとしているということだった。たしかにスクラブが言ったように、ジルは（女子全般《ぜんぱん》がどうかは知らないが）方向感覚《かんかく》にかなり無頓着《むとんちゃく》なタイプだった。でなければ、太陽がまぶしく目にはいるようになった時点で、自分がほぼ真西に向かって進んでいることに気づいたはずである。

眼下《がんか》に広がる青い景色《けしき》のそこここに、やや明るく白っぽい点がいくつか見えた。「海だわ！」ジルは思った。「あれは、きっと島ね」たしかに、そのとおりだった。はるか下に見える島々のいくつかはスクラブが船の甲板《かんぱん》から目にした島々であり、なかには実際《じっさい》に上陸《じょうりく》したこともある島々だった。そのことがわかっていたら、ジルはかなりうらやましく感じたことだろう。でも、ジルはそんなことは知らなかった。そのうちに、青い海原《うなばら》に小さなしわが何本も見えるようになった。実際に海の上にいたとしたら、その小さなしわはかなりの大波にちがいない。そして、いま、行く手に広がる水平線にそって黒っぽい線が見えはじめ、それが見る見るうちに黒く分厚《ぶあつ》くなっていった。それで初《はじ》めて、ジルは自分がものすごいスピードで進んでいることがわかっ

YOUCHAN

た。どんどん分厚《ぶあつ》くなっていく黒い線は陸《りく》にちがいないと思われた。

そのときとつぜん、左手から（南風が吹《ふ》いていたので）大きな白い雲がジルのほうへ向かってきた。今回は、雲はジルと同じ高さに浮《う》かんでいた。何が何だかわからないうちに、ジルは冷《つめ》たくじとじとした霧《きり》のようなものの真ったただ中に突《つ》っこんでいた。一瞬《いっしゅん》、息が止まったが、それはほんの一瞬だけで、ジルはふたたび太陽の光の中に出て目をぱちくりさせた。着ていた服がすっかり濡《ぬ》れていた（ジルはブレザーの下にセーターを着て、ショートパンツと靴下《くつした》をはいて、かなり底《そこ》の厚《あつ》い靴をはいていた。イギリスでは足もとのぬかるんだ日だったからだ）。雲から出たときには、雲に突っこんだときよりかなり高度が下がっていた。雲から出てすぐ、ジルはあることに気づいた。予想はできていたはずだが、実際《じっさい》にそうなってみると驚《おどろ》きであり、衝撃的《しょうげきてき》だった。音が聞こえたのである。それまで、ジルはまったく音のない世界を旅していた。そして、いま初《はじ》めて、波の音とカモメの声を聞いたのだった。潮《しお》の香《かお》りも立ちのぼってきた。自分が進んでいるスピードも、いまでははっきりと目に見えた。自分の下のほうで二つの波がぶつかりあって波頭《なみがしら》が白く砕《くだ》けるのが見えたが、見えたと思った瞬間《しゅんかん》には波はもう自分の一〇〇メートル以上《いじょう》も後方へ過《す》ぎ去《さ》っていた。陸地《りくち》がものすごいスピードで近づいてきた。はるか内陸《ないりく》のほうに山脈《さんみゃく》が見え、左手のほうにもう少し近くに別《べつ》の山並《やまな》みが見えた。入江《いりえ》が見え、岬《みさき》が見え、森や野原が見え、長く続《つづ》く砂浜《すなはま》が見えた。浜に寄《よ》せては砕《くだ》ける波の音がしだいに大きくなり、あたりのほかの音を消してしまうほどになった。

と、そのとき、だしぬけに前方から陸が迫《せま》ってきた。ジルは河口《かこう》に向かって飛《と》んでいた。いまや高度は非常《ひじょう》に低《ひく》くなり、足から水面まで一メートルほどしかなかった。つま先あたりで波頭《なみがしら》が砕《くだ》け、派手《はで》な白波が立って、腰《こし》から下がずぶ濡《ぬ》れになった。スピードも落ちはじめた。ジルのからだは川をさかのぼる方向ではなく、左手の川岸へ向かって滑《すべ》るように高度を下げていった。いろいろなものがいっぺんに目に飛びこんできて、目移《めうつ》りしてしまうくらいだった。なめらかな緑の芝生《しばふ》。大きな宝石細工《ほうせきざいく》のようにきらびやかな色をした船。城《しろ》の塔《とう》や胸壁《きょうへき》2。空にはためく国旗《こっき》。人ごみ。鮮《あざ》やかな色の服。鎧《よろい》かぶと。金の飾《かざ》り。剣《けん》。音楽。目と耳から何もかもがごっちゃになって飛びこんできた。ジルが最初《さいしょ》にはっきりと気づいたのは、自分が着地したこと、そして自分は川岸に近い木の茂《しげ》みの下に立っていることだった。ほんの一、二メートル先を見ると、そこにスクラブがいた。

ジルの頭に最初《さいしょ》にうかんだのは、スクラブがずいぶん薄汚《うすよご》れただらしないかっこうで、ひどくさえない少年に見える、ということだった。次に頭にうかんだのは、「やだっ、わたしったらずぶ濡《ぬ》れじゃないの！」ということだった。

2　城壁《じょうへき》などの最上部《さいじょうぶ》に設《もう》けた防御壁《ぼうぎょへき》。

3　王の船出

スクラブがひどくみすぼらしく見えたのは（ジルもみすぼらしい姿《すがた》だったが、自分では見えなかっただけだ）、周囲《しゅうい》があまりにもきらびやかだったからだ。どんなようすだったか、さっそく書いてみよう。

陸地《りくち》に近づいてくるときに見えた内陸《ないりく》の山々のあいだから夕日がさしこみ、なだらかな芝生《しばふ》の上に暮《く》れ方《がた》の光があふれていた。芝生のむこうには大小の塔《とう》がたくさんそびえ、塔の上の風見鶏《かざみどり》が夕日を反射《はんしゃ》していた。それはジルがいままで見たなかでいちばん美しい城《しろ》だった。芝生の手前側《がわ》には白い大理石でできた埠頭《ふとう》があり、船が停泊《ていはく》していた。高い船首楼《せんしゅろう》[1]と高い船尾楼《せんびろう》[2]を持つ堂々《どうどう》たる船で、船体は金色と深紅《しんく》に塗《ぬ》られ、マストの先端《せんたん》に大きな国旗《こっき》がたなびき、甲板《かんぱん》にも無数《むすう》の旗《はた》がひるがえり、波よけには銀色に輝《かがや》くたくさんの盾《たて》が整列していた。船にはタラップがかけられ、そのたもとに、いままさに船に乗ろうとするひどく年老《としお》いた男の人の姿《すがた》が見えた。その人は鮮《あざ》やかな赤い色の豪華《ごうか》なマントをはおり、マントの正面の開いた部分から銀色の鎖《くさり》かたびらがのぞいていた。頭には細い金の輪《わ》のような王冠《おうかん》をつけ、ひげは羊の毛のように真っ白で、腰《こし》のあたりまで伸《の》びていた。かたわらにいるのは、こちらもまた華麗《かれい》ないでたちをしたいくらか若《わか》い貴族《きぞく》で、年老いた男の人はその貴族の肩《かた》に片手《かたて》をのせてなんとか立っていたが、その姿は見るからに弱々しく、風が吹《ふ》けば飛《と》ばされてしまいそうで、目は涙《なみだ》にうるんでいた。

王は船に乗りこむ前に見送りの人々に挨拶《あいさつ》をしようとして、ふりむいた。王のすぐ前には小さな車椅子《くるまいす》があり、車椅子には小ぶりなロバがつながれていた。大きめのレトリーバー[3]とさほど変《か》わらないくらいの小さなロバだ。車椅子に乗っているのは、

1　船首でふつうの甲板《かんぱん》よりも一段《いちだん》高く作られた部分。波を防《ふせ》ぎ、海戦《かいせん》の攻防《こうぼう》に便利《べんり》であり、高くなった甲板の下は船室となる。
2　船尾で甲板を一段高くした部分。中は船室となり、上部の甲板は操舵《そうだ》や見張《みは》りに使われる。

太ったドワーフ[4]だった。ドワーフは王に劣《おと》らぬ豪華《ごうか》な衣装《いしょう》を身につけていたが、太っているのと、椅子《いす》の上でクッションに身を預《あず》けて背中《せなか》を丸めているのとで、王とはまったくかけ離《はな》れた代物《しろもの》に見え、毛皮と絹《きぬ》とベルベットをごたごたと椅子に積《つ》み上《あ》げたようなぶざまな姿《すがた》だった。ドワーフは年齢《ねんれい》は王とさほど変《か》わらないようだが、王よりも矍鑠《かくしゃく》としていて、目には鋭《するど》い光があった。頭には何もかぶっておらず、髪《かみ》がすっかりはげあがった巨大《きょだい》な頭が夕日に照《て》りはえてビリヤードのボールのように見えた。

王とドワーフから少し離れて半円形に二人を取《と》り囲《かこ》んでいる人々の姿を見て、ジルはそれが宮廷《きゅうてい》の人たちだとすぐにわかった。身につけた衣装や鎧《よろい》かぶとだけでも見るに値《あたい》するほど堂々《どうどう》たるいでたちの人々だった。衣装や武具《ぶぐ》に関《かん》するかぎり、その眺《なが》めは人垣《ひとがき》というより花壇《かだん》のように華《はな》やかだったが、ジルが目と口をぽっかり開けて見入ってしまったのは、その人たちの姿そのものが変わっていたからだ。「その人たち」というのが正しい表現《ひょうげん》なのかどうか、わからないが。というのも、見送りの者たちのうち、人間は五人に一人くらいしかいなくて、残りはわたしたちの世界では

YOUCHAN

けっして目にすることのない生き物たちだったのである。フォーン。[5]サタイア。[6]ケンタウロス。[7]ジルがそれらの名前を知っていたのは、絵を見たことがあったからだ。ドワーフたちもいた。ジルが知っている動物もたくさんいた。クマ。アナグマ。モグラ。ヒョウ。ネズミ。そして、さまざまな鳥たち。しかし、そうは言っても、それらはイギリスで同じ名前で呼《よ》ばれている動物たちとはずいぶんちがって見えた。いくつかの動物は、イギリスで見るよりはるかに大きかった。たとえば、ネズミは後ろ足ですっくと立っていて、身長が六〇センチ以上《いじょう》もあった。それに、体格《たいかく》を別《べつ》にしても、動物たちはどれも見た目がちがっていた。顔つきを見ただけで、人間と同じようにしゃべったり考えたりできる動物たちだとわかった。

「わあ、すごい！」ジルは思った。「やっぱり、ほんとうだったのね」しかし、次の瞬間《しゅんかん》、こうも思った。「あの生き物たち、みんな友好的《ゆうこうてき》なのかしら？」というのは、ちょうどそのとき、人垣《ひとがき》のはずれあたりに二人の巨人《きょじん》の姿《すがた》が見え、また、名前をまったく知らない生き物たちの姿も見かけたからだ。

その瞬間、アスランのことと〈しるし〉のことが頭にうかんだ。この三〇分ほどのあいだ、ジルはそのことをすっかり忘《わす》れていた。

「スクラブ！」ジルはユースティスの腕《うで》をつかんで、小声で話しかけた。「スクラブ、ねえ、急いで！　誰《だれ》か知ってる人の姿、見かけない？」

「なんだよ、また現《あらわ》れたのか」スクラブが不《ふ》愉《ゆ》快《かい》そうな顔で言った（たしかに不愉快な顔になる理由はあった）。「静《しず》かにしててくれないか？　あれを聞きたいから」

「それどころじゃないのよ」ジルが言った。「一刻《いっこく》の猶予《ゆうよ》もないの。あのなかにむかしから知ってる友だちの顔、見えない？　その人のところへ行って、いますぐ声をかけなくちゃいけないことになってるんだから」

「それ、いったい何の話？」スクラブが言った。

3　大型《おおがた》の猟犬《りょうけん》。
4　背《せ》の低《ひく》い種族《しゅぞく》。ナルニアのドワーフは土掘《つちほ》りや金属細工《きんぞくざいく》が得意《とくい》。
5　人間の上半身にヤギの下半身をもつ牧神《ぼくしん》で、笛の名手。
6　人間の上半身にヤギまたは馬の下半身をもつ森の神。
7　上半身が人間で下半身が馬の怪物《かいぶつ》。

「アスランよ。ライオンの。アスランがそうしなくちゃいけないって言ったの」ジルは、もうどうにでもなれという気分だった。「わたし、アスランに会ったのよ」

「ふうん、アスランに会ったんだ。何て言ってた？」

「あんたがナルニアでいちばん最初《さいしょ》に見る人はむかしからの古い友だちで、あんたはすぐにその人に声をかけなくちゃいけない、って」

「ここにいる人たちのなかに知ってる人なんか一人もいないよ。それに、どっちにしても、ここがナルニアかどうかもわかんないし」

「あんた、前に来たことがあったんじゃなかったの？」ジルが言った。

「それは何かの思いちがいだろうよ」

「うそでしょ！　だって、あんた言ったじゃない――」

「頼《たの》むから黙《だま》っててくれってば。あの人たちの話を聞きたいんだから」

王はドワーフに向かって何ごとか話しかけていたが、ジルには何を言っているのか聞こえなかった。そして、ジルの見るかぎり、ドワーフのほうは何も答えず、さかんにうなずいたり首を振《ふ》ったりしているだけだった。やがて、王は声を大きくして見送りの人たち全員に向かってスピーチを始めた。しかし、その声はひどく年老《としお》いてかすれていたし、それに話の内容《ないよう》もジルにはまるでなじみのない人々や場所についてのことだったので、何を言っているのかほとんど理解《りかい》できなかった。スピーチが終わると、王は腰《こし》をかがめてドワーフの両頬《りょうほほ》にキスをし、ふたたび背《せ》すじを伸《の》ばすと、みんなを祝福《しゅくふく》するように右手を上げたあと、弱々しい足取りでそろそろとタラップを登って、船に乗りこんだ。見送る人々は王の船出にひどく心を痛《いた》めているようすで、あちこちでハンカチが取り出され、そこかしこからすすり泣《な》きの声が聞こえた。やがてタラップがはずされ、船尾楼《せんびろう》からラッパの音が鳴《な》り響《ひび》いて、船が埠頭《ふとう》を離《はな》れて動きだした（オールで漕《こ》ぐ船に引かれての船出だったが、ジルには見えなかった）。

「それで――?」とスクラブが言いかけたが、会話はそこでとぎれた。ちょうどそのとき、大きな白い物体（ジルは一瞬《いっしゅん》、凧《たこ》かと思った）が空から滑《すべ》るように下りてきて、スクラブの足もとに着地したのだ。それは白フクロウだったが、ものすごく大きいフクロウで、一人前のドワーフと同じくらいの身長があった。

フクロウは近視《きんし》の人のように目をしばたたいたり目をこらしたりして、首を少しかしげたあと、フクロウが鳴くような低《ひく》い声で言った。

「ホーホー！　あんたがたお二人は、どなたさんで？」

「ぼくの名はスクラブ、こちらはポウル」ユースティスが答えた。「ここがどこだか、教えてくれませんか？」

「ここはナルニアで、王様のお城《しろ》ケア・パラヴェルの前です」

「いまさっき船に乗ったのが、王様？」

「ホーホー、いかにも」フクロウは悲しそうに大きな頭を振《ふ》った。「しかし、あんたがたは、どなたさんなので？　どうも、お二人とも魔法《まほう》のにおいがする。あんたがたがここに着くところを見ましたぞ。お二人とも、飛んでこられましたな。みんな王様を見送るのに忙《いそが》しくて、誰《だれ》も気づかなかったが、わたしは見ましたぞ。わたしはたまたま気がついた。あんたがたは飛んでこられましたな」

「ぼくたち、アスランによってここへ遣《つか》わされたんです」ユースティスが小さな声で言った。

「ホーホー、ホーホー！」フクロウは羽根《はね》を逆立《さかだ》てて言った。「なんとまた、ややこしい。こんな夕方早くから。わたしは日が沈《しず》んでからでないと頭がはっきりしませんのじゃ」

「わたしたち、行方不明《ゆくえふめい》の王子様を探《さが》すために遣《つか》わされてきたんです」それまでなんとか会話に割《わ》りこもうとしていたジルが口をはさんだ。

「そんな話、初《はじ》めて聞いたぞ」ユースティスが言った。「何の王子様だって?」

「あんたがた、いますぐ摂政閣下《せっしょうかっか》に話をしたほうがよろしかろう」フクロウが言った。「むこうでロバの車椅子《くるまいす》に乗っておられるのが摂政閣下、ドワーフのトランプキン様です」フクロウは向きを変《か》えて二人の前に立って歩きながら、「フー、ホーホー！　なんたる騒《さわ》ぎ！　まだ頭がはっきりせんのに。こんな早い時間から」とつぶやいていた。

「あの王様の名前は?」ユースティスが聞いた。

「カスピアン一〇世です」フクロウが答えた。それを聞いたとたんにスクラブが足を止めて顔色を失《うしな》ったので、ジルはいったい何ごとなのかと思った。こんなにショックを受けたスクラブの顔は見たことがなかった。が、ジルがそのことをたずねる前に、二人はドワーフのそばまで来ていた。ドワーフはちょうどロバの手綱《たづな》を手に取り、城《しろ》へもどろうとするところだった。見送りの人々も三々五々《さんさんごご》同じ方向へもどっていくところで、ちょうど何かの試合《しあい》か競馬《けいば》が終わったあとに人々が散《ち》っていくような光景《こうけい》だった。

「ホーホー！　えへん！　摂政閣下《せっしょうかっか》」フクロウがこころもち身をかがめ、ドワーフの耳にくちばしを近づけて声をかけた。

「へ？　何じゃて？」ドワーフが言った。

「見かけぬ者たちが二人まいっております、閣下」フクロウが言った。

「かけぬもの？　どういう意味じゃ？」ドワーフが言った。「わしの目には、えらく薄汚《うすよご》れた人間の仔《こ》が二人見えるが。何の用じゃ？」

「わたし、ジルと言います」ジルが一歩前に出て言った。だいじな用件《ようけん》を早く話したくてうずうずしていたのだ。

「こちらの女の子は、ジルという名前だそうです」フクロウができるかぎりの大声をはりあげた。

「何じゃと？」ドワーフが言った。「キル？[8] 殺《ころ》されたのか？ 女の子たちが？ みな殺しじゃと？ そんな話は信《しん》じられぬぞ。どこの女の子たちじゃ？ 誰《だれ》が殺したのじゃ？」

「女の子は一人だけです、閣下《かっか》」フクロウが言った。「その子の名前はジルです」

「もっと大きな声ではっきりと言ってくれ」ドワーフが言った。「そんなところに突《つ》っ立《た》ってフーフーホーホー言っておっても聞こえんわい。で、誰が殺されたのじゃ？」

「誰も殺されてはおりません」フクロウが声をはりあげた。

「誰がじゃ？」

「だ！ れ！ も！」

「わかった、わかった。どならんでもよいわ。わしはそれほど耳が遠くはないぞ。何でわざわざやって来て、誰も殺されておらんなどという話をする？ なんで人が殺さ

8 called Jill（ジルという名）を all killed（みな殺しにされた）と聞きまちがえている。

れにゃならんのじゃ？」

「ぼくのこと、ユースティスだって伝えたほうがいいかも」スクラブが言った。

「男の子のほうは、ユースティスです、閣下《かっか》」フクロウができるかぎりの大声をはりあげて伝《つた》えた。

「何？　ユースレス[9]じゃと？　役立たずなのか？」ドワーフがいらついた声を出した。

「さもあろう。だから、その子を城《しろ》へ連《つ》れてくるというのか？　え？」

「ユースレスではございません、ユー、ス、ティ、ス、です」フクロウが言った。

「ユースト・トゥ・イット[10]、じゃと？　そういうことに慣《な》れておるのか？　おまえの言うことは、さっぱりわからん。いいかね、グリムフェザー[11]の親方よ。わしが若かったころは、この国にはちゃんとものをしゃべることのできる〈もの言うけもの〉たちがおったものじゃ。けものも、鳥も。こんなふうにモグモグ、ボソボソ、ヒソヒソと話の通じぬことはなかった。そんなことでは通用せなんだ。そうじゃとも、そんなことでは、一瞬《いっしゅん》たりとも通用せなんだのじゃ。ウルナス、補聴器《ほちょうき》を――」

さっきからずっとドワーフの脇《わき》に控《ひか》えていた小柄《こがら》なフォーンが、銀色のラッパのような形をした補聴器《ほちょうき》をドワーフに手渡《てわた》した。補聴器はセルパン[12]という楽器《がっき》に似た形をしていて、管《かん》の部分がドワーフの首に巻《ま》きつくようになっていた。ドワーフが補聴器をつけているあいだに、フクロウのグリムフェザーがとつぜん声をひそめて子どもたちに言った。

「頭がいくらかはっきりしてきましたぞ。行方《ゆくえ》不明《ふめい》の王子様のことは、口にしないように。理由はあとで説明《せつめい》します。ダメです、ホー！　言っちゃダメです、ホーホー！　まったく、なんたる騒《さわ》ぎ！」

「さて、と」ドワーフが口を開いた。「グリムフェザーの親方よ、何かまともな話があるのならば、さあ、言いなされ。深呼吸《しんこきゅう》をして、あまり早口でしゃべらんように」

子どもたちから口ぞえされながら、ドワーフが話のとちゅうで咳《せき》の発作《ほっさ》を起こした

9　Eustace（ユースティス）を useless（役立たず）と聞きまちがえている。
10　Eustace（ユースティス）を used to it（慣《な》れている）と聞きまちがえている。
11　Glimfeather。Glim は古い英語の gleam（輝《かがや》く）に由来《ゆらい》、feather は羽根《はね》。
12　serpent（ヘビ、の意）。古い木管楽器《もっかんがっき》の一種《いっしゅ》で、ヘビのような形をしている。

にもかかわらず、とにかくグリムフェザーが説明《せつめい》をし、この見知らぬ子どもたちはアスランから遣《つか》わされてナルニアの宮廷《きゅうてい》をたずねてきたのだ、という話が伝《つた》わった。ドワーフはさっと二人の姿《すがた》を見上げた。その目には、さっきまでなかった表情《ひょうじょう》がうかんでいた。

「アスラン御《おん》みずからが遣わされた、とな。え？」トランプキンが言った。「と言うことは――ふうむ――あの〈別《べつ》の場所〉から――世界の果《は》てのそのまたむこうから、とな。え？」

「はい、閣下《かっか》」ユースティスが補聴器《ほちょうき》に向かって大声でどなった。

「アダムの息子《むすこ》とイヴの娘《むすめ》、とな。え？」ドワーフが言った。しかし、実験《じっけん》学校ではアダムとイヴの話は教えられたことがなかったので、ジルもユースティスもこの質《しつ》問《もん》には答えられなかった。だが、ドワーフはそんなことはどうでもいいようだった。

「親愛《しんあい》なるお二方よ」ドワーフはそう言ってまず一人の手を取り、つづいてもう一人の手を取って、軽く頭を下げた。「大歓迎《だいかんげい》いたしますぞ。わが親愛なる国王陛下《へいか》、おいたわしきわが君がいましがた七つ島諸島《しょとう》に向けて出航《しゅっこう》してしまったのでなければ、お二方がおいでになったことをさぞ喜《よろこ》ばれたろうに。いっときは、若《わか》さをとりもどしてくださったやもしれぬ――いっときは。さてさて、もう夕食の時間じゃわい。ご用向きの件《けん》は、あすの朝、しかとうかがおう。グリムフェザーの親方よ、こちらのお客人たちに最上級《さいじょうきゅう》の寝室《しんしつ》とふさわしい衣類《いるい》など一切《いっさい》を用意してさしあげてくれ。それから、グリムフェザー、ちょっと耳を――」

ここでドワーフはフクロウの頭に口を近づけ、内緒話《ないしょばなし》をささやこうとしたのだが、耳が遠い人の例《れい》にもれず、トランプキンも自分の声の大きさをよくわかっていなかったので、子どもたち二人に話が丸聞こえになってしまった。「あの二人をきれいに洗《あら》ってやれ」

そのあと、ドワーフはロバに軽く鞭《むち》を当て、速歩《はやあし》とよたよた歩きの中間ぐらいの速さで城《しろ》のほうへ進みはじめた（小柄《こがら》なロバはとても太っていた）。フォーンとフクロウと子どもたちも、かなりゆっくりとした足取りで後ろからついていった。太陽が沈《しず》み、空気が冷《ひ》えはじめていた。

一行《いっこう》は芝生《しばふ》を横切り、果樹園《かじゅえん》を抜《ぬ》けて、ケア・パラヴェルの北門までやってきた。

城門《じょうもん》は大きく開け放たれていた。門から中にはいると、そこは草地の中庭になっていて、右手の大広間の窓《まど》という窓からはすでに明かりがもれ、正面に見えるもっと複《ふく》雑《ざつ》な構造《こうぞう》の建物《たてもの》が寄《よ》り集《あつ》まっているあたりにも明かりが見えた。フクロウは正面の建物のほうへ二人を案内《あんない》し、とても感じのよい女の人がジルの世話係につけられた。その人は、背丈《せたけ》はジルと同じくらいだが、ずっと細身で、もうすっかり大人の女性《じょせい》だった。しぐさはヤナギのようにたおやかで、髪《かみ》もヤナギのように柔《やわ》らかく、髪にコケがからみついているように見えた。世話係の女性に案内されて小さな塔《とう》にはいっていくと、そこは円形の部屋になっていて、床《ゆか》をくり抜《ぬ》いた小さなお風《ふ》呂《ろ》があった。床と同じ高さに作られた暖炉《だんろ》にいい香《かお》りのする薪《まき》がくべられ、アーチ天井《てんじょう》からは銀の鎖《くさり》でランプが吊《つ》るされていた。西に向いた窓から初《はじ》めて目にするナルニアの国が見え、遠い山なみのかなたに消えようとしている入り日の名残《なご》りで空が赤く輝《かがや》いていた。ジルの胸《むね》の中で冒険《ぼうけん》へのあこがれがふくらみ、この先にたくさんの冒険が待ち受けているにちがいないと思った。

ジルは風呂からあがり、髪をとかし、用意されていた衣装《いしょう》を身につけた。それは肌《はだ》ざわりがよいだけでなく、見た目もすばらしく、いい香《かお》りがして、からだを動かしたときの衣《きぬ》ずれの音もすてきだった。窓《まど》からの眺《なが》めをあらためて楽しもうと思って窓《まど》辺《べ》へ行きかけたところで、ドアをノックする音がした。

「どうぞ、はいって」ジルは言った。部屋にはいってきたのはスクラブで、こちらも風呂《ふろ》あがりでナルニア風のすばらしい衣装《いしょう》を身につけていたが、その表情《ひょうじょう》は少しも楽しそうには見えなかった。

「ああ、やっと見つかった」スクラブは不《ふ》きげんそうな声でそう言って、どさっと椅《い》子《す》に腰《こし》をおろした。「さっきから、どれだけ探《さが》したか」

「なら、見つかったから、いいじゃない」ジルが言った。「ね、スクラブ、これってすごくない？　言葉では言えないくらい、めちゃくちゃにすてきだわ」この瞬間《しゅんかん》、ジルは〈しるし〉のことも行方不明《ゆくえふめい》の王子のこともすっかり忘《わす》れていた。

「なんだ、そんなことか」スクラブはそう言って少し黙《だま》りこんだあと、「ぼくは、来なけりゃよかったと思ってる」と言った。

「え、どうして？」

「耐《た》えられないよ」スクラブが言った。「あの王様の――カスピアンの――あんなによぼよぼの年寄《としよ》りになった姿《すがた》を見るなんて。ほんと……ぞっとするよ」

「それがあんたとどう関係《かんけい》あるの？」

「ぼくの気もちなんか、わかるもんか。そうか――でも考えてみたら、わからなくて当たり前だな。この世界では時間がぼくたちの世界とまるっきりちがう進みかたをするって話、してなかったもんな」

「どういう意味？」

「ここで過《す》ごした時間っていうのは、ぼくたちの世界の時間だと一秒にさえならないんだ。わかる？　つまり、ここでどのくらい長い時間を過ごしたとしても、むこうに帰れば実験《じっけん》学校を出た瞬間《しゅんかん》に逆《ぎゃく》もどりするんだ、ってこと」

「それは、あんまり楽しく――」

「黙《だま》って！　口をはさまないで聞けよ。で、イギリスに――つまりぼくたちの世界へ――もどったあとは、こっちの時間がどう流れてるかはわからないんだ。イギリスで一年が過ぎるあいだに、ナルニアでは何年も過ぎているかもしれない。ペヴェンシーのいとこたちからさんざん話を聞いてたのに、バカだな、忘《わす》れてたんだ。いま、この時点では、ぼくが前回ナルニアに来てからどうやらこっちの時間で七〇年くらいが過《す》ぎたらしい。わかる？　ナルニアへもどってみたら、カスピアンがあんな老人《ろうじん》になっちゃってたってわけさ」

「ってことは、あの王様はあんたの古い友だちだったってことね！」ジルが言った。恐《おそ》ろしい考えがジルの頭をよぎった。

「そのとおりさ」スクラブが沈《しず》んだ表情《ひょうじょう》で言った。「あんないい友だちはないってくらいの友だちだった。それに、この前はカスピアンはぼくより五、六歳《さい》くらい年上なだけだったのに、あんな真っ白なひげの年寄《としよ》りになっちゃって。離《はな》れ島諸島《じましょとう》を奪還《だっかん》した日の凜々《りり》しいカスピアンの姿《すがた》を思い出すよ。あと、大ウミヘビと戦《たたか》ったときの姿も。ああ、ぞっとする。もどってきてみたらカスピアンが死んでた、っていうよりもっとひどい気分だよ」

「もう、何をつまんないこと言ってんのよ」ジルがじれったそうに声をあげた。「あんたが思ってるより、はるかに深刻《しんこく》なことになってるんだから。わたしたち、最初《さいしょ》の

〈しるし〉をやりそこなったのよ」もちろん、スクラブには何のことやら理解《りかい》できなかった。そこで、ジルはアスランとの会話のことを話して聞かせ、四つの〈しるし〉のことと、行方不明《ゆくえふめい》の王子を探《さが》すという任務《にんむ》を与《あた》えられたことをスクラブに伝《つた》えた。

「だからね」ジルが話をまとめた。「アスランが言ったとおり、あんたはたしかにむかしの友だちを見かけたのよ。そして、そのときすぐに声をかけなくちゃならなかったのよ。でも、そうしなかったから、もう何もかも最初から失敗《しっぱい》になっちゃった、ってわけ」

「だって、そんなこと、わかるはずないじゃないか」スクラブが言った。

「わたしが伝えようとしたときに話を聞いてくれてたら、ちゃんとうまくいったはずなのよ」ジルが言った。

「なるほどね。じゃあ、あの崖《がけ》っぷちでそっちがバカなことしてぼくを殺《ころ》そうとしなけりゃよかったんじゃないか。ああ、そうさ、殺そうとした。何度でも言ってやるから覚悟《かくご》しろ。あれさえなかったら、ぼくたちはいっしょにナルニアに来られたし、何をすればいいかもわかってたはずなのに」

「ねえ、あんたが最初《さいしょ》に見た人っていうのは、ほんとうにあの人で間違《まちが》いないの？」ジルが言った。「わたしより何時間も前にこっちに着いてたんでしょ？　もっと前に誰《だれ》かほかに知ってる人の姿《すがた》を見たってことはないの？」

「ぼくが着いたのは、ほんの一分くらい前だよ」スクラブが言った。「アスランは、きっと、ぼくよりもっとスピードをつけてあんたを吹《ふ》いたんだ。むだにした時間を取り返すために。あんたがむだにした時間をね」

「ちょっと、スクラブ、そこまで言わなくたっていいじゃない」ジルが言い返した。

「あら？　あれ、何かしら？」

それは夕食を知らせる鐘《かね》の音だった。おかげで、派手《はで》なけんかに発展《はってん》しそうだった言い合いがうまく回避《かいひ》される形になった。二人とも、おなかがぺこぺこだったのだ。

城《しろ》の大広間での夕食は、二人とも見たことがないほど豪華《ごうか》な宴《うたげ》だった。ユースティスは前にナルニアへ来たことがあったけれども、そのときはずっと船旅だったので、ナルニアの本土でおこなわれる華麗《かれい》な行事や丁重《ていちょう》なもてなしとは縁《えん》がなかった。天井《てんじょう》からはさまざまな旗《はた》が吊《つ》るされ、新しい料理《りょうり》が運ばれるたびにトランペットとティンパニが鳴らされた。思い出すだけでよだれが垂《た》れそうなスープがあり、パヴェンダー[13]という美しい魚があり、シカ肉があり、クジャクの料理《りょうり》があり、パイがあり、氷菓子《こおりがし》があり、ゼリーや果物《くだもの》やナッツがあり、ありとあらゆるワインやフルーツ飲料《いんりょう》があった。ユースティスでさえ少しは元気が出て、「なかなかのものだ」と認《みと》めた。料理や飲み物があらかた片《かた》づいたところで盲目《もうもく》の詩人が歩み出て、コル王子とアラヴィスと馬のブリーの壮大《そうだい》な昔話を歌い語った。これは『馬と少年』という話で、ピーター王がケア・パラヴェルに上級王として君臨《くんりん》していた黄金時代にナルニア国とカロールメン国とそのあいだの土地で起こった物語だ（いまは語る時間がないが、これはぜひとも耳を傾《かたむ》けるべき物語である）。

夕食が終わって上階の寝室《しんしつ》に向かうとちゅう、ジルが大あくびをしながら「今夜はぐっすり眠《ねむ》れそうね」と言った。長い一日だったからだ。しかし、これは一寸先《いっすんさき》の展《てん》開《かい》がいかに予測《よそく》しがたいかを雄弁《ゆうべん》に語るものだったと言えよう。

13　ナルニアの海にいる想像上《そうぞうじょう》の魚。虹色《にじいろ》をしている。

4　フクロウ会議《かいぎ》

なんともおかしなことだが、人は眠《ねむ》ければ眠いほど、ベッドにはいる前にぐずぐず時間をつぶしてしまいがちなものだ。とくに、部屋に暖炉《だんろ》があって火が燃《も》えているような夜には。ジルは、ドレスを脱《ぬ》ぐ前にとにかく少しのあいだ火の前に腰《こし》をおろしたいと思った。そして、いったん腰をおろしたら最後《さいご》、もう二度と立ちあがりたくなくなってしまった。「ベッドにはいらなくちゃ」と五回もつぶやいたとき、窓《まど》をコツンと叩《たた》く音が聞こえて、ジルはビクッとした。

立ちあがって窓のカーテンを開けてみたが、初《はじ》めは暗闇《くらやみ》しか見えなかった。と思った次の瞬間《しゅんかん》、ジルは思わず跳《と》び上《あ》がるように後ずさりした。何かものすごく大きなものが窓にむかって突進《とっしん》してきて、窓ガラスを鋭《するど》くコツンと打ったのだ。ジルの頭にひどく不快《ふかい》な考えがうかんだ――「この国に巨大《きょだい》なガがいたりしたら、やだなあ！　げっ！」でも、そのものが次にまた飛《と》んできたとき、くちばしが見えたような気がした。そして、そのくちばしが窓《まど》をたたくのも見えた。「なんかものすごく大きな鳥みたい」ジルは思った。「ワシかしら？」ワシに部屋を訪《たず》ねてこられるのもあまりうれしくなかったが、ジルはとにかく窓を開けて外をのぞいてみた。すると、バサバサと大きな音がして、何かが窓台《まどだい》に着地した。その生き物が窓全体をふさいでしまったので、ジルは押《お》しこまれるようにして一歩うしろに下がった。見ると、それはさっきのフクロウだった。

「しーっ、静《しず》かに！　ホーホー！」フクロウは言った。「音をたてないように。ところで、あんたがたお二人さん、本気で任務《にんむ》に取り組むおつもりかね？」

「行方不明《ゆくえふめい》の王子様のこと？」ジルが言った。「ええ、やるしかないわ」いまになって、ジルは例《れい》のライオンの声と顔を思い出した。大広間での豪華《ごうか》な宴《うたげ》と物語の朗唱《ろうしょう》のあいだ、ほとんど忘《わす》れかけていたのだが。

「よろしい！」フクロウが言った。「それでは、一刻《いっこく》の猶予《ゆうよ》もなりません。すぐにここから脱出《だっしゅつ》しなくては。わたしはこれからもう一人の人間を起こしにいきます。そのあとで、おたくを迎《むか》えにもどってきます。そのお城《しろ》の中で着るようなしゃなりしゃなりしたドレスは脱《ぬ》いで、旅をしやすい服に着替《きが》えておいてください。すぐにもどってきますから。ホーホー！」フクロウはジルの返事も聞かずに飛《と》んでいってしまった。

もしジルが冒険《ぼうけん》というものにもう少し慣《な》れていたならば、フクロウの言葉を鵜呑《うの》みにはしなかっただろうが、このときのジルにはフクロウの言葉を疑《うたが》うなどという考えはうかばなかった。それに、真夜中に城を抜《ぬ》け出《だ》すという展開《てんかい》に興奮《こうふん》して、眠気《ねむけ》もどこかへ吹《ふ》き飛《と》んだ。ジルはセーターとショートパンツに着替えた。ショートパンツのベルトにはハイキング用の小さなナイフがついていたから、これも何かの役に立つかもしれないと思った。そのほかには、ヤナギのような髪《かみ》をした女官《にょかん》が部屋に置《お》いていってくれたもののなかから役に立ちそうなものを選《えら》んだ。膝丈《ひざたけ》の短いマント。これはフード付《つ》きだったから、「雨に降《ふ》られたときには、ちょうどいいわ」とジルは思った。それ以外《いがい》には、ハンカチを何枚《なんまい》かと、くしを一本持った。そして椅子《いす》に腰《こし》をおろし、迎えを待った。

また眠《ねむ》りこみそうになったころ、ようやくフクロウがもどってきた。

「それでは、まいりましょう」フクロウが言った。

「先に立って案内《あんない》してちょうだい」ジルが言った。「このお城《しろ》の廊下《ろうか》、まだよくわからないんだもの」

「ホーホー！」フクロウが言った。「お城の中を通っていくのではありません。それではうまくありません。わたしの背中《せなか》に乗ってください。空を飛《と》んでいきます」

「え！」ジルは口を開いたまま棒立《ぼうだ》ちになった。フクロウの背中に乗るというのは、あまりいい考えだとは思えなかった。「わたし、重すぎるんじゃない？」

「ホーホー、ホーホー！　バカなことを言わないでください。いまさっき、もう一人の人間を運んだところなんですから。さあ。ただし、その前に、あのランプの火を消していかないと」

ランプの火を消したら、窓《まど》の外に見える夜の景色《けしき》が思ったより暗くないのがわかった。夜空は真っ黒ではなくて、灰色《はいいろ》だった。フクロウは窓台《まどだい》の上でジルのほうに背中を向け、翼《つばさ》を持ちあげた。ジルはフクロウの太くて短い胴体《どうたい》にしがみつき、両膝《りょうひざ》を

YOUCHAN

翼《つばさ》の下に入れてきつくしめつけた。フクロウの羽根《はね》はすばらしく温かくて柔《やわ》らかだったが、どこにもつかまる場所がないのが難点《なんてん》だった。「スクラブは、フクロウに乗ってどう思ったかしら！」ジルがそんなことをちらっと考えた瞬間《しゅんかん》に、フクロウはぞっとするような急降下《きゅうこうか》で窓台《まどだい》を離《はな》れた。ジルの耳もとで翼をバサバサと動かす音がして、冷たく湿《しめ》った夜の空気が顔をなでた。

夜はジルが思っていたよりずっと明るく、空は一面に雲がかかっていたが、ひとところだけ銀色ににじんでいるところがあって、雲の上に月が隠《かく》れているのがわかった。眼下《がんか》には灰色《はいいろ》の原野が広がり、木立《こだ》ちが黒々と見えた。けっこう風があって、高く低《ひく》くうなる風音の変化《へんか》から雨が近いと感じられた。

フクロウがぐるりと旋回《せんかい》したので、こんどは行く手に城《しろ》が見えた。明かりがついている窓はほとんどなかった。フクロウは城を越《こ》えて北の方向へ飛《と》び、川にさしかかった。空気がいちだんと冷たくなり、ジルは川面《かわも》にフクロウの白い影《かげ》が映《うつ》っているのが見えたような気がしたが、まもなくフクロウは北側《きたがわ》の川岸に達《たっ》し、その先の森を越えて飛んでいった。

と、いきなりフクロウが何かにパクッと食いついた。ジルには何を食べたのか見えなかった。

「ちょっと、やめてよ！」ジルが言った。「急に動くから、落っこちそうになったじゃないの」

「それは失礼《しつれい》」フクロウが言った。「ちょっとコウモリをいただいたんですよ。よく太った小ぶりのコウモリほど腹《はら》もちのいいおやつはありませんのでね。一匹捕《ぴきつか》まえてあげましょうか？」

「いいえ、けっこうよ」ジルは身震《みぶる》いしながら答えた。

フクロウはさっきまでより少し高度を下げた。やがて、大きな黒い影《かげ》が近づいてきた。黒い影に見えたものが実際《じっさい》には崩《くず》れかけた塔《とう》で、たくさんのツタにおおわれているらしいとわかった次の瞬間《しゅんかん》、ジルは思わず首をすくめた。アーチ形の窓枠《まどわく》にぶつかりそうになったからだ。背中《せなか》にジルを乗せたフクロウは、ツタにおおわれたクモの巣《す》だらけの窓にからだをねじこむようにして、暗い塔のてっぺんに飛《と》びこんだ。すがすがしい灰色《はいいろ》の夜空にくらべると塔の中はかびくさく、フクロウの背中から滑《すべ》りおりた瞬間《しゅんかん》に、ジルには塔《とう》の中がずいぶん混《こ》みあっているのがわかった（なぜか、こういうことは感覚《かんかく》でわかるものだ）。暗闇《くらやみ》の中であちこちから聞こえてきたのが「ホーホー！」という声だったので、塔の中にぎっしりと集まっているのはフクロウらしいとわかった。そこへフクロウとはまったくちがう声が聞こえてきたので、ジルは正直ほっとした。

「そこにいるのはポウルか？」

「そっちはスクラブなの？」ジルが言った。

「さて」グリムフェザーが口を開いた。「全員集まったようですな。それでは、フクロウ会議《かいぎ》を始めます」

「ホーホー！　ごもっとも。そうしよう、そうしよう」いくつかの声が応《おう》じた。

「ちょっと待って」スクラブの声がした。「最初《さいしょ》に言っておきたいことがある」

「どうぞ、どうぞ」フクロウたちの声がした。「言ってみて」というジルの声も聞こえた。

スクラブが話しはじめた。「ここにいるみんな……っていうのはフクロウのみんなのことだけど、みんなはカスピアン一〇世が若《わか》かったころ東のほうの世界の果《は》てまで船で行ったことは知っていると思う。ぼくは、その船にいっしょに乗っていた。ネズミのリーピチープや、ドリニアン卿《きょう》や、仲間《なかま》たちといっしょに。信《しん》じられないかもしれないけど、ぼくたちの世界では、こっちの世界のようなスピードでは歳《とし》をとらないんだ。それで、ぼくが言いたいのは、ぼくは王様の側《がわ》の人間だってことなんだ。フクロウ会議《かいぎ》が王に反旗《はんき》をひるがえすようなたくらみなら、ぼくは関《かか》わるつもりはない」

「ホーホー、わたしらも王様の側のフクロウですよ」フクロウたちが言った。

「じゃ、これはどういうことなんだ？」スクラブが聞いた。

「こういうことなんです」グリムフェザーが説明《せつめい》した。「摂政閣下《せっしょうかっか》すなわちドワーフのトランプキンの耳に行方不明《ゆくえふめい》の王子様を探《さが》しにいく計画が聞こえたら、トランプキンはあんたがたお二人さんを出発させてくれないだろう、ってことです。摂政閣下はあっという間に鍵《かぎ》をかけて、あんたがたお二人さんを閉《と》じこめてしまうでしょう」

「なんてことだ！」スクラブが言った。「まさか、トランプキンが裏切《うらぎ》り者《もの》だと？

むかし、海の上で、トランプキンの噂《うわさ》はさんざん聞いた。カスピアンは――カスピアン王は、トランプキンを心から信頼《しんらい》していたのに」

「いえいえ、そうじゃないんです」フクロウの声がした。「トランプキンは裏切《うらぎ》り者《もの》ではありません。ですが、これまでに三〇人以上《いじょう》の勇者《ゆうしゃ》たちが（騎士《きし》や、ケンタウロスや、良《よ》き巨人《きょじん》や、いろいろな者たちが）行方不明《ゆくえふめい》の王子を探《さが》すために次々に出かけていき、そのうちの一人としてもどってきた者はいないのです。それで、とうとう、王様は自分の息子《むすこ》の捜索《そうさく》のためにこれ以上ナルニアの勇者たちを犠牲《ぎせい》にするわけにはいかないとおっしゃって、王子様の捜索に行くことを禁《きん》じられたのです」

「だけど、ぼ、ぼくたち、は別《べつ》だろう」スクラブが言った。「ぼくが誰《だれ》なのかわかれば、そしてぼくが誰によって遣《つか》わされてきたのかを知れば、行かせてくれるにきまってる」

（「ぼ、ぼくじゃなくて、わ、わたしたち、でしょ」と、ジルが口をはさんだ。）

「なるほど」グリムフェザーが言った。「たしかに、そうでしょう。しかし、王様は船旅に出てしまいました。トランプキンは何が何でも決まりを守ろうとするでしょう。トランプキンは鋼鉄《こうてつ》のように実直な御仁《ごじん》ですが、すっかり耳が遠くなって、ひどく短気になりました。今回だけは例外《れいがい》を認《みと》めるべきだと説得《せっとく》しても、聞く耳を持たんでしょう」

「そりゃあ、トランプキンといえどもわたしらには一目置《いちもくお》くだろう、とおっしゃるかもしれません。なにしろ、わたしらはフクロウで、フクロウがどれほど賢《かしこ》いかはみんな知っておりますからね」ほかのフクロウが口を開いた。「けれど、トランプキンは大年寄《おおどしよ》りなので、『このヒヨッコめが。わしはおまえが卵《たまご》だったころを知っておるのだぞ。わしに指図《さしず》するなんぞ、百年早いわい。オタンコナスのコンコンチキ！』なんて言うんですよ」

トランプキンの口真似《くちまね》がなかなかうまかったので、あちこちからフクロウたちの笑《わら》い声《ごえ》があがった。それを聞いたユースティスとジルは、学校にもよく堅物《かたぶつ》の先生がいて生徒《せいと》たちから少し怖《こわ》がられたり笑いのネタにされたりしながらも人気があるものだけれど、ナルニアの民《たみ》たちにとってトランプキンはちょうどそんな感じの存在《そんざい》なのだな、と思った。

「王はいつになったら帰ってくるのですか？」スクラブが聞いた。

「それがわかりませんのです！」グリムフェザーが言った。「ちかごろ噂《うわさ》が立ちましてね。アスランその人が姿《すがた》をお見せになったという噂です。島に。たしか、テレビンシアだったと思いましたが。それで、王様は、死ぬ前にいまいちどアスランと直接《ちょくせつ》に対面して、自分なきあと誰《だれ》に王位《おうい》を継《つ》がせるべきか相談したい、とおっしゃったのです。でも、もしテレビンシアでアスランにお目にかかれなければ、王様はさらに東へ向かい、七つ島諸島《しょとう》や離《はな》れ島諸島《じま》まで、もしかしたらそのもっと先まで行こうとなさるのではないかと、みんな心配しておるのです。王様は口には出されませんが、世界の果《は》てまで航海《こうかい》したときの冒険《ぼうけん》をけっして忘《わす》れてはおられないことは、みんなよく承知《しょうち》しております。心の奥底《おくそこ》では、王様はふたたび東の果てへ行きたいと望《のぞ》んでおられるにちがいありません」

「それじゃ、王様が帰ってくるのを待っててもしかたないのね？」ジルが言った。

「いかにも。待っておってもしかたありません」グリムフェザーが言った。「ああ、なんたることよ！　あんたがたお二人さんがあの場ですぐに王様に気づいて声をかけていたら、こんなことにはならなかったのに！　そうしていたら、王様は準備万端《じゅんびばんたん》整えてくださったことだろうし、たぶん、王子様を探《さが》す旅に軍隊《ぐんたい》までつけてくださったかもしれないのに」

ジルは何も言わずに黙《だま》っていた。そして、ことがうまく運ばなかったほんとうの事《じ》情《じょう》をスクラブがフクロウたちに黙っておくだけの潔《いさぎよ》さを備《そな》えていることを願《ねが》った。スクラブは、ぎりぎりなんとかジルの期待に応《こた》えた。つまり、小声で「ぼくのせいじゃないからね」とつぶやいただけだったのだ。そのあと、スクラブはみんなに聞こえる声で言った。

「わかった。しかたない、王の助けはなしでやるしかない。ただし、もう一つ、知りたいことがある。このフクロウ会議《かいぎ》とやらが公明正大なもので邪悪《じゃあく》な意図がないのなら、どうしてこんなに秘密《ひみつ》っぽくやらなくちゃならないんだ？　こんな真夜中に、こんな廃墟《はいきょ》に集まったりして」

「ホーホー！　ホーホー！」と、フクロウたちから声があがった。「それじゃ、どこに集まりゃいいんです？　夜でなけりゃ、いつ集まるんです？」

「それは、こういうわけです」グリムフェザーが説明《せつめい》した。「ナルニアの生き物たちは、大多数がひどく不自然《ふしぜん》な生活習慣《しゅうかん》を持っております。彼《かれ》らは、いろんなことを昼間にするのです。太陽がギラギラ照《て》っている昼間に（げっ！）。誰《だれ》もがぐっすり眠《ねむ》っておるべき真っ昼間の時間に。おかげで、夜になると、みんな目は見えなくなるし、頭も働《はたら》かなくなって、ろくなことが言えなくなる。だから、わたしらフクロウは、相談ごとがあるときは、自分たちだけでちゃんとまともな時間に集会を開くことにしておるのです」

「なるほど」スクラブが言った。「じゃ、先へ進もう。行方不明《ゆくえふめい》の王子のことを詳《くわ》しく聞かせてほしい」すると、グリムフェザーとは別《べつ》の年寄《としよ》りのフクロウが話を始めた。

一〇年ほど前のことになるだろうか。カスピアンの息子《むすこ》リリアン王子がまだ年若《としわか》い騎士《きし》であったころ、五月のある朝、リリアン王子は母の王妃《おうひ》とともに馬に乗ってナルニアの北の地方へ出かけた。二人には多くの従者《じゅうしゃ》や女官《にょかん》たちがつきそい、みな頭に摘《つ》んだばかりの木の葉で作った冠《かんむり》をつけ、脇《わき》には角笛《つのぶえ》を下げていた。しかし、一行《いっこう》は猟犬《りょうけん》を連《つ》れていなかった。狩《か》りではなく、春の花を摘むための遠出だったからだ。その日が暖《あたた》かいうちに、一行は森の中にひらけた気もちのよい空き地へやってきた。そこには地中から新鮮《しんせん》な水の湧《わ》き出《で》る泉《いずみ》があり、一行《いっこう》はそこで馬を降《お》りて、食べたり飲んだりして楽しく過《す》ごした。しばらくすると王妃《おうひ》が眠気《ねむけ》を催《もよお》したので、お付《つ》きの者たちは草の生えた土手にマントを重ねて広げ、リリアン王子とほかの者たちは話し声や笑《わら》い声《ごえ》が王妃の眠りのさまたげにならぬよう、少し離《はな》れた場所に移《うつ》った。すると、ほどなく、しげみの奥《おく》から大蛇《だいじゃ》が現《あらわ》れて、王妃の手に牙《きば》を立てた。みなが王妃の叫《さけ》び声《ごえ》を聞いて駆《か》けつけた。最初《さいしょ》に王妃のもとに駆けつけたのは、リリアン王子だった。リリアン王子は王妃のそばからするすると遠ざかる大蛇を見つけ、剣《けん》を抜いて大蛇を追いかけた。大蛇は毒々《どくどく》しい緑色にぬらぬらと光り、王子はその姿《すがた》をはっきりと見ることができたが、大蛇が深い木立《こだ》ちの奥へはいりこんでしまったので、それ以上《いじょう》追いつめることができなかった。王子が母のもとにもどってみると、みなが大騒《おおさわ》ぎしていた。しかし何をしてもむなしかった。王妃の顔を一目見た瞬間《しゅんかん》、リリアン王子はどのような医術《いじゅつ》をもってしてももはや手のほどこしようがないことを悟《さと》った。いまわの際《きわ》に、王妃はリリアン王子に何かを訴《うった》えようとした。しかし、王妃の声はもはや言葉にならず、何を伝《つた》えたかったにせよ、それを伝えることなくみまかったので

YOUCHAN

だった。

あった。供《とも》の者たちが王妃《おうひ》の叫び声《さけごえ》を聞いてから、一〇分もたたぬあいだのできごとだった。

王妃のなきがらはケア・パラヴェルに運ばれ、リリアン王子とカスピアン王とナルニアのすべての民《たみ》がおおいなる悲しみに暮《く》れた。王妃はまことの貴婦人《きふじん》だった。賢《かしこ》くて優雅《ゆうが》で気だてがよく、カスピアン王がこの世の東の果《は》てから連《つ》れ帰《かえ》った自慢《じまん》の花嫁《はなよめ》であった。そのからだには星々の血が流れているという話だった。王子は母の死を深く悲しんだ。無理《むり》もない。母を亡《な》くした王子は、毎日のようにナルニアの北の国境《こっきょう》まで馬を走らせた。毒《どく》ヘビを見つけて、母の仇《かたき》を討《う》とうとしたのだった。北の地をさまよったあと城《しろ》へもどった王子は、疲《つか》れはて心を乱《みだ》したようすだったが、それが人の口《くち》の端《は》にのぼることはあまりなかった。ところが、王妃が亡くなってひと月ほどたったころ、王子のようすが変《か》わったという声が聞かれるようになった。目つきが幻《まぼろし》を見る者のそれになり、一日じゅう出かけているわりには馬をさほど乗りまわした形跡《けいせき》がないのだ。むかしからの廷臣《ていしん》たちのうち、王子といちばん親しかったのはドリニアン卿《きょう》であった。ドリニアン卿は、父王カスピアンがこの世の東の果てへ大航《だいこう》海《かい》をおこなったときに船長をつとめた人物である。

ある晩《ばん》、ドリニアン卿《きょう》はリリアン王子に言った。「殿下《でんか》、もう毒蛇《どくじゃ》を探《さが》すのはそろそろおやめになるべきです。相手は人間とはちがう愚《おろ》かなけものです。毒蛇を殺《ころ》したところで、真の仇討《あだう》ちにはなりませぬ。殿下はいたずらに御身《おんみ》をいじめておいでです」すると、王子はこう答えた。「卿よ、この七日のあいだ、わたしは毒蛇のことをほとんど忘《わす》れていた」ドリニアン卿が、それならばなぜ毎日のように北方の森へ馬を駆《か》られるのかとたずねると、王子は「卿よ、わたしはこの世で最《もっと》も美しいものを目にしたのだ」と答えた。「王子様」と、ドリニアン卿は言った。「どうか、あすは、わたくしもいっしょにお連れください。わたくしもその美しいものを見とうございます」「喜《よろこ》んで」と、王子は答えた。

翌日《よくじつ》、早い時刻《じこく》に二人は馬に鞍《くら》を置《お》き、北方の森をめざして馬をおおいに駆けさせ、ほかでもない王妃《おうひ》が落命した泉《いずみ》のほとりに到着《とうちゃく》した。よりにもよってこのような場所で王子が時を過《す》ごしていたことを、ドリニアン卿は不審《ふしん》に思った。二人はそこで正午まで休んだ。正午になってドリニアン卿が顔を上げると、そこには見たこともないほど美しい女性《じょせい》の姿《すがた》があった。その女性は泉《いずみ》の北のほとりに立ち、ひとことも発しないまま、片手《かたて》で王子を招《まね》くようなしぐさをした。女性は背《せ》が高く、堂々《どうどう》として輝《かがや》くばかりの美しさで、毒々《どくどく》しい緑色の薄手《うすで》の衣装《いしょう》を身にまとっていた。王子は魂《たましい》を抜《ぬ》かれたような顔で女性を見つめていたが、女性は忽然《こつぜん》と姿《すがた》を消した。どこへ消えたのか、ドリニアン卿《きょう》にはわからなかった。こうして二人はケア・パラヴェルにもどってきたが、緑色に輝く女性は邪悪《じゃあく》な存在《そんざい》にちがいないという思いがドリニアン卿の頭から離《はな》れなかった。

このことを王の耳に入れたものかどうか、ドリニアン卿はおおいに迷《まよ》った。しかし、告《つ》げ口《ぐち》や噂話《うわさばなし》を好《この》む人間と思われたくなかったので、黙《だま》っていた。しかし、あとになって、あのときに話していれば、と悔《く》やむことになった。というのは、翌日《よくじつ》、リリアン王子は一人で馬に乗って出かけ、夜になってももどらなかったのである。そして、それきり、ナルニアにおいても、近隣《きんりん》の諸国《しょこく》においても、リリアン王子の消息はいっさい聞かれなくなった。馬も見つからなければ、帽子《ぼうし》もマントも何ひとつ手がかりが見つからなかった。ドリニアン卿は自責《じせき》の念《ねん》に耐《た》えきれず、カスピアン王のもとへ行って、こう言った。「王よ、わたくしを重大なる反逆者《はんぎゃくしゃ》としてただちに殺《ころ》してください。わたくしは沈黙《ちんもく》によってあなたのご子息を破滅《はめつ》へ追いやりました」そして、ドリニアン卿《きょう》はことの次第《しだい》を王に話した。それを聞いたカスピアン王は戦斧《せんぷ》[1]を手にとり、ドリニアン卿に駆《か》け寄《よ》って、殺そうとした。ドリニアン卿は身じろぎひとつせず死を賜《たまわ》る瞬間《しゅんかん》を待った。しかし、戦斧を振《ふ》りあげたところでカスピアン王は急にそれを投《な》げ捨《す》て、叫《さけ》んだ。「わたしは王妃《おうひ》を失《うしな》い、息子を失った。このうえ友人まで失うのか？」そして、カスピアン王はドリニアン卿の首に抱《だ》きつき、卿を抱きしめて、二人は泣《な》き、友情《ゆうじょう》が壊《こわ》れることはなかった。

リリアン王子の物語はそのような内容《ないよう》だった。物語が終わったとき、ジルが口を開いた。「その毒《どく》ヘビと女の人は同じものだったんだと思う」

「たしかに。たしかに。わたしらも、そう思います」フクロウたちは言った。

「でも、わたしらは、その女が王子様を殺したとは思っておりません」グリムフェ

1　斧《おの》の形をした古代《こだい》の武器《ぶき》。

ザーが言った。「なぜなら、遺骸《いがい》がどこにも――」

「殺《ころ》されていないことは、ぼくたちも知っている」スクラブが言った。「いまもどこかで生きていると、アスランがポウルに教えたから」

「それは、むしろ事態《じたい》を難《むずか》しくするものですな」いちばん年配のフクロウが口を開いた。「つまり、その女が王子を利用《りよう》しようとしておることを意味しますからな。ナルニアに対して何か重大な悪事をたくらんでおる可能性《かのうせい》があります。はるかむかしのことになりますが、ナルニアが誕生《たんじょう》してまだ間もないころ、北方から〈白い魔女《まじょ》〉がやってきて、このナルニアの地を百年にわたって雪と氷に閉《と》じこめてしまったことがありました。今回もその一味の者かもしれません」

「わかった」スクラブが言った。「それじゃ、ポウルとぼくはこの王子を見つけるしかない。みんなは力を貸《か》してくれるのかな？」

「お二人には、何か手がかりがあるのですか？」グリムフェザーが言った。

「うん」スクラブが答えた。「北のほうへ行かなければならないことは、わかっている。巨人《きょじん》の都の廃墟《はいきょ》まで行かなければならないんだ」

それを聞いたとたん、フクロウたちのあいだからいちだんと大きな「ホーホー！」という声が上がり、鳥たちが足を踏《ふ》みかえたり羽根《はね》を逆立《さかだ》てたりする音が聞こえ、みんながいっせいにしゃべりだした。フクロウたちは口々に、行方不明《ゆくえふめい》の王子の捜索《そうさく》に出かける二人に同行できないのはまことにもって残念至極《ざんねんしごく》である、というようなことを言いはじめた。「おたくらは昼間に旅をしたいでしょうが、わたしらは夜中に旅をしたい質《たち》なんです」フクロウたちは言った。「それじゃ、うまくいきません。うまくいきっこありません」すでにこの廃墟《はいきょ》の塔《とう》の中さえも会議《かいぎ》を始めた当初《とうしょ》にくらべたら暗さが薄《うす》れてきた、会議が長くなりすぎているからだ、と指摘《してき》するフクロウの声も一つ二つあった。実際《じっさい》、巨人《きょじん》の都の廃墟をめざすと聞いただけで、フクロウたちの意気はくじけてしまったようだった。しかし、グリムフェザーはこう言った。

「お二人さんが北方へ、エティン荒野《こうや》のほうへ行かれると言うなら、〈ヌマヒョロリ〉のところまではお連《つ》れしなくては。役に立ちそうなのは、〈ヌマヒョロリ〉くらいしかおらんでしょうからな」

「たしかに、たしかに。そうしよう」ほかのフクロウたちが言った。

「それじゃ、行こう」グリムフェザーが言った。「わたしが一人を運ぶ。誰《だれ》か、もう一人を運んでくれる者は？　今夜のうちに送《おく》り届《とど》けなくてはならん」

「わたしが行こう。〈ヌマヒョロリ〉のところまでなら」別《べつ》のフクロウが応《おう》じた。

「さ、行きましょうか」グリムフェザーがジルに声をかけた。

「ポウルは眠《ねむ》っちゃったと思うよ」スクラブが言った。

5　パドルグラム

ジルはすっかり眠《ねむ》りこけていた。フクロウ会議《かいぎ》が始まったときからずっと大あくびをくりかえしていたが、とうとう眠気《ねむけ》に負けてしまったのだ。せっかく眠っているところを起こされたジルはきげんが悪く、おまけに気がついてみれば鐘楼《しょうろう》[1]のようなほこりっぽい場所でむきだしの床《ゆか》の上に倒《たお》れこんで眠っていて、あたりは真っ暗で、そのうえフクロウたちが所狭《ところせま》しとひしめいているのだった。ふたたび別《べつ》の場所（ベッドではなさそうだった）へ移動《いどう》するのだと聞かされて、ジルはますますきげんが悪くなった。しかも、またフクロウの背中《せなか》に乗っていくのだという。

1　教会などで、鐘《かね》が吊《つ》り下《さ》げてある塔《とう》。

「さあ、ポウル、しっかりしなよ」スクラブの声がした。「なんてったって、冒険《ぼうけん》なんだから」

「冒険なんて、もうたくさん」ジルは不《ふ》きげんな声で答えた。

とはいえ、ジルもとにかくグリムフェザーの背《せ》に乗ることには同意し、フクロウが夜の空に飛《と》びたったときには、思わぬ夜気《やき》の冷たさに、少しのあいだはすっかり目がさめた。月は沈《しず》み、空には星もなかった。後方をふりかえると、はるか遠く、ずいぶん高いところに、明かりのついた窓《まど》が一つだけ見えた。ケア・パラヴェルの塔《とう》の部屋にちがいない。あの塔の中の居心地《いごこち》のいい寝室《しんしつ》にもどりたい、という思いがジルの胸《むね》をかすめた。寝心地《ねごこち》のいいベッドにもぐりこみ、暖炉《だんろ》の火影《ほかげ》が壁《かべ》に揺《ゆ》れるのを眺《なが》めていたい、と。ジルは両手をマントの下にひっこめ、マントをからだにきつく巻《ま》きつけた。そのうちに、真っ暗な空中で少し離《はな》れたところから二つの声が聞こえてきたときには、少しギョッとした。スクラブが乗っているフクロウと話をしていたのだ。「スクラブはあまり疲《つか》れてるような声じゃないけど」と、ジルは思った。ジルは知らなかったが、スクラブは以前《いぜん》にナルニアで大冒険を経験《けいけん》しており、カスピアン王と〈東の海〉へ航海《こうかい》をしたときに身についた体力が、いまナルニアの空気のおかげでからだにもどってきつつあったのだ。

ジルは自分のからだをつねって、なんとか目を開けていようとがんばった。グリムフェザーの背中《せなか》でうとうとしたりしたら、おそらく落ちるだろうと思ったからだ。そのうちに、ようやくフクロウたちの飛行《ひこう》が終わり、ジルはこわばった手足をほどいてグリムフェザーの背中から降《お》りた。そこは平らな地面だった。冷《つめ》たい風が吹《ふ》きさらしていることから、どうやら森や林ではなさそうだった。「ホーホー！　ホーホー！」グリムフェザーが誰《だれ》かを呼《よ》んでいた。「目をさませ、パドルグラム。[2]目をさませ。ライオン様のお使いだぞ」

長いあいだ何の返事もなかったが、やがて遠くのほうに薄《うす》ぼんやりした明かりが見え、それが近づいてきた。それとともに声も聞こえてきた。

「よお、フクロウじゃないか。何があった？　王様がなくなったのか？　敵《てき》がナルニ

2　Puddleglum。puddle は「水たまり」、glum は「むっつりした、陰気《いんき》な」という意味。

アに攻《せ》めてきたのか？　洪水《こうずい》か？　ドラゴンか？」

　明かりがすぐ近くまで来てみると、それは大型《おおがた》のランタンの光だった。ジルの目にはランタンを持っている人物の姿《すがた》はほとんど見えなかったが、どうやら手足がひょろ長いことだけはわかった。二羽《わ》のフクロウがランタンを持った相手にあれこれ説明《せつめい》していたが、ジルはくたくたに疲《つか》れていて、話に耳を傾《かたむ》ける元気もなかった。何とか目を開けようとしたときには、フクロウたちが別《わか》れの挨拶《あいさつ》をして帰っていくところで、あとになっても、そのあたりの記憶《きおく》はほとんどなかった。とにかく、そうこうするうちに自分とスクラブは低《ひく》い入口をくぐってどこかの中にはいり、（ありがたいことに）何か柔《やわ》らかくて暖《あたた》かいものの上につっぷしたところへ、誰《だれ》かの声が聞こえた。

「さあ、どうぞ。これがせいいっぱいなんですよ。寒くて硬《かた》い寝床《ねどこ》かもしれませんけどね。それに、おそらく湿《しめ》っぽいでしょうし。きっと、一睡《いっすい》もできないでしょうよ。たとえ、これから雷《かみなり》が鳴って嵐《あらし》が吹《ふ》き荒《あ》れなかったとしても、洪水にならなかったとしても、テント小屋が壊《こわ》れて上から落っこちてくるようなことにならなかったとしても。実際《じっさい》、そういうこともありましたからね。まあ、なんとかがまんしていただくしかありません——」しかし、声が話しおえる前に、ジルはぐっすり眠《ねむ》ってしまった。

翌朝《よくあさ》ずいぶん遅《おそ》い時刻《じこく》になって目がさめてみると、子どもたちは暗い場所でよく乾《かわ》いた暖《あたた》かいワラのベッドに寝《ね》ており、三角形に開いた出入口から日の光がさしこんでいた。

「ここは、いったいどこなの？」ジルが聞いた。

「〈ヌマヒョロリ〉のテント小屋の中だよ」ユースティスが言った。

「何て？」

「〈ヌマヒョロリ〉。どういう生き物か、なんて聞かないでよ。きのうの夜は、ぼくも見えなかったから。もう起きようと思ってたところなんだ。外へ出て、そいつを探《さが》してみようよ」

「服を着たまま寝たから、ひどい気分だわ」ジルがベッドの上に起きあがりながら言った。

「着替《きが》えなくてすむなんて、めんどうがなくていいと思ったけどな」ユースティスが言った。

「ついでに顔も洗《あら》わなくていいしね」ジルが馬鹿《ばか》にしたような口調で言ったが、スクラブはすでに起きあがり、あくびをして、からだをほぐしたあと、四つんばいでテント小屋から出ていった。ジルもあとについてテント小屋を出た。

外に出てみると、前の日に見たナルニアとはまるでちがう風景《ふうけい》が広がっていた。二人が立っているのはどこまでも平坦《へいたん》な土地で、水路が網《あみ》の目のように枝分《えだわ》かれしていて、水路のあいだが無数《むすう》の小島になっていた。小島は硬《かた》くて粗《あら》い草におおわれ、水ぎわにはアシやイグサが生えていた。場所によっては、イグサが四〇アール[3]もの広さにわたってびっしり生えているところもあった。たくさんの鳥たちが群《む》れをなして舞《ま》い下《お》り、また舞い上がる、ということをくりかえしていた。カモ。シギ。サギ。ゴイサギ。あたりには子どもたちが一夜を過《す》ごしたのと同じような三角テントがあちこちに見られたが、どれもたがいにかなり離《はな》れて散《ち》らばっていた。〈ヌマヒョロリ〉はプライバシーを大切にする人々なのである。木々は、南西の方向はるか何キロも離れたあたりに広がる森が目につくだけで、あとはどこにも木らしい木は生えていなかった。

東のほうは平らな沼地《ぬまち》が広がっていて、その先の地平線には低《ひく》い砂丘《さきゅう》が見えたが、そちらから吹《ふ》いてくる風に含《ふく》まれる潮《しお》の香《かお》りから、東のほうに海があることがわかった。北の方角は薄青色《うすあおいろ》の低い丘《おか》が連《つら》なり、ところどころに砦《とりで》のような岩が散《ち》らばっていた。それ以外《いがい》の場所は、どこもかしこも平坦《へいたん》な沼地だった。雨の降《ふ》る晩《ばん》などはさぞ気の滅入《めい》る場所だろうが、このときは朝日がさしていたし、さわやかな風が吹《ふ》きぬけ、空には鳥たちのにぎやかな声が満ちて、荒涼《こうりょう》としたなかにもすがすがしさが感じられ、子どもたちの胸《むね》は高鳴った。

「そのなんとかいう人、どこへ行ったのかしら？」ジルが言った。

「〈ヌマヒョロリ〉だよ」呼《よ》び名《な》を知っていることを得意《とくい》がるような口調でスクラブが言った。「たぶん――ああ、あれにちがいない」二人の視線《しせん》の先、五〇メートルほど離《はな》れた場所に、こちらに背《せ》を向けて釣《つ》りをしている人の姿《すがた》があった。一見《いっけん》しただ

3　四〇アールは、約四〇〇〇平方メートル。仮《かり》に円形の土地だとすると、半径《はんけい》三六メートル弱。

けでは見つけにくい姿《すがた》だった。というのは、沼地《ぬまち》の風景《ふうけい》とほとんど同じ色をしていて、しかもじっと動かずにすわっていたからだ。

「行って声かけてみる?」ジルが言った。スクラブもうなずいた。二人とも、ちょっと緊張《きんちょう》していた。

二人が近づいていくと、後ろ姿の人物はこちらをふりかえり、長くて肉付《にくづ》きの薄《うす》い顔を見せた。頰《ほお》は落ちくぼみ、口は真一文字《まいちもんじ》に結《むす》ばれ、鼻が細くとがっていて、ひげは生えていなかった。頭には塔《とう》のように高くとんがった帽子《ぼうし》をかぶっていて、しかも、その帽子にはものすごく幅《はば》の広い平らなつばがついていた。髪《かみ》は、それを髪と呼《よ》べるとしたらの話だが、大きな両耳にかぶさるように緑がかった灰色《はいいろ》の髪が垂《た》れていて、カールしていないまっすぐな髪だったので、短いアシが下向きに生えているように見えた。その人の表情《ひょうじょう》は陰気《いんき》な感じで、肌は泥《どろ》のような色をしていて、一目見ただけで、ひどく生《き》まじめなタイプの人物だとわかった。

「おはようございます、お客人たち。いいお天気ですね」〈ヌマヒョロリ〉が言った。

「いいお天気だからといって、このあと雨にならないと決まったわけではないし、ことによったら雪が降《ふ》らないとも、あるいは霧《きり》が出ないとも、もしかしたら雷《かみなり》が落ちないともかぎりませんけどね。お二人とも、きっとろくろく眠《ねむ》れもしなかったでしょうね」

「いいえ、そんなことないです」ジルが言った。「ぐっすり眠れました」

「ああ」〈ヌマヒョロリ〉がうなずきながら言った。「あなたがたは不平不満《ふへいふまん》を口にしない方たちなのですね。そうにちがいない。あなたがたは育ちがいい。何があっても平気な顔でやり過《す》ごす作法《さほう》が身についておられるようで」

「あのう、お名前を教えてほしいのですが」スクラブが言った。

「パドルグラムと申します。でも、忘《わす》れたってかまいませんよ。そのたびに何度でもお答えしますから」

子どもたちは〈ヌマヒョロリ〉の両側《りょうがわ》に腰《こし》をおろした。あらためて見ると、〈ヌマヒョロリ〉は手足がものすごく長く、そのせいで、胴体《どうたい》はドワーフとさほど変《か》わらない大きさなのに、立ちあがるとたいていの人よりも背《せ》が高くなった。手の指のあいだにはカエルのような水かきがついていて、泥水《どろみず》の中に垂《た》らしているはだしの足も、指

YOUCHAN

のあいだに水かきがついていた。〈ヌマヒョロリ〉は地面と同じような色をしただぶだぶの服を着ていた。

「ウナギを釣《つ》って、昼めしにウナギのシチューを作ろうと思いましてね」パドルグラムが言った。「ま、一匹《ぴき》も釣れなくても驚《おどろ》きはしませんけどね。それに、釣れたとしても、あなたがたはそんな料理《りょうり》はあまりお好《す》きではないだろうし」

「どうして？」スクラブが聞いた。

「どうしてって、あなたがた人間があたしらの食べるようなものを好《この》むはずがないからですよ、お二人ともきっと平気な顔をして召《め》し上《あ》がるでしょうけどもね。いずれにせよ、あたしがウナギを釣るあいだに、お二人で火をおこしてみてくれませんかね。やってみるだけなら悪くないでしょうからね！　たきつけはテントの裏手《うらて》にあります。濡《ぬ》れちゃってるかもしれませんがね。テントの中で火をおこしてくれてもいいですけど、そしたら煙《けむり》が目にはいってたいへんでしょうね。あるいは外で火をおこしてくれてもいいですけど、そしたら雨が降《ふ》ってきて火が消えちまうでしょうよ。さ、ここにあたしの火打ち箱[4]がありますから。でも、使いかたをご存《ぞん》じないでしょうね？」

しかし、スクラブは前回の冒険《ぼうけん》のあいだにそういう物の使いかたを学んでいた。子どもたちは走って三角テントまでもどり、たきつけを見つけ（からからに乾《かわ》いていた）、思ったより簡単《かんたん》に火をおこすことができた。そのあと、スクラブがその場に腰《こし》をおろして火の番をしているあいだにジルが近くの水路へ行ってさっと顔を洗い（満《まん》足《ぞく》にはほど遠かったが）、こんどはジルが火の番をしているあいだにスクラブが顔を洗いに行き、二人ともおおいにさっぱりしたが、そうなるとひどくお腹《なか》がすいてきた。

そのうちに、〈ヌマヒョロリ〉も二人のところへやってきた。釣《つ》れないだろうと言っていたわりには、〈ヌマヒョロリ〉は一〇匹《ぴき》以上《いじょう》もウナギを釣りあげ、すでに皮をはいで内臓《ないぞう》もきれいに取ってあった。〈ヌマヒョロリ〉は大きな鍋《なべ》を火にかけ、火をかきたてたあと、自分のパイプに火をつけた。〈ヌマヒョロリ〉たちの吸《す》うタバコはとても変《か》わった強いタバコで、泥《どろ》を混《ま》ぜて作っているのだという説《せつ》もある。子どもたちが見ていると、パドルグラムのパイプから出た煙《けむり》はほとんど上には昇《のぼ》らず、パイプの火皿からこぼれた煙が下へ流れ落ちて、地面のすぐ上に霧《きり》のように漂《ただよ》うのだった。どすい煙を吸《す》って、スクラブが咳《せ》きこんだ。

「さて」パドルグラムが言った。「ウナギが煮《に》えるまでにとほうもなく長い時間がかかるでしょうから、料理《りょうり》ができあがる前にお二人のどちらかが空腹《くうふく》のあまり気絶《きぜつ》するかもしれませんね。あたしの知りあいに小さな女の子がいたんですが、その子などは――いや、この話はやめておきましょう。気分が暗くなりそうですからね。そういうことはしたくありません。空腹がまぎれるように、これからの計画でも話しあいましょうか」

「ええ、ぜひそうしましょう」ジルが言った。「リリアン王子を探《さが》すのを手伝《てつだ》ってくださるんですか?」

〈ヌマヒョロリ〉は、これ以上《いじょう》に頬《ほお》をへこますことができるのかと思うくらいに頬をへこませたあと、こう言った。「さあ、『手伝う』と言えますかどうか。いったい『手伝う』なんてことは可能《かのう》なんでしょうかねえ。これから北へ向かったとしても、たいして先までは行けないでしょうし。あたりまえです、この時期ではね。すぐに冬

4　火打ち石、火打ち金、火口《ほくち》など、火をおこす道具を入れた箱。

がやってきますから。それに、空もようからすると、ことしは冬が早そうですしね。でも、だからといって落胆《らくたん》することはありませんよ。おそらく、あたしらの前には敵《てき》も現《あらわ》れるだろうし、険《けわ》しい山もたくさん越《こ》さなきゃならないだろうし、川も渡《わた》らなくちゃならないし、道にも迷《まよ》うだろうし、食べるものだってほとんどなくなるだろうし、足は痛《いた》むだろうし……そうなれば、天気のことなんかほとんど気になりゃしませんよ。それに、望《のぞ》んだほど先までは行けなかったとしても、おいそれとは帰れないくらい遠くまでは行けるでしょうしね」

子どもたちは〈ヌマヒョロリ〉が「あなたがた」ではなく「あたしら」という言葉を使ったことに気がついて、ほぼ同時に声をあげた。「いっしょに行ってくれるんですか？」

「ええ、もちろん行きますよ。行くしかないでしょう。もうナルニアに王様がもどられるお姿《すがた》を見る望みもなさそうですし。外国へ出かけておしまいになりましたからね。それに、出発のとき、ひどい咳《せき》をしておられましたし。それから、トランプキンのこともあります。トランプキンはめっきり衰《おとろ》えました。それに、今年はひどく雨の少ない夏だったから、収穫《しゅうかく》もかなり厳《きび》しくなりそうですしね。どこかから敵《てき》が襲《おそ》ってくることも、じゅうぶん考えられますし。ものごとを甘《あま》く見ちゃ、いけませ
ん」

「で、どこから出発するの？」スクラブが聞いた。

「そうですねえ」〈ヌマヒヨロリ〉は、ひどくゆっくりと口を開いた。「リリアン王子を探《さが》しに出かけた者たちは、みんなドリニアン卿《きょう》が例《れい》の女を見かけた泉《いずみ》のあるところから出発していきました。ほとんどの者は、そこから北へ向かいました。そして、誰《だれ》ひとりとしてもどってきた者はいないので、その後どうなったのかはわかりませ
ん」

「わたしたち、まず巨人《きょじん》の都の廃墟《はいきょ》を見つけるところから始めないといけないのよ」ジルが言った。「アスランがそうおっしゃったから」

「まず見つける、とおっしゃいますか？」パドルグラムが言った。「せめて、まず探《さが》すというわけにはいかないものでしょうかね？」

「だから、そう言ってるのよ」ジルが言った。「それで、見つかったら――」

「なるほど、いつになることやら！」パドルグラムがひどくそっけない口調で言った。「廃墟《はいきょ》がどこにあるか、誰《だれ》も知らないの？」スクラブが聞いた。

「『誰も』というのが誰のことなのかは知りませんけども」パドルグラムが言った。「あたしも〈都の廃墟〉の話を聞いたことがないとは申しません。ただし、出発するのは泉《いずみ》のある場所からじゃなくて、〈エティン荒野《こうや》〉を越《こ》えていくのです。〈都の廃墟〉があるとしたら、そっちの方角でしょう。でも、あたしも人なみにそっちのほうへ行ったことはありますが、廃墟にたどりついたことは一回もありません、ほんと正直な話」

「〈エティン荒野〉というのは、どこなの？」スクラブが聞いた。

「むこうの北のほうを見てください」パドルグラムがパイプで方向を指《さ》し示《しめ》した。「丘《おか》が続《つづ》いていて、崖《がけ》なんかも見えるでしょう？　あそこが〈エティン荒野〉の始まりです。でも、〈エティン荒野〉とこちらのあいだには川があります。シュリブル川です。もちろん、橋なんかはありません」

「歩いて渡《わた》れるんじゃない？」スクラブが言った。

「たしかに、歩いて渡《わた》った人がいないわけじゃありませんがね」〈ヌマヒョロリ〉が認《みと》めた。

「〈エティン荒野《こうや》〉まで行けば誰《だれ》かに会うだろうから、その人たちに道を聞けばいいわ」ジルが言った。

「誰かに会う、というのはたしかにそうでしょうけどね」パドルグラムが言った。

「〈エティン荒野〉にはどういう人たちが住んでいるの？」ジルが聞いた。

「まあ、むこうにはむこうの流儀《りゅうぎ》ってものがあるんでしょうから、あたしがとやかく言うすじあいじゃありませんけどね」パドルグラムが答えた。「まあ、好《す》き好《ず》きでしょうな」

「それで、どういう人たちなのよ？」ジルが追及《ついきゅう》した。「ここは変《か》わった生き物がすごくたくさんいるから。あなたが言ってるのは、動物なの？　鳥なの？　ドワーフなの？　何なの？」

〈ヌマヒョロリ〉はヒューッと口笛を鳴らした。「知らないんですか？　フクロウたちが話したと思っていましたが。巨人《きょじん》ですよ」

巨人《きょじん》と聞いて、ジルは縮《ちぢ》みあがった。本で読むだけでも巨人など好《す》きだと思えたことは一回もなかったし、それに、悪夢《あくむ》に巨人が出てきたこともあった。しかし、スクラブの顔を見ると、スクラブもひどく青ざめた顔をしていたので、ジルは「スクラブったら、わたしよりもっとおじけづいてるわ」と思った。そうしたら、少し勇気《ゆうき》が出た。

「ずっと前にカスピアン王から聞いたことがあるけど」スクラブが口を開いた。「カスピアン王と海に出ていたあいだに聞いた話だけど、巨人たちを戦《いくさ》でさんざんこらしめてやったら貢物《みつぎもの》を送ってくるようになった、って言ってたよ?」

「たしかに、それはそうです」パドルグラムが言った。「ナルニアとのあいだに、いちおうの平和は保《たも》たれています。でも、それは、あたしらがシュリブル川のこっち側《がわ》にとどまっておればの話です。それなら、連中《れんちゅう》も悪さをしかけてくることはありません。でも、川をむこう側へ渡《わた》った先、荒地《あれち》では――それでも、まあ、望《のぞ》みがないわけじゃありませんけどね。巨人たちのそばに近づかず、巨人たちがカッとなって我《われ》を忘《わす》れるようなことが起こらず、あたしらの姿《すがた》が巨人に見られずにすめば、そこそこ先までは行けるかもしれません」

「いいかげんにしてくれ！」スクラブがいきなり怒《おこ》りだした。怖《こわ》い気もちに駆《か》られると、人はささいなことで怒りだすものだ。「どれもこれも、あんたが言うほど悪いほうへ転がるとは思わないけどな。テントの中のベッドだって、あんたが言ったみたいに硬《かた》くはなかったし、たきつけだって、あんたが言ったみたいに濡《ぬ》れてはいなかった。そんなに見込《みこ》みがないのなら、アスランがぼくたちをここへ遣《つか》わすはずがないよ」

スクラブは〈ヌマヒョロリ〉が怒って言い返すにちがいないと思っていたが、意外にも〈ヌマヒョロリ〉はこう言っただけだった。「その意気ですよ、スクラブさん。そうこなくちゃ。ひるんだ顔なんか見せちゃ、いけません。でも、カッとならないように、おたがい気をつけましょう。これからみんなできつい旅をしなくちゃならないんですからね。けんかなんぞしてる場合じゃありません。どっちにしても、けんかっ早いのはいけません。こういう旅は、たいてい、目的《もくてき》をはたす前に仲間《なかま》どうしでナイフを振《ふ》りまわすような形になって終わるもんです。無理《むり》もありませんがね。でも、なるべくけんかをせずにすめば、そのほうが――」

「そんなに悲観的《ひかんてき》になるんだったら、いっしょに来なけりゃいいじゃないか」スクラブが〈ヌマヒョロリ〉の言葉をさえぎった。「ポウルとぼくだけで何とかするから。そうだろ、ポウル?」

「黙《だま》って。バカなこと言わないでよ、スクラブ」ジルがあわてて言った。〈ヌマヒョロリ〉がスクラブの言葉を真《ま》に受けたりしたらたいへんだと思ったのだ。

「だいじょうぶですよ、ポウルさん」パドルグラムが言った。「あたしもかならずいっしょに行きますから。こんな機会《きかい》を逃《のが》すわけにはいきません。あたし自身のためになることですから。あたし、よく言われるんですよ、ほかの〈ヌマヒョロリ〉たちから。おまえは浮《うわ》ついている、って。もっとものごとを真剣《しんけん》に考えなくちゃいけない、ってね。一度ならず二度ならず、嫌《いや》になるほど言われてきました。みんな、こう言うんですよ。『パドルグラムよ、おまえは威勢《いせい》はいいが、空《から》いばりで、調子に乗りすぎている。人生ってものはいつもいつもカエルのフリカッセやウナギのパイみたいにおいしいことばかりとはかぎらんぞ。もう少し地に足をつけて生きないとダメだ。おまえのためを思って言っているんだぞ、パドルグラム』ってね。そう言うんですよ、みんな。だから、今回のようなお役目は――いまから冬になろうってときにわざわざ北へ向かうことといい、どこにいるとも知れない王子様を探《さが》すことといい、誰《だれ》も見たことのない都の廃墟《はいきょ》を通って行く計画といい、あたしにはもってこいの試練《しれん》なんです。これで人間が落ち着かなけりゃ、どうにも手の打ちようがありませんやね」そう言って、〈ヌマヒョロリ〉はまるでこれからパーティーに出かけるかパントマイムの芝居《しばい》でも見にいくように楽しそうなそぶりでカエルそっくりの大きな両手をすりあわせた。そして、「さて、と。ウナギはできたかな?」と言った。

ウナギのシチューはとてもおいしくて、子どもたちはたっぷり二杯《はい》ずつおかわりして食べた。はじめ、〈ヌマヒョロリ〉は子どもたちがほんとうにシチューをおいしいと思っているとはどうしても信《しん》じられないようだったが、実際《じっさい》に子どもたちがたくさん食べたのを見ると、こんどは、あとできっとお腹《なか》がひどく痛《いた》くなるにちがいない、と言いだした。「〈ヌマヒョロリ〉にとっては食べられるものでも、人間にとっては毒《どく》

5　クリーム煮《に》。

かもしれません。そうであっても不思議《ふしぎ》はないですよ」と、パドルグラムは言った。食事のあと、三人は（道路工事の人たちが使うような）ブリキのコップでお茶を飲んだ。そのあと、パドルグラムは、黒くて四角いびんにはいっているものを何杯《なんばい》も飲んだ。子どもたちにも勧《すす》めてくれたが、二人ともとても飲める代物《しろもの》ではないと思った。

その日の残《のこ》りは、翌朝《よくあさ》早くの出発に備《そな》えての準備《じゅんび》にあてられた。パドルグラムは子どもたちよりはるかに大柄《おおがら》なので、ベーコンの大きなかたまりを中に包《つつ》んで巻《ま》きあげた三人分の毛布《もうふ》を運ぶと言った。ジルはウナギのシチューの残りとビスケットと火打ち箱を持って歩くことになった。スクラブは、マントを着ないときにはジルのマントと自分のマントの両方を持って歩くことになった。スクラブはカスピアン王のもとで〈東の海〉へ航海《こうかい》したときに弓の使いかたをおぼえたので、パドルグラムの二番目にいい弓を使わせてもらうことになり、パドルグラムは自分のいちばんいい弓を持っていくことになった。ただし、風は吹《ふ》くし、弓の弦《つる》は湿《しめ》るし、光のかげんもよくないし、指先もかじかんでいるだろうから、百に一つも当たらないだろう、というのがパドルグラムの見解《けんかい》だった。パドルグラムとスクラブは剣《けん》も身につけていくことになった。スクラブはケア・パラヴェルの部屋に用意されていた剣《けん》を持ってきていた。しかし、ジルはハイキング用のナイフでがまんするしかなかった。これについてはけんかが始まりそうになったが、言《い》い争《あらそ》いになったとたんに〈ヌマヒョロリ〉が両手をすりあわせて「ほら、やっぱり。そうなるだろうと思いましたよ。冒険《ぼうけん》ってものは、こうなるのが落ちなんですよね」と言ったので、ジルもユースティスも黙《だま》った。

その晩《ばん》は三人ともテント小屋で早くベッドにはいった。しかし、今回は、子どもたちはほんとうにひどい一夜を過《す》ごすことになった。というのは、パドルグラムが「少しは寝《ね》ておいたほうがいいですよ、お二人とも。そうは言っても、今夜はあたしらの誰《だれ》ひとり一睡《いっすい》もできないだろうとは思いますがね」と言った直後に大いびきをかいて寝つき、そのまま一晩じゅう大いびきが続《つづ》いたので、ジルはやっとなんとか眠《ねむ》りについたものの、夜中じゅう夢《ゆめ》の中で道路工事のドリルの音や滝《たき》の轟音《ごうおん》や快速《かいそく》列車がトンネルを通過《つうか》するときの音にうなされつづけたのだった。

6　北の無法地帯《むほうちたい》

三人はとぼとぼと旅を続《つづ》け、翌朝《よくあさ》九時ごろには、浅瀬《あさせ》を選《えら》び飛《と》び石《いし》を伝《つた》いながらシュリブル川を渡《わた》るところだった。シュリブル川は瀬音《せおと》高く流れる浅《あさ》い川で、ジルでさえ膝《ひざ》から下を濡《ぬ》らしただけで北側《きたがわ》の対岸までたどりつくことができた。そこから五〇メートルほど進むと、土地がせり上がり、ヒースの荒れ野《あれの》が始まった。どこもかしこも険《けわ》しい登り斜面《しゃめん》ばかりで、あちこちが崖《がけ》になっていた。

「あっちの道を行こう！」スクラブが左手すなわち西のほうを指さして言った。そこはヒースの荒れ野から小川が流れ出す浅い谷になっていたが、〈ヌマヒョロリ〉が首を横に振《ふ》った。

「あの谷ぞいには、巨人《きょじん》たちがたくさん住みついています。谷すじは、巨人たちにとっては街道《かいどう》のようなものなんです。少しばかり険《けわ》しくても、こっからまっすぐ進んだほうがいいと思います」

三人は斜面《しゃめん》をよじ登れる場所を見つけ、一〇分ほど登って、息を切らしながら丘《おか》の上に出た。そして、背後《はいご》の谷に広がるナルニアをふりかえって別《わか》れを惜《お》しんだあと、北へ向かった。前方には、見わたすかぎりヒースにおおわれた荒涼《こうりょう》とした土地がせりあがるように続《つづ》いていた。左手にはごつごつした岩の多い土地が広がっていた。あれはきっと巨人《きょじん》たちの住む谷の端《はし》にちがいないとジルは思い、そっちの方向を見たいとも思わなかった。三人は歩きはじめた。

足もとはふかふかの地面で歩くには心地《ここち》よく、空からは冬の薄日《うすび》がさしていた。ヒースの荒《あ》れ野《の》を進んでいくにつれて、あたりのものさびしさが増《ま》した。空にタゲリの声が響《ひび》き、ときにはタカも姿《すがた》を見せた。午前のなかばになって、小川のほとりの小さなくぼ地で休憩《きゅうけい》し、水を飲んだとき、これなら冒険《ぼうけん》も悪くないかもしれないと思いはじめたジルは、その感想を口にした。

「まだ冒険の『ぼ』の字も始まってませんよ」〈ヌマヒョロリ〉が言った。

いったん休憩《きゅうけい》したあとは、学校の休み時間が終わったあとや鉄道の旅で列車を乗《の》り換《か》えたあとと同じで、それまでのように順調《じゅんちょう》には進まないものだ。ふたたび歩きだしたとき、ジルは岩がごろごろしている峡谷《きょうこく》の崖《がけ》っぷちがさっきまでよりも近くなってきたことに気づいた。しかも、転がっているのは平らな岩ではなく、縦《たて》にそそり立ったような岩が多くなっていた。実際《じっさい》、小さな塔《とう》のような形をした岩がたくさん目についた。それに、どの岩もすごく変《か》わった形をしていた。

「きっと、巨人《きょじん》の話は、このへんてこな形の岩から生まれたんじゃないかしら」と、ジルは思った。「暗くなりかけた時刻《じこく》にこのあたりを通ったら、積《つ》み重《かさ》なった岩が巨人に見えるってことは、ありそうだもの。ほら、あれなんか、見て！　上に乗っかってるかたまり、まるで巨人の頭みたい。胴体《どうたい》にくらべると大きすぎる感じはするけど、醜《みにく》い巨人の頭だと思えばぴったりだわ。それに、あのモジャモジャしたものも――きっとヒースと鳥の巣《す》なんだろうけど、髪《かみ》の毛とひげにそっくりだわ。あと、両側《りょうがわ》に突《つ》き出《で》てるところも、耳にそっくり。ものすごく大きいけど、きっと巨人は大きな耳をしてるんだわ、ゾウの耳みたいな。それから――うわっ！」

ジルの血が凍《こお》りついた。岩だと思っていたものが動いたのだ。それは本物の巨人《きょじん》だった。まちがいない、頭がこっちを向いたのだ。巨大《きょだい》で愚《おろ》かしい下《しも》ぶくれの顔がちらっと見えた。どれもこれも、みんな岩ではなくて巨人だったのだ。四〇人も五〇人もの巨人が一列に並《なら》んでいる。どうやら谷の底《そこ》に立って、断崖《だんがい》の上にひじを乗せているらしい。ちょうど、天気のいい日に朝食を食べたあと、怠《なま》け者《もの》の男たちが塀《へい》によりかかって時間をつぶすのと同じようなものだ。

「まっすぐ進んでください」パドルグラムも巨人に気づき、子どもたちに小声で言った。「巨人のほうを見ちゃいけません。それに、とにかくぜったいに走っちゃだめです。走ったとたんに、相手は追いかけてきますからね」

そこで、三人は巨人なんか見なかったふりをして歩きつづけた。猛犬《もうけん》を飼《か》っている家の前を通《とお》り過《す》ぎるのと似《に》ているが、それよりはるかに恐《おそ》ろしかった。谷ぞいに何十人もの巨人たちが並んでいた。どの巨人も怒《おこ》っているような顔つきではなく、かといって親切そうな顔でもなく、三人にはまったく関心《かんしん》のなさそうな顔をしていた。というより、三人に気づいているようには見えなかった。

そのうちに、ビュンビュンと音がして、何か重いものが空中を飛《と》んできたと思ったら、巨大《きょだい》な石が大きな音をたてて三人の二〇歩ほど先に落下した。と思ったら、またズシン！と音がして、こんどは三人の数メートル背後《はいご》に別《べつ》の石が落ちた。

「こっちをねらってるのかな？」スクラブが言った。

「いや」パドルグラムが言った。「ねらってるなら、そのほうがかえって安全なんですけどね。連中《れんちゅう》は、あれに当てようとしてるんですよ——右のほうに石を積《つ》んだ塔《とう》みたいなものが見えるでしょう？　でも、当たりゃしないんです。石の塔は、ずっとあのままでしょうよ。連中の狙《ねら》いはお粗末《そまつ》もいいところですから。晴れた日は、たいてい、こんなふうに的当《まとあ》てをやって遊ぶんですよ。連中の頭で理解《りかい》できるほとんど唯一《ゆいいつ》の遊びなんです」

恐《おそ》ろしい時間が続《つづ》いた。巨人《きょじん》の列はどこまでも続いていて、巨人たちは次から次へと石を投げ、なかには三人のすぐ近くに落ちてくる石もあった。そういう身の危険《きけん》は別としても、巨人の顔を見たり声を聞いたりするだけでも恐ろしくてしかたなかった。ジルはなるべく巨人たちのほうを見ないようにして歩いた。

YOUCHAN

二五分ほどたったころ、巨人《きょじん》たちはけんかを始めたようだった。おかげで的当《まとあ》てはおしまいになったが、けんかをしている巨人たちから一キロ半ほどのところを歩いて通るのは愉快《ゆかい》なものではなかった。巨人たちは何やら意味不明《いみふめい》の長ったらしい単語《たんご》を並《なら》べて、どなりあったりあざけりあったりした。そして、腹《はら》を立てては口から泡《あわ》のようなつばを吐《は》きちらし、言葉に詰《つ》まると怒《おこ》って跳《と》び上《あ》がった。巨人が跳び上がるたびに、地面が爆弾《ばくだん》でも落ちたように揺《ゆ》れた。巨人たちは大きくて不格好《ぶかっこう》な石のハンマーでたがいの頭をぶん殴《なぐ》った。しかし、巨人の頭蓋骨《ずがいこつ》はものすごく硬《かた》いので、ハンマーがはねかえって、むしろ手のほうがビリビリと痛《いた》み、殴ったほうの巨人がハンマーを手から落として大声でわめく始末《しまつ》だった。それでも、巨人はとことん馬鹿《ばか》なので、一分後にはまたそっくり同じことをくりかえした。長い目で見れば、これは三人の旅人にとっては好都合《こうつごう》な展開《てんかい》だった。というのも、一時間後には巨人たちはみんな手が痛くなってしまい、すわりこんで大泣《おおな》きを始めたからだ。巨人たちがすわりこんだおかげで崖《がけ》っぷちから出ていた頭がひっこんで見えなくなった。しかし、巨人たちは大きな赤《あか》ん坊《ぼう》のように泣きわめき叫《さけ》びつづけたので、巨人のいた場所から一キロ半ほど先まで行っても、ジルの耳にはまだ巨人《きょじん》たちの泣《な》き声《ごえ》が聞こえた。

その夜は身を寄《よ》せる物陰《ものかげ》もないヒースの原野で野宿することになった。パドルグラムは子どもたちに背中合《せなかあ》わせで寝《ね》る方法《ほうほう》を教えた。こうすると、くっつけあった背中が暖《あたた》かいし、二人ぶんの毛布《もうふ》をかけて寝ることができるのだ。しかし、それでも寒さはきつく、地面は硬《かた》くてゴツゴツだった。〈ヌマヒョロリ〉は二人をなぐさめようとして、この先、北のほうへ進んでいくにつれて寒さがどんなに厳《きび》しくなるか考えれば、いまがずっとましだと思えてきますよ、と言ったが、子どもたちにはちっともなぐさめにならなかった。

三人はエティン荒野《こうや》を何日も歩きつづけた。ベーコンはなるべく食べないようにして、ヒースの原野でユースティスと〈ヌマヒョロリ〉が弓でしとめた鳥（もちろん〈もの言う鳥〉ではない）を食べた。ジルは弓を使うことのできるユースティスをうらやましく思った。ユースティスはカスピアン王と航海《こうかい》をしていたあいだに弓の使いかたをおぼえたのだ。ヒースの原野には無数《むすう》の小川が流れていたので、水に困《こま》ることはなかった。しかし、ジルが弓矢でしとめた獲物《えもの》を食べて生きる人々のことを本で読んだときには書いてなかったことだが、実際《じっさい》にやってみると、死んだ鳥の羽根《はね》をむしって内臓《ないぞう》をきれいに取る作業は長い時間がかかり、臭《くさ》くて汚《きたな》い仕事だということがよくわかった。それに、手の指もとても冷たくなって、つらかった。でも、ほとんど巨人《きょじん》を見かけなくなったことは、ありがたかった。一回だけ巨人の姿《すがた》を見かけたが、その巨人は大声をあげて笑《わら》っただけで、どすどすと足を踏《ふ》み鳴《な》らしながらどこかへ去っていった。

一〇日ほどたったころ、一行《いっこう》はあたりの景色《けしき》ががらりと変《か》わる地点までやってきた。ヒースの荒地《あれち》の北の端《はし》に到達《とうたつ》したのだ。そこから先は長くて急な下り斜面《しゃめん》になっていて、それまでとは一変《いっぺん》してさらに荒涼《こうりょう》とした原野が広がっていた。斜面を下りきったところは深い崖《がけ》で、崖を越《こ》した先へ目をやると、高い山々がそびえ、暗い絶壁《ぜっぺき》がそそりたち、岩場だらけの谷が切れこみ、細く深くて底《そこ》をのぞくこともできないような地面の割《わ》れ目《め》が口を開き、岩間から轟音《ごうおん》をたててほとばしる水が黒いよどみに落ちこむ渓流《けいりゅう》が見えた。もちろん、はるか遠くの斜面にあちこち雪が積《つ》もっているのを指さしたのは、パドルグラムだった。

「でも、あの北っ側《かわ》にはもっとたくさん雪が積《つ》もってるにちがいありませんよ」と、パドルグラムは付《つ》け加《くわ》えた。

斜面《しゃめん》のふもとまで下りるのに、しばらく時間がかかった。斜面を下りきったところは深い崖《がけ》になっていて、はるか下のほうを川が西から東へ向かって流れていた。川の対岸もこちら側と同じく断崖絶壁《だんがいぜっぺき》で、太陽の光が届《とど》かない川の水は緑色に濁《にご》り、あちこちに早瀬《はやせ》や滝《たき》があった。川面《かわも》から立ちのぼる轟音《ごうおん》で、三人がいるところでさえ地面が揺《ゆ》れるように感じられた。

「いいこともありますよ」パドルグラムが口を開いた。「崖を下りそこねて首の骨《ほね》を折《お》れば、川の水で溺《おぼ》れる心配はなくなりますからね」

「あれは何だろう？」とつぜん、スクラブが声をあげて左手側の上流を指さした。三人が視線《しせん》を向けると、そこには思いもかけなかったものが見えた。橋である。それも、一目見ただけで肝《きも》がつぶれそうな橋だった！　こちら側の崖の上から対岸の崖の上まで、巨大《きょだい》なアーチで奔流《ほんりゅう》を一またぎしたような橋で、アーチの頂点《ちょうてん》は橋のたもとよりはるかに高くなっていて、ちょうどセントポール大聖堂《だいせいどう》[1]のドーム屋根を通りから見上げたような高さだった。

「うわぁ、きっと巨人《きょじん》の橋だわ！」ジルが声をあげた。

「魔法使《まほうつか》いの橋かもしれませんよ」パドルグラムが言った。「こういう場所では、魔法に気をつけないといけません。きっと、罠《わな》だと思います。渡《わた》りはじめて真ん中まで行ったあたりで、おそらく霧《きり》に変《か》わるか、溶《と》けてなくなるんですよ」

「もう！　がっかりさせるようなことばかり言わないでくれよ！」スクラブが言った。

「ちゃんとした橋かもしれないじゃないか」

「来るときに見た巨人たちのような連中《れんちゅう》に、こんな橋を作るほどの知恵《ちえ》があると思いますか？」パドルグラムが言った。

「あれとは別《べつ》の巨人たちが作った橋かもしれないじゃない」ジルが言った。「何百年もむかしにいた巨人で、いまの巨人たちよりずっと頭のいい巨人で、その人たちが作ったのかも。もしかしたら、わたしたちが探《さが》してる巨人の都を作ったのも、それと同じ巨人かもしれないわよ。もしそうなら、この道で正解《せいかい》ってことになるわ。むかしの橋がむかしの都に通じてる、ってこと！」

「頭さえてるじゃん、ポウル」スクラブが言った。「そうにちがいない。行こう」

というわけで、三人は橋を渡《わた》ることにした。近くまで行ってみると、たしかに頑丈《がんじょう》そうな橋に見えた。橋を作っている一つ一つの石はストーンヘンジ[2]の石と同じくらいに巨大《きょだい》で、はるかむかしに腕《うで》のいい石工《いしく》が切り出したものにちがいないと思われたが、いまでは石はひび割《わ》れ、あちこち欠《か》けていた。橋の欄干《らんかん》には手の込《こ》んだ模様《もよう》が彫《ほ》りつけてあったようで、いまでも多少は痕跡《こんせき》が残《のこ》っていた。かびの生えた巨人の顔や姿《すがた》、ミノタウロス[3]、イカ、ムカデ、恐《おそ》ろしげな神々の姿。パドルグラムはいまだに信用《しんよう》していないようだったが、とにかく子どもたちといっしょに橋を渡ることには同意した。

橋の中央までの登りは長くて険《けわ》しく、あちこちで大きな石が抜《ぬ》け落《お》ちていて、隙間《すきま》から何百メートルも下を流れる白く泡立《あわだ》った奔流《ほんりゅう》が見えて恐《おそ》ろしかった。橋の下を

1　ロンドンの中心部にある有名な大聖堂《だいせいどう》。
2　イギリス南部にある先史時代《せんしじだい》の遺跡《いせき》。巨大《きょだい》な石が環状《かんじょう》に並《なら》んでいる。
3　牛の頭に人のからだを持つ怪物《かいぶつ》。

ワシが飛《と》ぶのが見えた。橋の上のほうへ登るにつれて寒さが増《ま》し、風が強く吹《ふ》いて、足をすくわれそうになった。橋そのものも揺《ゆ》れているように感じられた。

橋のいちばん上まで登って、行く先を見下ろすと、古代の巨人《きょじん》が作った道路の遺跡《いせき》が橋のたもとから山のふところ深くまで続《つづ》いているのが見えた。道路を舗装《ほそう》した石の多くはもうなくなっていて、残《のこ》った石と石のあいだは広い草地になっていた。そして、その古い道を馬に乗って進んでくる二人の人間の姿《すがた》が見えた。ふつうの大人の大きさをした二人づれだった。

「このまま進んで。まっすぐ行きましょう」パドルグラムが言った。「こんな場所で出会う相手は、おそらくまともな連中《れんちゅう》ではないでしょうが、こっちが怖《こわ》がっているそぶりを見せてはだめです」

三人が橋を渡《わた》りおえて草地に下り立ったときには、二人の見知らぬ人物はすぐそばまで来ていた。一人は騎士《きし》で、全身をおおう鎧《よろい》かぶとに身を固《かた》め、バイザー[4]も下ろしていた。鎧かぶとも馬も真っ黒で、盾《たて》には紋章《もんしょう》がついておらず、槍《やり》にも何の旗印《はたじるし》もついていなかった。もう一人は白馬に乗った貴婦人《きふじん》で、その白馬はとても美しく、見たとたんに鼻筋《はなすじ》にキスをして角砂糖《かくざとう》をあげたくなるようなすばらしい馬だった。しかし、馬よりもっと美しいのはその貴婦人《きふじん》で、目もくらみそうな緑色の長いドレスをなびかせて横鞍《よこくら》に乗っていた。

「ごきげんよう、旅のお方たち」貴婦人は小鳥の甘《あま》いさえずりにも負けない愛《あい》らしい声で話しかけてきた。「若《わか》い身空《みそら》で荒《あ》れ地《ち》を行かれるとは、ご苦労《くろう》の多い旅でございますわね」

「さようでございます、マダム」パドルグラムが警戒《けいかい》してしゃちこばった挨拶《あいさつ》を返した。

「わたしたち、巨人《きょじん》の都の廃墟《はいきょ》を探《さが》しているんです」ジルが言った。

「廃墟ですか?」貴婦人が言った。「それはまた、ずいぶんと変《か》わった場所をお探しでいらっしゃいますこと。廃墟を見つけて、どうなさるのです?」

4　かぶとの面頬《めんぼお》。顔をおおう部分。
5　両足を馬の左側《ひだりがわ》に垂《た》らして乗る婦人用《ふじんよう》の鞍。

YOUCHAN

「わたしたち——」とジルが言いかけたところを、パドルグラムがさえぎった。

「お許《ゆる》しくださいませ、マダム。ですが、あたしどもはマダムを存《ぞん》じあげませんし、そちらのもの言わぬお連《つ》れの方も存じあげません。そちら様も、あたしどものことをご存じないわけですし。見知らぬ方に用向きをお話しするのは、失礼《しつれい》ながら、差《さ》し控《ひか》えさせていただきたいと存じます。ところで、この雲行きでは、そのうち雨でも降《ふ》りましょうかね？」

貴婦人《きふじん》は笑《わら》い声《ごえ》をあげた。このうえなく艶《あで》やかで美しい音楽のような笑い声だった。

「お子たち、賢《かしこ》くてまじめな案内人《あんないにん》がごいっしょで、ようございましたねえ。そちらがお考えを明かされなくとも、わたくしは少しも気にいたしませんわ。けれども、わたくしは隠《かく》しごとはいたしません。巨人《きょじん》が残《のこ》した〈廃《すた》れし都〉のことはたびたび耳にしたことがございますけれども、そこへ至《いた》る道を教えてくださる方には、いまだお目にかかったことがございません。この道はハルファンの都とお城《しろ》に続《つづ》いていて、そこには優《やさ》しい巨人たちが住んでおりますのよ。エティン荒野《こうや》の巨人たちは愚《おろ》かで、荒々《あらあら》しくて、残忍《ざんにん》で、けだもののような連中《れんちゅう》ですが、ハルファンの巨人たちは穏《おだ》やかで、礼儀《れいぎ》をわきまえていて、思慮深《しりょぶか》くて、親切ですの。ハルファンで〈廃《すた》れし都〉のことがわかるかどうか存じませんけれども、よい宿があり気もちよく迎《むか》えてもらえることだけはまちがいございませんわ。そこで冬を越《こ》すのがよろしゅうございましょう。そうでなくとも、何日かゆっくりなさって、おからだを休められるとよろしゅうございますわよ。湯気《ゆげ》の立つお風呂《ふろ》もございますし、柔《やわ》らかいベッドもございますし、赤々と火の燃《も》える暖炉《だんろ》もございますわ。そして、ローストした料理《りょうり》やオーブンで焼《や》いた料理や甘《あま》いデザートや強いお酒などが一日に四度もテーブルに並《なら》ぶのですよ」

「いいぞ!」スクラブが声をあげた。「そうこなくちゃ! ああ、またベッドで寝《ね》られるなんて」

「そうね、それに温かいお風呂にもはいれるのよ」ジルが言った。「でも、わたしたちを泊《と》めてくれるでしょうか? わたしたち、その巨人《きょじん》たちを知らないので」

「こうおっしゃれば、よろしゅうございますわ」貴婦人《きふじん》が言った。「〈緑の衣《ころも》の淑《しゅく》女《じょ》〉がよろしくと申しておりました、秋のお祭りに美しい南の子どもたち二人をお届《とど》けいたします、と」

「ありがとう。ありがとうございます」ジルとユースティスが言った。

「でも、お気をつけあそばせ」貴婦人《きふじん》が言った。「いつハルファンにご到着《とうちゃく》なさるにしても、あまり遅《おそ》い時刻《じこく》になりませぬように。ハルファンでは、お昼を数時間ほど過《す》ぎますと、城門《じょうもん》を閉《と》ざしてしまいますの。いったんかんぬきを下ろしたら、どんなにたたいても、けっして門を開けぬのがお城《しろ》のならわしなのです」

子どもたちは瞳《ひとみ》を輝《かがや》かせて貴婦人にもういちど礼を言い、貴婦人は一行《いっこう》に手を振《ふ》って去っていった。〈ヌマヒョロリ〉はとんがり帽子《ぼうし》を取って、思いっきりしゃちこばったおじぎをした。もの言わぬ騎士《きし》と貴婦人は馬を進め、ひづめの音を高く響《ひび》かせながら橋を登っていった。

「はてさて！」パドルグラムが口を開いた。「あのご婦人がどこからやってきて、どこへ行くのか、ぜひとも知りたいものですな。巨人《きょじん》の住む荒地《あれち》でお目にかかるような種類《しゅるい》の人間じゃありませんからね。よからぬことをたくらんでおるにちがいありません」

「バカな！」スクラブが言った。「すばらしい人にまちがいないよ。それに、温かい食事と暖《あたた》かい部屋だって。ハルファンまであまり遠くないといいんだけどな」

「そうよね」ジルも同意した。「それに、あの人、すばらしいドレスを着てたわね。あと、馬も！」

「どっちにしても、あのご婦人《ふじん》の正体をもっとよく知りたかったものですな」パドルグラムが言った。

「わたし、もっといろんなこと聞こうと思ったのに、あなたがこっちのことをいっさいしゃべるなって言うから、何も聞けなかったんじゃないの」ジルが言った。

「そうだよ」スクラブも言った。「なんであんなに頑固《がんこ》で愛想《あいそ》なしだったの？　あの人たちのことが気に入らなかったの？」

「あの人たち？」〈ヌマヒョロリ〉が言った。「あの人たち、とは誰《だれ》のことです？　あたしは一人しか見ませんでしたよ」

「騎士《きし》がいたでしょ？」ジルが言った。

「鎧《よろい》かぶとの一式は見ましたけどね」パドルグラムが言った。「なぜ、ひとこともしゃべらなかったんでしょうね？」

「恥《は》ずかしがり屋《や》なんじゃないの？」ジルが言った。「でなかったら、ただひたすらあの貴婦人《きふじん》の姿《すがた》を眺《なが》めて、きれいな声を聞いていたかった、とか。わたしだったら、ぜったいそう思うわ」

「そうでしょうかね」パドルグラムが言った。「あのかぶとのバイザーを上げて中をのぞいたら、何が見えたでしょうかね」

「くだらないことを！」スクラブが言った。「鎧《よろい》かぶとの形を考えてみろよ！　人間以外《いがい》に何がはいってるっていうのさ？」

「骸骨《がいこつ》とか？」〈ヌマヒョロリ〉がぞっとするような笑顔《えがお》で言った。そして、少し考えてから、「あるいは、何もないかもしれません。つまり、あたしらの目に見えるものは何もない、目に見えない何者かがはいっている、とか」

「パドルグラムったら、気味の悪いことばかり言うんだから。どうしてそんなこと思いつくの？」ジルが身震《みぶる》いしながら言った。

「あいつの言うことなんか、気にすることないよ！」スクラブが言った。「あいつはいつも最悪《さいあく》のことばかり考えてて、それが当たったためしがないんだから。それより、

〈優《やさ》しい巨人《きょじん》〉のことを考えて、できるだけ早くハルファンにたどりつけるようにがんばろうよ。ここからどのくらい遠いのか、わかったらいいんだけどな」

この場面で、ついに、パドルグラムが予告《よこく》していたとおりのけんかが始まりそうになった。それまでもジルとスクラブはしょっちゅう口げんかをくりかえしていたが、今回はもっと深刻《しんこく》な対立だった。パドルグラムが、ハルファンに行くのはぜったいやめたほうがいい、と主張《しゅちょう》したのだ。優しい巨人というのがいったいどんなものか想《そう》像《ぞう》もつかないし、いずれにしても、アスランから示された〈しるし〉には、優しい巨人であろうとなかろうと巨人の城《しろ》に泊《と》めてもらうという話はいっさい出てこなかったから、というのだ。一方、子どもたちは風と雨にほとほと嫌気《いやけ》がさしていたし、ろくに肉もついていない野鳥をたき火であぶって食べる食事にも飽《あ》きていたし、硬《かた》くて冷《つめ》たい地面の上で寝《ね》るのもこりごりだったので、どうしても〈優しい巨人〉の町へ行くのだと言って譲《ゆず》らなかった。けっきょく最後《さいご》にはパドルグラムが折《お》れたが、一つだけ条件《じょうけん》がついた。子どもたち二人は、パドルグラムの許《ゆる》しがなければ、ぜったいに自分たちがナルニアから来たことやリリアン王子を探《さが》しに行くとちゅうであることを

〈優しい巨人〉たちにしゃべってはならない、と固く約束させられたのだ。子どもたちはパドルグラムに約束し、三人は旅を続《つづ》けることになった。

貴婦人《きふじん》と言葉をかわしてからあと、二つの意味で事態《じたい》は悪いほうへ向かった。第一は、まわりの地形がそれまでよりいちだんと険《けわ》しくなったこと。道をたどって進むにつれて一行《いっこう》は先の見えない狭《せま》い峡谷《きょうこく》にはいりこみ、容赦《ようしゃ》ない北風がたえまなく正面から吹《ふ》きつけた。たきぎに使えるようなものもいっさいなく、ヒースの荒地《あれち》で野宿したときのようなくぼ地さえ見つからなかった。地面は石ころだらけで、昼間は足が痛《いた》くなり、夜はからだじゅうが痛くなった。

第二は、貴婦人がどのような意図でハルファンの話をしたにせよ、現実《げんじつ》にはそれが子どもたちに悪い影響《えいきょう》をおよぼした。ジルもユースティスもベッドのこととお風呂《ふろ》のことと温かい食事のことしか考えられなくなり、とにかく建物《たてもの》の中にはいりたいとばかり思うようになってしまったのだ。もうアスランのことは話題にのぼらなくなり、行方不明《ゆくえふめい》の王子の話もすっかり忘《わす》れられてしまった。ジルは毎朝毎晩《まいばん》アスランから教えられた〈しるし〉を復習《ふくしゅう》する習慣《しゅうかん》をやめてしまった。初《はじ》めのうちは疲《つか》れすぎているからなどと自分に言《い》い訳《わけ》をしていたが、じきに〈しるし〉のことなどすっかり忘《わす》れてしまった。ハルファンまで行けばつらい旅から解放《かいほう》されると考えたら元気が出るだろうと思うかもしれないが、実際《じっさい》には、いまの自分たちの境遇《きょうぐう》がますますみじめに思われ、子どもたちはおたがいに不《ふ》きげんで怒《おこ》りっぽくなり、パドルグラムにもけんかを吹《ふ》っかける始末《しまつ》だった。

そして、ある日の午後、とうとうそれまでたどってきた渓谷《けいこく》がひらけて、両側《りょうがわ》に黒っぽいモミの林が続《つづ》いている場所に出た。前方を見ると、どうやら山地を抜《ぬ》けたようだとわかった。目の前には荒涼《こうりょう》とした岩だらけの原野が広がっていた。その先には、もっと遠くに雪をかぶった山々が連《つら》なっているのが見えた。しかし、雪をかぶった山々の手前に、低《ひく》い丘《おか》が見えた。頂上《ちょうじょう》がでこぼこしているが、全体的《ぜんたいてき》に平たい感じの丘だった。

「見て！　見て！」ジルが原野の先を指さして声をあげた。しだいに濃《こ》くなる夕闇《ゆうやみ》のかなた、平たい丘を越《こ》した先に、明かりが見えた。明かりだ！　月の光ではなく、たき火でもなく、暖《あたた》かくて心が躍《おど》るような明かりのついた窓《まど》が並《なら》んでいるのが見えたのだ。何週間もかけて昼も夜もなしに荒野《こうや》をさまよった経験《けいけん》がなければ、三人がこのときどんなふうに感じたか、とても理解《りかい》はできないだろう。

「ハルファンだ！」スクラブとジルはうれしくなって、興奮《こうふん》した声をあげた。「ハルファン、ですか」パドルグラムのほうは暗い沈《しず》んだ声で言ったが、とたんに「おっ！　野ガモだ！」と叫ぶと、肩《かた》にかついでいた弓をさっと構《かま》えた。パドルグラムがしとめたのは、丸々と太った野ガモだった。その日はハルファンまで行くのはとうてい無理《むり》だったが、温かい食事を口にすることができ、たき火もあって、ここ一週間ばかりのうちではいちばんましな夜を過ごすことができた。たき火が消えたあとは寒さの厳《きび》しい夜になり、あくる朝目ざめたときには、毛布《もうふ》が霜《しも》でカチカチに固《かた》まっていた。

「平気よ！」ジルが足踏《あしぶ》みしながら言った。「今夜は温かいお風呂《ふろ》にはいれるんだもの！」

7　奇妙《きみょう》な溝《みぞ》のある丘《おか》

その日は最悪《さいあく》の一日になった。見上げた空に太陽はなく、雪をはらんだ雲に厚《あつ》く閉《と》ざされていたし、足もとの地面は霜《しも》で黒々と固《かた》まっていた。吹《ふ》き荒《あ》れる風は、肌《はだ》が切れそうに冷《つめ》たかった。平原まで下りてくると、このあたりでは古代の道路の傷《いた》みがそれまでよりはるかにひどく、割《わ》れた大きな敷石《しきいし》をのりこえ、巨大《きょだい》な丸石のあいだを縫《ぬ》い、がれきを踏《ふ》んで歩かなくてはならず、それでなくても痛《いた》む足にはつらい旅だった。しかも、どれほど疲《つか》れても、寒すぎて立ち止まることさえできなかった。

一〇時ごろになると、粉雪《こなゆき》がひらひらと舞《ま》いおりてきて、ジルの腕《うで》にとまった。一〇分後には、雪はかなり本格的《ほんかくてき》に降《ふ》りだした。二〇分もすると地面が目に見えて白くなり、三〇分後にはこの先一日じゅう荒れそうな吹雪《ふぶき》になって顔に雪が降りかかり、前がほとんど見えなくなった。

ここから先に起こったことを理解《りかい》するには、三人がほとんど視界《しかい》のきかない吹雪《ふぶき》の中にいたということを頭のすみに置《お》きながら読んでほしい。明かりのともる窓《まど》が並《なら》んでいる場所と三人とのあいだをへだてる低《ひく》い丘《おか》にさしかかったとき、丘の全景《ぜんけい》がどんなふうになっているのか、三人にはまったく見えなかった。なにしろ二、三歩先も満《まん》足《ぞく》に見えないほどの吹雪で、足もとさえも目を細めてやっと見えるくらいだったのだ。もちろん、言葉をかわす余裕《よゆう》などなかった。

丘のふもとまでやってきたとき、左右両《りょう》側《がわ》に岩のようなものがちらりと見えた。よく見れば、それは四角っぽい形をした岩だとわかったはずだが、誰《だれ》もそんなものに目をとめたりはしなかった。三人とも行く手をさえぎる岩棚《いわだな》のように大きな段差《だんさ》に気を取られていたのだ。その段差は高さが一メートル以上《いじょう》もあった。足の長い〈ヌマヒョロリ〉が段の上に苦もなく飛《と》び乗《の》り、二人の子どもたちに手を貸《か》して引き上げた。この段差を登るだけで、〈ヌマヒョロリ〉以外《いがい》の二人はびしょ濡《ぬ》れになった。というのは、段の上にはすでに雪がかなり深く降《ふ》りつもっていたからだ。段差を登った先は足もとのごつごつした険《けわ》しい上り坂が一〇〇メートルほど続《つづ》き（ジルは途中《とちゅう》で一回転んだ）、その先に二つ目の段差《だんさ》があった。その先も同じような段差がぜんぶで四つ、不規則《ふきそく》な間隔《かんかく》で続いていた。

四つ目の段差を苦労《くろう》して登りきると、どうやら平らな丘《おか》の上に出たらしいことがはっきりした。それまでは段差が多少の風よけになっていたのだが、丘の上では風がまともに吹《ふ》きつけてきた。この丘は、奇妙《きみょう》なことに、遠くから見たとおりにてっぺんが真っ平らで、巨大《きょだい》な台地のような地形だったので、激《はげ》しい風がさえぎるものもなく吹きすさび、雪さえ積《つ》もっていなかった。たえまない強風で雪が幕《まく》のようになったり雲のようになったりして舞《ま》い上《あ》がり、三人の顔に吹きつけた。足もとでは、雪が小さな渦《うず》を巻くように地表を這《は》っていた。たまに氷の上でこのような光景《こうけい》を見ることがあるが、実際《じっさい》、丘の上はあちこちが氷の表面のようにつるつるに凍《こお》っていた。しかも、さらに悪いことに、丘の上には風変《ふうが》わりな土手や堤《つつみ》のようなものが縦横《たてよこ》に走って地面を正方形や長方形に区切っており、いちいちその土手を越《こ》えて進まなければならなかった。土手の高さは五、六〇センチのところもあれば、一・五メートルほどのところもあり、土手の幅《はば》は二メートルほどだった。土手の北側《きたがわ》にはどこも雪の深い吹《ふ》きだまりができていて、三人は土手を越《こ》えるたびに吹きだまりに落ちて雪まみれになった。

ジルはマントのフードを立て、頭を下げ、かじかんだ両手をマントの中に入れて進んでいくとちゅうで、恐《おそ》ろしい台地の上に異様《いよう》な形のものがあるのをちらりと見た。右手のほうには工場の煙突《えんとつ》のようなものがぼんやりと並《なら》び、左手のほうには巨大《きょだい》な絶《ぜっ》壁《ぺき》、ありえないほど垂直《すいちょく》な絶壁がそびえていた。しかし、ジルはそんなものに興味《きょうみ》を向ける余裕《よゆう》もなければ、何なのか考えてみる気にもならなかった。頭にあるのは、かじかんだ両手と冷《ひ》えきった鼻とあごと耳のこと、そして、ハルファンで温かいお風《ふ》呂《ろ》にはいってベッドに横になることだけだった。

そのときいきなりジルは凍《こお》った地面に足を取られ、一・五メートルほど地面を滑《すべ》って、恐怖《きょうふ》に固《かた》まったまま目の前にぱっくりと現《あらわ》れた暗くて狭《せま》い割《わ》れ目《め》に落ちこんだ。と思った次の瞬間《しゅんかん》、割れ目の底《そこ》に着地していた。そこは堀《ほり》か溝《みぞ》のようなところらしく、幅は一メートルたらずしかなかった。落ちたときはギョッとしたが、すぐに吹きすさんでいた風がなくなっていることに気づいて、ほっとした。溝《みぞ》の両側《りょうがわ》の壁《かべ》がジルの身長よりも高かったのだ。次にジルが気づいたのは、上から心配そうにのぞきこんでいるスクラブとパドルグラムの顔だった。

「ポウル、けがは？」スクラブが大声で呼びかけた。

「両足とも折《お》れちゃったんでしょうね、きっと」パドルグラムも大声で言った。

ジルは立ちあがり、だいじょうぶだけど引っぱり上げてもらわないと出られそうにない、と答えた。

「そこ、どんなふうになってる？」スクラブが聞いた。

「なんか溝みたい。それか、地面を掘《ほ》り下《さ》げた通路かも」ジルが言った。「ずっとまっすぐに続《つづ》いてる」

「ほんとだ」スクラブが言った。「真北に向かって伸《の》びてるぞ！　道路みたいなものかな？　もしそうなら、そこへ下りれば、このいまいましい風に吹《ふ》かれずにすむぞ。溝の底《そこ》には雪がたくさん積《つ》もってる？」

「雪はほとんどないわ。風に飛《と》ばされて上を通《とお》り過《す》ぎちゃうみたい」

YOUCHAN

「先はどうなってる?」

「ちょっと待って。見てくる」ジルは溝《みぞ》の中を歩きだしたが、たいして行かないうちに溝は右へ直角に曲がっていた。ジルは背後《はいご》にいる二人に大声でそのことを告《つ》げた。

「角を曲がった先はどうなってる?」スクラブの声がした。

スクラブは崖《がけ》っぷちが苦手だったが、じつは、ジルは地下や半地下の曲がりくねった通路や暗い場所が苦手だった。だから、一人で曲がり角の先を見に行くなんて、とんでもないことだった。しかも、背後からは大声で叫ぶパドルグラムの声が聞こえていた。

「気をつけてくださいよ、ポウルさん。こういう場所は、ドラゴンの洞穴《ほらあな》につながっている可能性《かのうせい》がありますからね。それに、巨人《きょじん》の国だから、巨大《きょだい》なミミズや巨大なカブトムシがいるかもしれませんよ」

「べつに、どこにもつながってなさそうよ」ジルはあわててもどってきて、言った。

「ぼくが見にいく」スクラブの声がした。「どこにもつながってなさそうって、どういう意味?」スクラブは溝の縁《ふち》に腰《こし》をおろし(もうみんなずぶ濡《ぬ》れだったので、これ以上《いじょう》濡《ぬ》れたところで何とも思わなかった）、溝《みぞ》の中へ下りてきて、ジルを押《お》しのけて前へ出た。スクラブは何も言わなかったが、ジルは自分がおじけづいたことをスクラブに気取《けど》られたにちがいないと感じた。ジルはスクラブのすぐあとについて進んだが、スクラブより前には出ないようにした。

しかし、探検《たんけん》してみたものの、得《う》るものはなかった。二人は溝にそって右に曲がり、そこからまっすぐ先へ何歩か進んだ。すると、溝が二手に分かれていた。そのまままっすぐ進むか、右へ直角に曲がるか。「こっちはだめだ」スクラブが右へ曲がる溝に目をやって言った。「これじゃ、もとにもどっちゃう、南のほうへ」スクラブはまっすぐ進むほうを選《えら》んだ。しかし、こちらも数歩進むとまた溝が右へ曲がっていた。今回は右へ曲がる以外《いがい》に選択肢《せんたくし》がなかった。先が行き止まりになっていたのだ。「これじゃ、だめだな」スクラブが残念《ざんねん》そうに言った。ジルはさっさと回れ右をして、先頭に立って最初《さいしょ》の場所までもどった。ジルが溝に落ちた場所までもどってきたところで、〈ヌマヒョロリ〉が長い腕《うで》を使って二人を楽々と溝から引き上げた。

しかし、溝の上に出ると、また厳《きび》しい吹雪《ふぶき》が待ちうけていた。溝の中にいたあいだにようやく凍《こご》えた耳の感覚《かんかく》がもどりかけて、目もしっかり開けることができたし、息も楽にできて、おたがいの言葉も声をはりあげなくても聞こえたのに、ふたたび縮《ちぢ》みあがるような寒さにさらされるのは最悪《さいあく》だった。しかも、よりによってこんな場面で、パドルグラムがこんなことを言ったのだ。

「ポウルさん、アスランの〈しるし〉をまだおぼえていますか？　いま、従《したが》うべき〈しるし〉は何でしたっけ？」

「もうっ！　いいかげんにしてよ！　〈しるし〉なんて、どうでもいいわ」ポウルは言った。「アスランの名前を口にした人がどうとか、って話だったと思うけど。でも、こんなところで〈しるし〉をおさらいする気はありませんからね」

読者諸君《しょくん》がお気づきのように、ジルが口にした〈しるし〉は順番《じゅんばん》がまちがっていた。まちがったのは、毎晩《まいばん》〈しるし〉をくりかえし口に出して復習《ふくしゅう》することをやめてしまったからだ。がんばって思い出そうとすれば、まだ頭のどこかでおぼえてはいたとは思うが、いきなり聞かれてすらすらと正しい順番で言えるほど完全《かんぜん》にはおぼえていなかったのだ。パドルグラムの言葉は痛《いた》いところをついていた。心の底《そこ》で、ジル自身も、アスランから教えられた〈しるし〉をちゃんとおぼえていないことを後ろめたく感じはじめていたからだ。その後ろめたさに加《くわ》えて、寒さと疲《つか》れでみじめな気分になっていたことも手伝《てつだ》って、つい「〈しるし〉なんて、どうでもいいわ」と言ってしまったのだが、ジルも本心からそう思っていたわけではなかっただろう。

「おや、それが次の〈しるし〉でしたっけ？」パドルグラムが言った。「ほんとうに、それで合っていますか？　順番《じゅんばん》がごちゃごちゃになってるってことはありませんかね。あたし思うんですが、この丘《おか》を、いまあたしらがいるこの平らな場所を、いっぺん足を止めてよく見てみるべきじゃないでしょうかね。お二人とも気がつきませんでしたか？　あの――」

「もう、いいかげんにしてくれよ！」スクラブが言った。「こんなとこで立ち止まって景色《けしき》を眺《なが》めようって言うの？　頼《たの》むから、先へ進もうよ」

「ねえ、見て！　見て、見て！」ジルが声をあげて指さした。三人はふりかえり、三人とも見た。北の方角の少し先、三人が立っている台地よりはるかに高いところに、明かりが並《なら》んでいた。今回は、前の晩《ばん》に見たよりはるかにはっきりと見えた。それは窓《まど》の明かりだった。小さい窓は心地《ここち》よい寝室《しんしつ》を思わせ、大きい窓は暖炉《だんろ》にあかあかと火が燃《も》える広間を、そしてテーブルに並《なら》んだ温かいスープや湯気の立つ肉汁《にくじゅう》たっぷりのサーロイン・ステーキを思わせた。

「ハルファンだ！」スクラブが叫《さけ》んだ。

「それはけっこうですが」パドルグラムが言った。「あたしが言いたいのは、ですね――」

「もう、黙《だま》っててよ」ジルが怒《おこ》った。「ぐずぐずしてる暇《ひま》はないわ。あの女の人が言ってたでしょ、すごく早い時間に門が閉《し》まっちゃう、って。とにかく、間に合うように向こうに着かないと。ぜったいに。こんな夜に閉め出されたら、わたしたち、死んじゃうわよ」

「いや、まだ夜ってほど夜じゃないですけどね」パドルグラムが言いかけたが、ジルとユースティスは「行こう」と言って、滑《すべ》りやすい台地の上をよろよろしながら可能《かのう》なかぎりの速さで歩きだした。〈ヌマヒョロリ〉も二人のあとからついていった。まだ何やらしゃべろうとしていたが、ふたたび風に向かって歩きだしていたので、たとえ子どもたちが〈ヌマヒョロリ〉の言葉を聞こうとしても聞こえなかっただろうし、そもそも子どもたちにはそんな気さえなかった。二人ともお風呂《ふろ》のこととベッドのことと温かい飲み物のことしか頭になかったのだ。ハルファンに着くのが遅《おそ》くなって閉《し》め出《だ》されるなんて、考えるだけでも耐《た》えがたかった。

急いで歩いたにもかかわらず、平らな丘《おか》を横切るには長い時間がかかった。丘を横切ったあとも、こんどはいくつもの段差《だんさ》を下りなくてはならなかった。しかし、なんとか丘のふもとまで下りると、ハルファンのようすをはっきりと見ることができた。

ハルファンは高い岩山の上に建《た》っていた。たくさんの塔《とう》が並《なら》んでいたが、城《しろ》というよりむしろ巨大《きょだい》な屋敷《やしき》のように見えた。どうやら〈優《やさ》しい巨人《きょじん》〉たちは外からの攻撃《こうげき》を警戒《けいかい》してはいないようで、外側《そとがわ》の壁《かべ》の地面にごく近いところにも窓《まど》があった。本格《ほんかく》的《てき》な要塞《ようさい》ならば、こんな造《つく》りにはしないものだ。窓だけでなく、壁のあちらこちらに小さな出入口も目についた。これなら、中庭を通らなくても簡単《かんたん》に城に出入りできるだろう。ジルとスクラブは元気が湧《わ》いてきた。ハルファンは思っていたほど近寄《ちかよ》りがたい場所ではなく、むしろ友好的《ゆうこうてき》に見えた。

最初《さいしょ》は城《しろ》が建《た》っている岩山の高さと険《けわ》しさに三人ともおじけづいたが、よく見ると左手のほうに岩山を楽に登れそうなルートがあり、そのすぐ下まで曲がりくねった道路が続《つづ》いているのが見えた。岩山を登る道は険《けわ》しく、それまでの旅ですでに疲《つか》れきっていたこともあって、ジルはとちゅうで音《ね》をあげそうになった。最後《さいご》の一〇〇メートルほどはスクラブとパドルグラムがジルを助けながら登り、ようやく城門《じょうもん》までたどりついた。城門の落とし格子《ごうし》[1]は上がっていて、扉《とびら》も開いていた。

どれほど疲れていても、巨人《きょじん》の住処《すみか》を訪《たず》ねていくにはかなりの勇気《ゆうき》がいる。ハルファンへ行くことにさんざん反対したにもかかわらず、ここでいちばん勇気を見せたのはパドルグラムだった。

「これまでと同じペースで歩いてください」パドルグラムは言った。「とにかく、恐《こわ》がってる顔を見せちゃだめです。ここへ来たことが、そもそも大まちがいなんですから。でも、来てしまった以上《いじょう》は、平気な顔をして行くしかありません」

そう言ってパドルグラムは城門をくぐり、声がよく響《ひび》くよう門のアーチの下に立って、せいいっぱいの声をはりあげた。

「おーい、門番！　宿をお願《ねが》いしたい」

相手の反応《はんのう》を待つあいだ、パドルグラムは帽子《ぼうし》を取り、幅《はば》の広いつばに厚《あつ》く積《つ》もった雪を払《はら》い落《お》とした。

「ねえ」スクラブがジルにささやいた。「あいつ、言うことは悲観的《ひかんてき》だけど、勇気《ゆうき》あるよね。肝《きも》っ玉《たま》も」

扉《とびら》が開いて暖《あたた》かそうな暖炉《だんろ》の光が外にこぼれ、門番が姿《すがた》を見せた。ジルは叫《さけ》び声《ごえ》をあげそうになって、唇《くちびる》をぐっと嚙《か》んだ。姿を見せたのは巨人《きょじん》のなかの巨人というほど大きな巨人ではなく、リンゴの木よりはずっと背《せ》が高いが電柱ほど大きくはない、というていどの巨人だった。頭にはごわごわの赤毛が生えていて、袖《そで》なしの革《かわ》の胴着《どうぎ》に金属板《きんぞくばん》をびっしり留《と》めつけた一種《いっしゅ》の鎖《くさり》かたびらのようなものを着ていて、膝《ひざ》はむきだしで（ものすごく毛深かった）、ふくらはぎにはゲートルのようなものを巻《ま》

1　城門《じょうもん》の防衛《ぼうえい》を強化するため、城門の溝《みぞ》にはめこんで上下に動かして開閉《かいへい》するように作った木製《もくせい》や金属製《きんぞくせい》の格子戸《こうしど》。

きつけていた。巨人《きょじん》は腰《こし》をかがめて、パドルグラムをぎょろりと見た。

「おまえ、いったい、何ちゅう生き物だ？」巨人が言った。

ジルは勇気《ゆうき》を奮《ふる》いおこし、巨人に向かって声をはりあげた。「お願《ねが》いします。〈緑の衣《ころも》の淑女《しゅくじょ》〉が〈優《やさ》しい巨人〉の王様によろしくと申しておりました。わたしたち南の子ども二人と〈ヌマヒョロリ〉（名前はパドルグラムです）を秋のお祭りにお届《とど》けいたします、とのことです——あの、お邪魔《じゃま》でなければ、ですけど」

「ほほう！」門番が言った。「そういうことなら話は別《べつ》だ。さあ、おはいり、小さい方々よ。おはいり。王様にお伝えするあいだ、番小屋で待っといい」巨人は珍《めずら》しいものでも見るような目つきで子どもたちを見た。「顔が真っ青だな。こんな色をしておるもんだとは知らんかった。ま、おれには関係《かんけい》ないことだが。おまえさんたちのあいだじゃ、それでちょうどいい色ってことなんだろうな。カブトムシがかわいく映《うつ》る、ってなもんだからな」

「顔が青いのは、寒かったからです」ジルが言った。「ほんとうは、こんな色じゃないわ」

「じゃ、こっちへ来て暖《あたた》まるといい。はいっておいで、ちびちゃんたち」門番が言った。三人は門番のあとについて番小屋にはいっていった。巨大《きょだい》な扉《とびら》が背後《はいご》でバタンと音をたてて閉《し》まるのを聞いたときにはぎくりとしたが、きのうの夕食のとき以《い》来《らい》ずっと夢《ゆめ》にまで見てきたもの、すなわち暖かく燃《も》える火を見たとたん、不安《ふあん》など忘《わす》れてしまった。それにしても、なんと大きな火だろう！　暖炉《だんろ》には、根っこから丸ごと引《ひ》っこ抜《ぬ》いたような丸太が四本も五本も燃えているように見えた。火が熱《あつ》すぎて、何メートルも離《はな》れていないと焦《こ》げてしまいそうだった。しかし、三人は火の熱さに耐《た》えられるぎりぎりのところまで近づいてレンガの床《ゆか》にすわりこみ、ほっと大きなため息をついた。

「おい、若《わか》いの」門番の巨人《きょじん》が、さっきから部屋の奥《おく》にすわって目の玉がこぼれそうなほど目をみひらいて訪問者《ほうもんしゃ》たちを見つめていた別《べつ》の巨人に話しかけた。「お屋敷《やしき》までひとっ走りして、伝言《でんごん》を届《とど》けてくれ」そして、巨人はジルが口にした言葉をくりかえした。若い巨人はあらためて三人を眺《なが》めたあと、大声でげらげら笑《わら》いながら番小屋を出ていった。

「よう、カエルさんよ」門番がパドルグラムに声をかけた。「おまえさん、ちょいと景気《けいき》づけがほしそうな顔をしとるじゃないか」そう言って、巨人《きょじん》は黒い色のびんを取り出した。パドルグラムが持っていたのとそっくりなびんだったが、大きさは二〇倍くらいあった。「どれどれ、ちょっと待てよ」門番は言った。「ふつうのコップを出してやったんじゃ、おまえさん、溺《おぼ》れちまうだろうからな。ちょっと待てよ。この塩入《しおい》れがちょうどいいな。ただし、お屋敷《やしき》では黙《だま》ってろよ。この銀の塩入れは、どうしても番小屋に来たがるんだよ、おれのせいじゃねえからな」

塩入れはわたしたちが使う塩入れとはずいぶんちがって細長くまっすぐな形をしていて、人間がコップがわりに使うにはちょうどぴったりの大きさだった。巨人はその塩入れをパドルグラムのすぐそばの床《ゆか》に置《お》いた。子どもたちは、パドルグラムが酒を断《ことわ》るだろうと思った。〈優《やさ》しい巨人〉をまったく信用《しんよう》していないのを知っていたからだ。ところが、パドルグラムは「もう用心しても手遅《ておく》れだな。中にはいっちまったし、扉《とびら》は閉《し》まっちまったし」とつぶやいて、酒のにおいをかいだ。「ふむ。においは、まともだ……。だが、そんなことはあてにならんぞ。ちゃんと確《たし》かめたほうがよさそうだ」そう言って、パドルグラムは酒を一口すすった。「味もまともだ。しかし、まともなのは最初《さいしょ》の一口だけかもしれんぞ。二口目から先は、どうかな?」パドルグラムは、さっきより多めに酒をもう一口飲んだ。「なるほど! だが、最後《さいご》まで同じようにまともな味かな?」そう言って、パドルグラムは、さらにまた一口飲んだ。「きっと、底《そこ》のほうにろくでもないものがはいってるにちがいない」そんなことを言いながら、パドルグラムは酒を飲みほしてしまった。そして唇《くちびる》を舐《な》めながら、子どもたちに言った。「いいですか、これは毒見《どくみ》ですからね。もし、あたしが丸く縮《ちぢ》こまってしまったり、破裂《はれつ》したり、トカゲか何かに姿《すがた》が変《か》わっちまったりしたら、そのときは、連中《れんちゅう》の出すものは食べちゃいけないってことですからね」しかし、巨人《きょじん》ははるか上のほうにいて、パドルグラムが子どもたちに小声で話した言葉が聞こえなかったので、大声で笑《わら》って、「よう、カエルさんよ、あんた男だぜ。いい飲みっぷりじゃねえか」と言った。

「男じゃない……ヌマヒョロリです」パドルグラムは、いささかろれつの怪《あや》しい口調で返事をした。「カエルでもな、く、て、ヌマヒョロリ……」

そのとき、背後《はいご》の扉《とびら》が開いて、さっきの若《わか》い巨人《きょじん》がもどってきた。「すぐに玉座《ぎょくざ》の間にお連《つ》れしろとのことです」

子どもたちは立ちあがったが、パドルグラムはすわりこんだまま、「ヌマヒョロリ……ヌマヒョロリれす。れっきとしたヌマヒョロリれす。れっきのルバピョロリれす」と言いつづけていた。

「若いの、案内《あんない》してやれ」巨人の門番が言った。「カエルくんはかついでいったほうがいいだろうよ。ちょいと飲みすぎたようだ」

「あたくひ、何の問題もござりまへん」パドルグラムが言った。「カエルではござりまへんよ。れっきとしたピョロリれす。ルバピョロリれすから」

しかし、若い巨人はパドルグラムの腰《こし》をつまみあげ、子どもたちについてくるよう手まねきしたので、いささか威厳《いげん》に欠《か》けるかっこうで三人は中庭を横切って進んでいった。巨人の手に腰をつかまれたパドルグラムは両足でやたらに宙《ちゅう》を蹴《け》っていたが、その姿《すがた》はたしかにカエルそっくりに見えた。しかし、そんなことを気にしている暇《ひま》もないうちに、一行《いっこう》は巨大《きょだい》な扉を通って城《しろ》の中心となる大きな建物《たてもの》にはいった。

子どもたちは心臓《しんぞう》をどきどきさせながら、巨人《きょじん》の歩幅《ほはば》に遅《おく》れないよう小走りにいくつもの廊下《ろうか》を進んでいった。すると、まばたきするほどまばゆい大広間に出た。無数《むすう》のランプが光を放ち、暖炉《だんろ》には火が勢《いきお》いよく燃《も》え、金色に塗《ぬ》った天井《てんじょう》やコーニス[2]にランプと暖炉の光が反射《はんしゃ》していた。右にも左にも数えきれないほどたくさんの巨人たちが立っていて、どの巨人もすばらしく豪華《ごうか》な衣装《いしょう》を身につけていた。つきあたりに見える二つの玉座《ぎょくざ》に巨大《きょだい》な人物が腰《こし》をおろしており、それが王と王妃《おうひ》のようだった。

玉座から二〇歩ほど手前で、一行《いっこう》は足を止めた。スクラブとジルは下手なおじぎをし（実験《じっけん》学校では女の子たちは膝《ひざ》を折《お》るおじぎの作法《さほう》を習わなかった）、若《わか》い巨人がパドルグラムをそっと床《ゆか》に下ろした。パドルグラムはその場にへなへなとすわりこんでしまった。長い手足をもてあますようにすわりこんでいる姿《すがた》は、はっきり言って、大きなクモにそっくりだった。

2　天井と壁《かべ》の境目《さかいめ》の装飾《そうしょく》をほどこした部分。

8　ハルファンの館

「行けよ、ポウル。例《れい》のやつ、言ってやれよ」スクラブが小声でうながした。

ジルは口の中がからからに乾《かわ》いてしまって一言もしゃべれず、スクラブに向かってものすごい形相《ぎょうそう》であごをしゃくった。

こいつ、許《ゆる》さないからな（パドルグラムも同じだ）、と思いながら、スクラブは唇《くちびる》を舐《な》め、巨人《きょじん》の王様にむかって大声で言った。

「申し上げます、〈緑の衣《ころも》の淑女《しゅくじょ》〉がよろしくと申しておりました。秋のお祭りにぼくたちをお届《とど》けします、とのことです」

巨人の王様と王妃《おうひ》は顔を見合わせ、うなずきあって、にんまり笑《わら》ったが、ジルには嫌《いや》な感じの笑いに見えた。ジルは王妃より王様のほうがましだと思った。王様はカールしたりっぱなひげをたくわえ、鼻すじの通った鷲鼻《わしばな》で、巨人《きょじん》としてはなかなかの男前だった。王妃《おうひ》のほうはおそろしく太っていて、二重あごで、おしろいだらけの大きな顔をしていた。そんな顔はふつうの大きさだって見苦しいものだが、ふつうの人間の一〇倍も大きな顔なのだから、とても見られたものではなかった。そのとき、王様が舌《した》を出して唇《くちびる》を舐《な》めた。誰《だれ》でもやるようなしぐさだが、王様の舌はものすごく大きくて真っ赤な色をしており、それがいきなり出てきたので、ジルはひどく驚《おどろ》いた。

「まあ、なんてけっこうな子どもたちでしょう！」王妃が言った（「この人、そんなに悪い人ではないかも」と、ジルは思った）。

「まことに」王様が言った。「たいへん上等な子どもたちだ。わが城《しろ》へようこそ。さあ、握手《あくしゅ》をしよう」

王様は巨大《きょだい》な右手をさしだした。それはとてもきれいな手で、指輪《ゆびわ》がたくさんはまっていたが、爪《つめ》の先が恐《おそ》ろしいくらいに鋭《するど》くとがっていた。王様の手は子どもたちがさしだした手と握手するには大きすぎたので、王様は子どもたちの腕《うで》をつかんで握手した。

「あれは何かな?」王様がパドルグラムを指さして言った。

「れっきろひらルバピョロリれす」パドルグラムが言った。

「ぎゃっ!」王妃《おうひ》が悲鳴をあげ、スカートの裾《すそ》をくるぶしのほうへたぐり寄《よ》せた。

「まあ、気色《きしょく》の悪い……! 生きているわ」

「ちゃんとしたやつなんです、お妃様《きさき》、ほんとうはちゃんとしたやつなんです」あわててスクラブがとりなした。「よく知りあえば、きっとお気《き》に召《め》すと思います。ぼくが保証《ほしょう》します」

この場面でジルが泣《な》きだした——と書いても、読者諸君《しょくん》がこの先ジルのことを意気《いく》地《じ》なしだと思って見限《みかぎ》らないよう願《ねが》っている。ジルが泣きだしたのも、無理《むり》はなかったのだ。こごえていた手足や耳や鼻がようやく少し温まりはじめたばかりで、とけた雪が服からポタポタとしたたり落ちていたし、その日は朝から何も食べたり飲んだりしておらず、足が痛《いた》くてもう立っているのも無理に思われるくらいだったのだ。とにかく、その場でジルが泣きだしたおかげで、事態《じたい》がうまい方向に転じた。王妃がこう言ったのだ。

YOUCHAN

「おや、かわいそうに！　陛下《へいか》、お客様を立たせたままにしておくなんて、いけませんでしたわ。誰《だれ》か、早く！　この方たちをお連《つ》れしなさい。お食事とワインをさしあげて、お風呂《ふろ》に入れてあげて。女の子を泣《な》きやませるのです。ぺろぺろキャンディをあげなさい。人形も持たせてあげなさい。お薬も飲ませて。とにかく何でもいいから、考えつくものをあげてちょうだい――ミルク酒[1]でも、砂糖菓子《さとうがし》でも、キャラウェイ[2]でも、子守唄《こもりうた》でも、おもちゃでも。泣くんじゃありませんよ、嬢《じょう》ちゃん。泣いていたら、お祭りのときにうまくありませんからね」

　おもちゃだの人形だのと聞いたら、読者諸君《しょくん》やわたしなら腹《はら》を立てるだろうが、ジルも同じように憤慨《ふんがい》した。ぺろぺろキャンディや砂糖菓子は、まあ悪くはないが、それよりもちゃんとした食べ物がほしいと思った。とはいえ、王妃《おうひ》の馬鹿《ばか》げた言葉はおおいに歓迎《かんげい》すべき効果《こうか》をもたらした。パドルグラムとスクラブはあっという間に巨人《きょじん》の侍従《じじゅう》につまみあげられ、ジルも巨人の侍女《じじょ》につまみあげられて、部屋へと運ばれたのだ。

　ジルの部屋は教会と同じくらいの大きさで、暖炉《だんろ》で勢《いきお》いよく燃《も》える火と床《ゆか》に敷《し》かれた分厚《ぶあつ》い深紅《しんく》のじゅうたんがなければ、かなり陰気《いんき》な部屋に見えただろう。でも、この部屋に連《つ》れてこられたあと、ジルの身にはようやくうれしいことが起こりはじめた。ジルの世話をまかされたのは王妃《おうひ》のむかしの婆《ばあ》やで、巨人《きょじん》の目から見れば腰《こし》の曲がった小さな老女《ろうじょ》だったが、人間の目から見れば普通《ふつう》の部屋でも天井《てんじょう》に頭をぶつけずに動きまわれるていどに小柄《こがら》な巨人女だった。この婆やはとても手ぎわのよい働《はたら》き者《もの》だったが、たえず舌打《したう》ちしながら「あら、まあ、おっとっと！」とか「はい、はい、いい子ちゃんでちゅね」とか「だいじょうぶでちゅよ、嬢《じょう》ちゃん」などと言う癖《くせ》があって、それをやめてくれればいいのに、とジルは思った。婆やは巨人が足湯に使うたらいにお湯を張《は》って、ジルをお風呂《ふろ》に入れてくれた。泳げる子ならば（ジルは泳げた）、巨人用のお風呂は楽しいものだ。それに、巨人用のタオルも、肌《はだ》ざわりは少しごわごわしているが、なかなかいいものだった。タオルといっても、運動場くら

1　熱《あつ》いミルクに酒、砂糖《さとう》、香料《こうりょう》などを加《くわ》えた飲み物。かぜをひいたときなどに飲む。
2　リラックス効果《こうか》のあるスパイス。

いの大きさのタオルなのだ。お湯からあがったら、タオルでからだを拭《ふ》くのではなく、暖炉《だんろ》の前に広げたタオルの上をごろごろ転がって遊んでいるうちにからだが乾《かわ》いてしまう。お風呂《ふろ》のあと、ジルは洗いたてで清潔《せいけつ》な温めた服を着せてもらった。とても豪《ごう》華《か》な衣装《いしょう》で、ジルにはちょっと大きかったが、あきらかに巨人《きょじん》用ではなく人間用に作られた服だった。「あの〈緑の衣《ころも》の淑女《しゅくじょ》〉がここに訪《たず》ねてくるとしたら、わたしたちのような大きさの客にも慣《な》れてるってことよね」とジルは思った。

すぐに、ジルの推測《すいそく》が当たっていたことがわかった。ふつうの人間の大人にちょうどいい高さのテーブルと椅子《いす》が用意され、ナイフやフォークやスプーンも人間にちょうどいい大きさのものがそろっていたからだ。ようやくからだが温まり、さっぱりと清潔になって椅子に腰《こし》をおろせるのは、うれしいことだった。ジルはまだはだしのままだったが、巨人用のじゅうたんを踏《ふ》んで歩くのも気もちのいいものだった。ジルの足は一歩ごとに足首の上までじゅうたんに沈《しず》み、痛《いた》む足にはそれが何より快適《かいてき》だった。食事——夕方のお茶の時間に近かったが、いちおう昼食というべきだろう——は、コッカリーキー・スープ[3]、熱々《あつあつ》にローストしたシチメンチョウ、蒸《む》しプディング、焼《や》き栗《ぐり》、それに食べほうだいの果物《くだもの》だった。

一つだけうっとうしかったのは、婆《ばあ》やが幾度《いくど》となく部屋を出入りしては、そのたびに巨大《きょだい》なおもちゃを部屋に運んでくることだった。ジルよりも大きな人形。ゾウくらいの大きさの車輪《しゃりん》つきの木馬。小ぶりなガスタンクほどもある太鼓《たいこ》。ふわふわの毛の生えた仔《こ》ヒツジのぬいぐるみ。おもちゃはどれもできの悪いお粗末《そまつ》なものばかりで、けばけばしい色に塗《ぬ》られていて、ジルは見るのも嫌《いや》だと思った。おもちゃなんかいらないと何度言っても、そのたびに婆やはこう言うのだった。

「チッ、チッ、チッ、ちょっと休んだら、そのうち遊びたくなりますよ。ふっふっ！さあさ、ねんねしましょうね、嬢《じょう》ちゃん！」

ベッドは巨人《きょじん》用のベッドではなく、古風なホテルで見かけるような四隅《よすみ》に柱の立っている大きなベッドだった。巨大な部屋の中で見ると、こんなベッドでさえ、とても

3　鶏肉《とりにく》、リーク（日本の長ネギに似《に》たネギ）、ドライプルーン、大麦などを細かく刻《きざ》んで煮《に》込《こ》んだスコットランドの伝統的《でんとうてき》なスープ。

小さく見えた。ジルは大喜《おおよろこ》びでベッドに倒《たお》れこんだ。

「婆《ばあ》や、雪はまだ降《ふ》ってるの？」ジルが眠《ねむ》そうな声で聞いた。

「いいえ、いまは雨になりましたよ、かわいい嬢《じょう》ちゃん！」巨人《きょじん》の婆やが答えた。「雨が降ったら、雪が消えるからありがたいですよ。嬢ちゃん、あしたになれば外へ遊びに出られますよ！」婆やはジルにふとんをかけて、「おやすみ」と言った。

巨人にキスをされるほど気もちの悪いことはない、とわたしは思っているが、ジルもそう思った。しかし、五分もすると、ジルはぐっすり眠《ねむ》ってしまった。

雨は夕方から一晩《ひとばん》じゅう降りつづき、城《しろ》の窓《まど》に雨粒《あまつぶ》が打ちつけたが、ジルはそんな音にさえ気づかないほどぐっすりと眠りつづけ、夕食も食べずに眠り、夜半過《やはんす》ぎまで眠りつづけた。そして、夜が最《もっと》も深まり、巨人の館でネズミのほかには動くものひとつなくなった時刻《じこく》に、ジルの眠りに夢《ゆめ》がおとずれた。ジルはさっきまでと同じ部屋で目ざめた夢を見た。暖炉《だんろ》の火は燃《も》え落《お》ちて赤いおき[4]になり、その赤い光に照《て》らされて巨大《きょだい》な木馬が見えた。車輪《しゃりん》のついた木馬はひとりでにじゅうたんの上を動いて、ジルの枕《まくら》もとへやってきた。見ると、それはもはや木馬ではなく、馬と同じくらいの大きさのライオンだった。と思ったら、それはおもちゃのライオンではなく、本物のライオンで、あのライオン、この世の果《は》てのさらに先にそびえる山で出会った、あのライオンになっていた。そして、部屋いっぱいにえも言われぬ心地《ここち》よい香《かお》りが漂《ただよ》った。しかし、ジルの心には気にかかることがあった。それが何なのかわからないのだが、涙《なみだ》が頬《ほお》を流れ落ち、枕を濡《ぬ》らした。ライオンはジルに〈しるし〉を言ってみなさいと言ったが、ジルは自分が〈しるし〉をすっかり忘《わす》れてしまっていることに気がついた。それに気づいたとき、ジルはとほうもない恐怖《きょうふ》に襲《おそ》われた。アスランはジルを口にくわえ（アスランの唇《くちびる》と息は感じたが、牙《きば》が当たる感じはしなかった）、窓辺《まどべ》に連《つ》れていって、窓の外を見せた。月が明るく照《て》らしていて、目の前に（あるいは空だったかもしれないが、ジルにはどちらなのかわからなかった）大きな文字が書いてあり、「UNDER ME」[5]と読めた。そのあと、夢《ゆめ》は遠のいていき、翌朝《よくあさ》かなり遅《おそ》

4　薪《まき》などが燃《も》えて炭火のようになったもの。
5　「わたしの下に」の意味。

い時刻《じこく》になって目がさめたとき、ジルは自分が夢《ゆめ》を見たことをまるでおぼえていなかった。

ジルがベッドから起きて、服を着がえ、暖炉《だんろ》の前で朝ごはんを食べおえたとき、婆《ばあ》やがドアを開けた。「嬢《じょう》ちゃんや、お友だちが遊びにきましたよ」

部屋にはいってきたのは、スクラブと〈ヌマヒョロリ〉だった。

「あら、おはよう！」ジルは言った。「ね、ごきげんじゃない？　わたし、一五時間も眠《ねむ》っちゃったみたい。すっかり元気になったわ。みんなは？」

「ぼくは元気になったよ」スクラブが言った。「でも、パドルグラムは頭が痛《いた》いんだってさ。あ！　ここの部屋の窓《まど》、窓の下にベンチがついてるんだね。あそこに登れば、外が見えるぞ」すぐに三人とも窓台《まどだい》の下のベンチによじのぼった。そして外を見たとたん、ジルがうめいた。「うわっ、最悪《さいあく》……！」

外は太陽が照《て》っていて、いくつかの吹《ふ》きだまりを別《べつ》にすれば、雪はほとんど雨に洗《あら》い流《なが》されて消えていた。三人の眼下《がんか》に、まるで地図を広げたように、きのうの午後に苦労《くろう》して越《こ》えた平らな丘《おか》が見えた。ハルファンの城《しろ》から眺《なが》めてみると、それはまぎれもなく巨人《きょじん》の都の廃墟《はいきょ》だった。こうして見ると、丘《おか》が平らなのは、ところどころ敷石《しきいし》が割《わ》れているものの、全体として舗装《ほそう》が残《のこ》っているからだった。台地の頂上《ちょうじょう》を縦横《たてよこ》に区切っていた土手は、巨大《きょだい》な建物《たてもの》の壁《かべ》の跡《あと》と思われた。かつてはそこに巨人の宮《きゅう》殿《でん》や神殿《しんでん》があったのだろう。一箇所《かしょ》だけ、高さ一五〇メートルほどの壁が残っていた。ジルが垂直《すいちょく》に切り立った崖《がけ》だと思ったのは、この壁だったのだ。工場の煙突《えんとつ》のように見えたのは巨大な柱が並《なら》んでいるところで、不《ふ》ぞろいな高さに折《お》れた破片《はへん》が柱の根もとに散らばり、巨大な石でできた並木《なみき》がなぎ倒《たお》されたように見えた。丘の北側《きたがわ》を下りたときに越《こ》えた段差《だんさ》は――そして、南側《みなみがわ》から来たときに登った段差も、まちがいなく――巨人たちが使った階段《かいだん》の残骸《ざんがい》だった。そして、最悪《さいあく》なことに、舗装された部分の中央に大きく黒々とした文字が刻《きざ》んであり、「UNDER ME」と読めた。

三人は意気消沈《いきしょうちん》して顔を見合わせ、スクラブが短く口笛を鳴らしたあと、みんなが思っていることを口に出した。「二番目と三番目の〈しるし〉をしくじったことになるね」その瞬間《しゅんかん》、ジルは夜中に見た夢《ゆめ》を思い出した。

「わたしのせいだわ」ジルはがっくりと落ちこんだ声で言った。「わたしが毎晩《まいばん》ちゃんと〈しるし〉をおさらいしなかったせいだわ。〈しるし〉のことをいつも考えていたら、あれが都の跡《あと》だってわかったはずだもの。あの雪の中でも」

「あたしのほうがもっといけなかったんです」パドルグラムが言った。「あたしはたしかに見たんですから。ほぼまちがいなく。どう見ても都の廃墟《はいきょ》にそっくりだと思ったのに」

「ぼくらのなかで悪くないのは、パドルグラムだけだよ」スクラブが言った。「それに、ぼくたちを止めようとしたし」

「でも、もっと本気で止めればよかったんです」〈ヌマヒョロリ〉が言った。「止めようとしただけじゃ意味がありません。実際《じっさい》に止めるべきだったんです。二本の手であなたがた二人をつかまえて止めることだって、できなかったわけじゃないのに！」

「つまり、こういうことだったんだ」スクラブが言った。「ぼくたちはハルファンの城《しろ》に着きたいってことしか考えられなくなっていて、ほかのことは何ひとつ見えなくなっていた。少なくとも、ぼくはそうだった。あの口をきかない騎士《きし》を連《つ》れた女に会ってからずっと、ぼくたちはほかのことが何も考えられなくなっていたんだ。リリアン王子のことさえ忘《わす》れかけていたんだから」

「おそらく、それがあの女のねらいだったんでしょう」パドルグラムが言った。

「わたしがよくわからないのは、どうしてあの文字が見えなかったのか、ってことよ」ジルが言った。「それとも、きのうの夜よりあとに、あの文字が現《あらわ》れたのかしら？　もしかして、アスランが夜のあいだにあの文字を刻《きざ》みつけた、とか？　わたし、すごく変《へん》な夢《ゆめ》を見たのよ」ジルはみんなに夢のことを話した。

「バカだな！」スクラブが言った。「ぼくたち、あの文字を見てたんだよ。あの文字の中にはいりこんだんだから。わかんない？　ぼくたち、『ME』のEの字の中にはいったんだ。溝《みぞ》に落っこちただろ？　あのとき、ぼくたちはEのいちばん下の線のところを歩いたんだよ。真北に向かって。それで、右に曲がった――Eの縦《たて》の線にはいったってこと。それで、縦線の真ん中のところで右に曲がる場所があって、そのあと、いちばん上の線の左端《ひだりはし》のところ、つまりEの字の北東の角のところまで行って、引き返してきたってわけさ。とんでもないバカだったよ」スクラブは窓台《まどだい》の下のベンチに思いっきり蹴《け》りを入れて、続《つづ》けた。「だから、ポウル、ありえないよ。きみが何を考えてたかは、わかる。ぼくも同じことを考えたから。ぼくたちが通《とお》り過《す》ぎたあとにアスランが廃墟《はいきょ》の石に指示《しじ》を書いたってことならよかったのに、と思ったんだろ? それなら、悪いのはアスランで、ぼくたちじゃないからね。図星《ずぼし》じゃない? でも、そうじゃなかった。ぼくたちが悪かったんだ。たった四つの〈しるし〉のうち、もう三つをやりそこなったことになる」

「ぼくたちって言うか、わたしが悪いんだけど」ジルが言った。「そのとおりよ。わたし、こっちの世界に来てからずっと、何もかも失敗《しっぱい》だらけ。それでも——すごく申《もう》し訳《わけ》ないとは思ってるのよ、でも——それにしても、あの文字はどういう意味なの? 『UNDER ME』なんて、どういう意味があるのかしら」

「意味はありますよ」パドルグラムが言った。「あの都の下へ行って王子を探《さが》さなくてはならない、ってことですよ」

「でも、どうやって?」ジルが聞いた。

「そこが問題なんです」パドルグラムがカエルのような大きな手をすりあわせながら言った。「いまとなっては、どうすればいいのか。もしあたしらがあの廃墟にいたときに自分たちの役目をちゃんと意識《いしき》していたなら、どうすればいいかは、おのずから見えてきたことでしょう──小さな入口が見つかるとか、洞穴《ほらあな》が見つかるとか、トンネルが見つかるとか、あるいは誰《だれ》か力を貸《か》してくれる人に出会うとか。もしかしたら、アスランその人が現《あらわ》れたかもしれません。わかりませんけどね。で、方法《ほうほう》はともかくとして、あの舗装《ほそう》した石の下にはいりこむことができたにちがいありません。アスランの指示《しじ》は、いつだってかならず実現《じつげん》するんです。例外《れいがい》はありません。でも、いまとなっては、どうすればいいのか──これはまた別《べつ》の問題です」

「とにかく、あそこにもどらなくちゃね」ジルが言った。

「口で言うのは簡単《かんたん》ですが」パドルグラムが言った。「手始めに、あのドアをどうやって開けるか、ですよね」三人はドアに目をやった。誰ひとりとしてドアの取っ手まで手が届《とど》きそうにないし、届いたとしても取っ手を回すことは不可能《ふかのう》だろうと思われた。

「外に行かせてって頼《たの》んだら、部屋から出してくれると思う?」ジルが言った。しかし、誰《だれ》も口には出さなかったが、みんな頭の中では「もし出してくれなかったら?」

と考えていた。

考えてみると、愉快《ゆかい》な話ではなかった。パドルグラムは自分たちの旅の目的《もくてき》を巨人《きょじん》に明かすことについてはぜったい反対だったし、ただ外に出してくれと頼《たの》むことについても反対だった。もちろん、パドルグラムがダメと言うなら、子どもたちもほんとうのことを言うわけにはいかなかった。パドルグラムと約束《やくそく》したからだ。三人とも、夜のあいだに城《しろ》から脱出《だっしゅつ》する方法《ほうほう》はないだろうという点では同じ考えだった。いったん寝室《しんしつ》に入れられてドアを閉《し》められてしまえば、朝まで部屋に閉《と》じこめられることになるからだ。もちろん、ドアを開けておいてくれないかと頼むことはできるが、それでは怪《あや》しまれるだろう。

「唯一《ゆいいつ》のチャンスは、昼間に抜《ぬ》け出《だ》すことだろうね」スクラブが言った。「午後になったら、巨人たちが昼寝《ひるね》する時間があるんじゃないかな？　台所までなんとか行ければ、裏口《うらぐち》の戸が開いてるかもしれない」

「チャンスとは言いがたいようなチャンスですが、それしかチャンスはないでしょうね」〈ヌマヒョロリ〉が言った。実際《じっさい》、スクラブのアイデアは、読者諸君《しょくん》が思うほどやぶれかぶれなものでもなかった。人目につかないように家から抜《ぬ》け出《だ》すには、真夜中より真っ昼間のほうがうまくいくものだ。昼間ならばドアや窓《まど》が開いている可能性《かのうせい》も大きいし、万が一見つかっても、遠くまで行くつもりはない、とくに目的《もくてき》があるわけでもない、などと言《い》い訳《わけ》できる（相手が巨人《きょじん》であるにせよ、ふつうの大人であるにせよ、夜中の一時に寝室《しんしつ》の窓から外へ出ようとしているところを見つかった場合には、こういう言い訳は通じないと思ったほうがいいだろう）。

「でも、相手を油断《ゆだん》させておかないと」スクラブが言った。「ここにいることを喜《よろこ》んでる、秋のお祭りが待ち遠しくてしかたない、と思わせておかないと」

「お祭りは明日の夜です」パドルグラムが言った。「巨人の一人がそう言っているのを聞きました」

「なるほど」ジルが言った。「お祭りがすごく楽しみだって顔をしていないといけないのね。それに、あれこれ質問《しつもん》もしないと。むこうはわたしたちのことを赤ちゃんみたいな子どもだと思ってるから、だますのは簡単《かんたん》だわ」

「陽気にいきましょう」パドルグラムが深いため息をつきながら言った。「そう、陽気にいかなくちゃいけません。陽気に。この世に心配ごとの一つもないような、浮《う》かれたふりをして。あんたがたお二人は、ときどき元気がなくなることがありますな。あたしを見て、あたしを手本にしてやってごらんなさい。陽気ってのはこういうもんだ、ってとこを見せてやりましょう」。〈ヌマヒョロリ〉はぞっとするような笑《わら》い顔《がお》を見せた。「浮かれてはしゃぐんです」そう言って、〈ヌマヒョロリ〉は飛《と》び上《あ》がって空中で両足をすばやく交差《こうさ》させて見せたが、見ていて気《き》の毒《どく》になるような芸《げい》だった。「すぐにできるようになりますよ、あたしをお手本にすれば。連中《れんちゅう》は、すでにあたしのことをおかしなやつだと思いこんでいますからね。あんたがたお二人の目にも、きのうの夜はあたしがちょいとほろ酔《よ》い気分に見えたかもしれませんがね、あれは……ほとんどが、その……わざとしたことで。なんとなく、あとで役に立つんじゃないかという気がしましたのでね」

子どもたちは、あとになってこの冒険《ぼうけん》をふりかえって話をしたとき、〈ヌマヒョロリ〉のこの最後《さいご》の言葉を信《しん》じたものかどうかはなはだ疑問《ぎもん》に感じたものだが、パドルグラム自身は本気で言っていたのだろうという点では意見が一致《いっち》した。

「わかった。陽気にやるんだね」スクラブが言った。「それにしても、このドアを誰《だれ》か開けてくれたらなあ。バカみたいに陽気なふりをしながら、とにかくこの城《しろ》のことを少しでもよく知るようにしないと」

そのときちょうど運よくドアが開いて、巨人《きょじん》の婆《ばあ》やが部屋に飛《と》びこんできた。「嬢《じょう》ちゃん、坊《ぼっ》ちゃん、王様やご家来《けらい》衆《しゅう》が狩《か》りに出かけるところを見たくないですか？みごとな眺《なが》めですよ！」

三人はあっという間に婆やの脇《わき》をすり抜《ぬ》けて部屋の外へ駆《か》け出《だ》し、最初《さいしょ》に目についた階段《かいだん》を下りていった。犬の吠《ほ》え声《ごえ》や角笛《つのぶえ》の音や巨人たちの声をたよりに進んでいくと、ほどなく中庭に出た。巨人たちはみな歩いて狩りに出かけるようだった。この地方には巨人が乗れるような巨大《きょだい》な馬がいないからで、巨人の狩りはイギリスでビーグル犬を使うウサギ狩りと同じように徒歩《とほ》でおこなわれるのだった。猟犬《りょうけん》たちも、ふつうの大きさだった。馬がいないのを見て、ジルはひどく落胆《らくたん》した。あのぶくぶくに太った王妃《おうひ》が歩いて猟犬たちのあとを追うとはとても思えなかったからだ。王妃が一日じゅう城にいたのでは、都合が悪い。ところが、見ると、王妃は輿《こし》のようなものに乗って、六人の若《わか》い巨人《きょじん》たちにかつがれていた。みっともない顔をした王妃は頭からつま先まで緑色の服を着こみ、腰《こし》に角笛《つのぶえ》を下げていた。王を含めて二、三〇人の巨人たちが狩《か》りのいでたちで集まっており、大きな話し声や笑《わら》い声《ごえ》で耳の鼓膜《こまく》が破《やぶ》れそうだった。そして、巨人たちの足もと、ジルの身長にちょうどいいあたりでは犬たちがしっぽを振《ふ》り、吠《ほ》えたて、半開きの口からよだれを垂《た》らし、鼻先をジルの手に押《お》し当《あ》ててきた。パドルグラムがここぞとばかりに陽気で浮《う》かれた態度《たいど》をやってみせようとしたとき（もしこれが巨人たちの目にとまったら、何もかもだいなしになっていたかもしれない）、ジルが思いっきりかわいらしく子どもっぽい笑《え》みを浮かべて王妃《おうひ》の輿《こし》に駆《か》け寄《よ》り、大声で王妃に話しかけた。

「あら、お妃様《きさきさま》！　まさか、お出かけになってしまうの？　きっともどっていらっしゃいますよね？」

「ええ、もどりますよ」王妃が言った。「今夜にはもどってきます」

「ああ、よかった！　うれしいわ！」ジルは言った。「あしたの夜は、わたしたちもお祭りに行っていいのでしょう？　あしたの夜が待ち遠しくてたまらないわ！　ここは、とっても楽しいお城《しろ》ですね。王妃《おうひ》様がお出かけのあいだ、わたしたち、お城の中をあちこち見物してもいいでしょう？　お願《ねが》い、いいと言ってくださいな」

王妃は「よろしい」と返事をしたが、宮廷《きゅうてい》の人々の笑《わら》い声《ごえ》が騒々《そうぞう》しくて、女王の声はほとんど聞きとれないくらいだった。

6　二本の長い棒《ぼう》の上に人がすわったり寝《ね》たりできる台を乗せた貴人用《きじんよう》の乗りもので、大勢《おおぜい》の人間を使って運ばせる。

9　だいじなことに気がついた

あとになってスクラブとパドルグラムも認《みと》めたところだが、その日のジルの活躍《かつやく》はすばらしかった。巨人《きょじん》の王様たちが狩《か》りに出かけてしまうとすぐに、ジルは城《しろ》の中を歩きまわってあれこれ質問《しつもん》を始めたが、ジルがわざとあどけなく子どもっぽいしぐさでたずねるので、そこに隠《かく》された意図があろうとは誰《だれ》も気づかなかった。ジルはしゃべりづめに口を動かしていたが、実際《じっさい》には、しゃべるというよりも意味のない言葉をぺちゃくちゃ並《なら》べ、くすくす笑《わら》ってみせただけだった。ジルは相手かまわず愛想《あいそ》をふりまいた。侍従《じじゅう》、門番、女中、侍女《じじょ》、狩りに出るには歳《とし》をとりすぎた巨人の老貴族《ろうきぞく》たち。そして、巨人女《きょじんおんな》たちからキスされたりなでまわされたりしても、嫌《いや》がらずにがまんした。巨人女たちの多くはジルを哀《あわ》れに思っているらしく、「かわいそうにねえ」などと言ったが、理由は誰《だれ》も教えてくれなかった。ジルはとくに料理女《りょうりおんな》と仲良《なかよ》くなり、貴重《きちょう》な情報《じょうほう》を手に入れた。台所の流し場にはドアがあり、そのドアは城《じょう》壁《へき》の外に通じているので、中庭を横切ったり門番詰所《つめしょ》の前を通らなくても城外《じょうがい》に出られる、というのだ。台所では、ジルは食いしんぼうのふりをして料理女や皿洗《さらあら》い係がおもしろがって分けてくれる残《のこ》り物《もの》をかたっぱしから平らげた。上の階で女官《にょかん》たちといっしょにいるときには、秋のお祭りにはどんな服を着せてもらえるのかしら、お祭りの晩《ばん》は夜ふかししてもいいのかしら、誰かとっても小柄《こがら》な巨人《きょじん》とダンスを踊《おど》らせてもらえないかしら、などと質問《しつもん》してまわった。そのあと、思い出すだけでも全身がカッと熱《あつ》くなるのだが、ジルはおつむの弱い子みたいに首をかしげて（巨人であろうとなかろうと、このしぐさは大人にとても受けがいいのである）、巻《ま》き毛《げ》を揺《ゆ》らし、舌《した》たらずな口調で言った。「ああ、早くあしたの夜になればいいのに！　時間がもっと早く過《す》ぎてくれないかしら」すると、巨人女《きょじんおんな》たちは口をそろえてこんなにかわいい子は見たことがないと言い、なかには巨大《きょだい》なハンカチを取り出して目頭《めがしら》を押《お》さえる巨人女もいた。

「まだあんなに小さいのにねえ」巨人女《きょじんおんな》たちは、そう言いあった。「なんだか、かわいそうになっちゃうわねえ……」

スクラブとパドルグラムもできるだけ愛想《あいそ》をふりまいてがんばったが、こういうことは女の子にはとてもかなわないものだ。それでも、〈ヌマヒョロリ〉にくらべれば、まだ人間の男の子のほうが愛想があるというものだが。

昼食のときになって、三人が〈優《やさ》しい巨人〉の城《しろ》からなんとしても抜《ぬ》け出《だ》さなければならないと思うようなことが起こった。三人は大広間で暖炉《だんろ》のそばにしつらえられた人間用の小さなテーブルについていたのだが、二〇メートルほど離《はな》れた大きなテーブルでは六人の年老《としお》いた巨人たちが食事をしていた。巨人たちの会話は騒々《そうぞう》しく、部屋じゅうに声が響《ひび》きわたるので、じきに子どもたちは窓《まど》の外を行きかう車の音やクラクションが気にならなくなるのと同じように、巨人たちの会話は気にしなくなった。三人は鹿肉《しかにく》の冷製《れいせい》を口に運んでいた。ジルにとっては食べたことのない料理《りょうり》で、なかなかおいしいと思った。

そのときとつぜん、パドルグラムが二人のほうを向いた。顔から血《ち》の気《け》がすっかり引いて、もともと土気色《つちけいろ》の肌《はだ》なのに、その肌がなおいっそう青ざめているのがわかった。パドルグラムはこう言った。

「もう一口も食べちゃだめです」

「どうしたの？」ジルとユースティスが小声で聞いた。

「いまの巨人《きょじん》たちの話、聞きませんでしたか？　巨人の一人が『このシカの腰肉《こしにく》は柔《やわ》らかくてうまいなあ』と言ったんです。そしたら、別《べつ》の巨人が『それじゃ、あの雄《お》ジカはうそつきだったたんだな』と言ったのです。『なぜだ？』と最初《さいしょ》の巨人が言うと、もう一人が『ああ、聞いた話なんだけどな、その雄ジカを捕《つか》まえたとき、雄ジカが殺《ころ》さないでください、わたしは肉が硬《かた》くておいしくないですよ、とか言ったんだとさ』って答えたんですよ」少しのあいだ、ジルはそれがどういうことを意味しているのか、よくわからなかった。しかし、スクラブが恐怖《きょうふ》に目を大きくみひらいたのを見て、ジルもただごとではないらしいと察《さっ》した。

スクラブは、こう言った。「つまり、ぼくたちは〈もの言うシカ〉を食べていたのか」

そうとわかってもなお、三人の反応《はんのう》はまちまちだった。ナルニアに来たのが初めて《はじ》のジルは、殺《ころ》された雄《お》ジカをかわいそうに思い、雄ジカを殺した巨人《きょじん》たちをひどいと思った。一方、前にナルニアに来たことがあって、少なくとも一人の〈もの言うけもの〉と親友になったスクラブは、なんと恐《おそ》ろしいことをしたのかと、殺人事件《さつじんじけん》を耳にしたような気分になった。しかし、ナルニアで生まれ育ったパドルグラムは、吐《は》き気《け》をもよおして気絶《きぜつ》しそうになっていた。赤《あか》ん坊《ぼう》を食べてしまったと知ったのと同じような気分に襲《おそ》われたのだ。

「あたしらはアスランの怒《いか》りを買ったんです」パドルグラムが言った。「〈しるし〉をちゃんと守らなかった報《むく》いです。あたしらは呪《のろ》われた存在《そんざい》となったにちがいありません。もし許《ゆる》されるものならば、この場でこのナイフをわが心《しん》の臓《ぞう》に突《つ》きたてることこそ、あたしらが取るべき最善《さいぜん》の道でしょう」

そのうちに、ジルでさえもパドルグラムと同じように事態《じたい》の重大さを理解《りかい》できるようになった。いずれにしても、三人ともすでに食欲《しょくよく》は失《うしな》っていた。三人はころあいを見はからって、そっと広間を出た。

いよいよ脱出《だっしゅつ》を決行すべき時刻《じこく》が近づいてきて、三人の緊張《きんちょう》が高まった。三人は廊下《ろうか》をうろつきながら、あたりが静《しず》かになるのを待った。大広間の巨人《きょじん》たちは食事が終わったあとも長々と居《い》すわって、頭のはげた巨人がひとしきり話をしていた。それが終わったところで、三人はぶらぶらと台所のほうへ下りていった。しかし、台所にもまだたくさんの巨人たちがいて、流し場には食器《しょっき》を洗《あら》う者やそれを片付《かたづ》ける者たちが働《はたら》いていた。巨人たちが仕事を終えて一人また一人と手を拭《ふ》きながら台所から引き上げていくのを、三人はじりじりしながら待った。そして最後《さいご》に、年寄《としよ》りの巨人《きょじん》女《おんな》が一人だけ台所に残《のこ》った。この年寄りの巨人女はのんびりと仕事を片づけ、ようやく終わったと思ったら、またのんびりと別《べつ》の仕事にとりかかり、そのうちとうとう三人はこの年寄り女が台所から出て行くつもりがないらしいと悟《さと》ってぞっとした。

「さあて、嬢《じょう》ちゃんたちよ」年寄りの巨人女が言った。「仕事はだいたい片づいたわ。やかんを火にかけようかね。お茶でも一杯《ぱい》入れて、ひと休みしよう。あんたたち、いい子だから、ちょっと流し場を見てきてくれないかね、裏口《うらぐち》のドアが開いてるかどうか」

「開いています」スクラブが言った。

「そうかい、それならいい。いつも開けておくんだよ、ネコちゃんが出入りできるようにね」

そう言うと、年寄《としよ》りの巨人女《きょじんおんな》は椅子《いす》に腰《こし》をおろし、もう一つの椅子に両足を乗せた。

「ちょいと昼寝《ひるね》でもさせてもらおうかね。狩《か》りに出かけた連中《れんちゅう》があまり早くもどって来なけりゃいいんだけど」

巨人女の口から「昼寝」の言葉を聞いた瞬間《しゅんかん》、三人の心は高鳴った。しかし、狩りに行った者たちがもどってくると聞いた瞬間、期待《きたい》はぺしゃんこになった。

「狩りの人たち、いつも何時ごろに帰ってくるの？」ジルが聞いた。

「さあ、何時ごろだろうねえ」巨人女が言った。「あんたたち、ちょっとのあいだ、静《しず》かにしといておくれよ」

三人は台所の隅《すみ》にひっこんだ。そして、三人がまさに洗《あら》い場《ば》へ抜《ぬ》け出《だ》そうとしたそのとき、巨人女がすわりなおし、目を開けて、ハエを追《お》い払《はら》った。「完全《かんぜん》に寝入《ねい》っちゃうまで、じっとしてたほうがいい。でないと、何もかもだいなしになっちゃう」スクラブが小声で言った。そこで、三人は台所の隅《すみ》にうずくまり、巨人女《きょじんおんな》のようすを見ながらチャンスをうかがった。狩《か》りに行った連中《れんちゅう》がいつもどってくるかしれないと思うと、気が急《せ》いてしかたなかった。巨人女は、なかなか眠《ねむ》りこまなかった。こんどこそ眠ったと思うたびに、ごそごそとからだを動かすのだ。

「こんなの、耐《た》えられない」と思ったジルは、気をまぎらわすためにあたりを見まわしはじめた。すぐ目の前にきれいに片《かた》づいた大きなテーブルがあり、洗《あら》いたてのパイ皿が二枚《まい》とページを広げた本が一冊置《さつお》いてあった。もちろん、巨人用のパイ皿なので、ジルが皿の中にはいって楽に寝《ね》そべることもできそうな大きさだった。そのあと、ジルはテーブルの脇《わき》に置いてあったベンチによじ登り、本を見た。本には、こう書いてあった。

カモ　この美味なる鳥には、いろいろな調理法《ちょうりほう》がある。

「なんだ、お料理本《りょうりぼん》か」ジルは本にはたいして興味《きょうみ》を抱《いだ》かずに、肩越《かたご》しに後ろを見た。巨人女《きょじんおんな》は目を閉《と》じていたが、本格的《ほんかくてき》に眠《ねむ》りこんだようには見えなかった。ジルはふたたび料理本に目をもどした。本は見出しが順《じゅん》に並《なら》んでいて、カモのあとに続《つづ》く項目《こうもく》を見たとき、ジルは心臓《しんぞう》が止まりそうになった。そこには、こう書いてあったのだ。

ニンゲン　この洗練《せんれん》された二足動物は、むかしから珍味《ちんみ》とされている。伝統的《でんとうてき》に秋の大祭に用いられる食材《しょくざい》で、魚料理《さかなりょうり》と肉料理《にくりょうり》のあいだに供《きょう》される。ニンゲンはそれぞれの個体《こたい》によって——

しかし、ジルはそれ以上《いじょう》はとても読む気になれなくて、視線《しせん》をそらした。巨人女は目をさまし、ひどく咳《せ》きこんでいた。ジルはスクラブとパドルグラムをそっとつついて、本のほうを指さした。二人もジルと同じようにベンチによじ登り、身を乗り出して巨大《きょだい》な本のページを見た。スクラブがニンゲンの調理法《ちょうりほう》を読んでいると、パド

YOUCHAN

ルグラムがその下の項目《こうもく》を指さしてみせた。そこには、こう書いてあった。

ヌマヒョロリ　料理《りょうり》研究家のなかには、ヌマヒョロリは筋《すじ》ばって硬《かた》く、泥《どろ》くさいにおいがするので、巨人《きょじん》の口にはまったく合わない、とする説《せつ》もあるが、泥くささは次の調理法《ちょうりほう》によってかなり消すことができる――

ジルはパドルグラムとスクラブの足にそっと触《ふ》れて合図した。三人がふりかえって見ると、巨人女は口を少し開けて眠《ねむ》っており、鼻からはそのときの三人にとってはどんな音楽よりも妙《たえ》なる調べが聞こえてきた。巨人女はいびきをかいていたのだ。さあ、ここからは忍《しの》び足《あし》で進まなくてはならない。三人は速く歩きすぎないよう気をつけ、ほとんど息も止めたまま、洗《あら》い場《ば》（巨人の台所の洗い場はひどい臭《にお》いがした）を抜《ぬ》けて、ついに冬の午後の薄日《うすび》がさす戸外に出た。

外に出てみると、そこは急勾配《きゅうこうばい》で下っていく小道の始まるところだった。そして、ありがたいことに、三人は巨人の都の廃墟《はいきょ》が見える側《がわ》に出ていた。数分後、三人は城《しろ》の正門から下っていく広くて急な坂道を歩いていた。そこは城《しろ》のこちら側《がわ》を向いている窓《まど》という窓から丸見えの場所だった。一つか二つ、あるいはせいぜい五つくらいの窓しかないのであれば、誰《だれ》も窓から外を見ていないという幸運もありうるかもしれない。しかし、窓は五つどころか五〇近くと言ってもいいくらいたくさんあった。しかも、いまになって気づいたのだが、三人が歩いている道を含《ふく》めて、〈廃《すた》れし都〉に至《いた》るまでのあたり一帯《いったい》には、キツネ一匹《ぴき》が隠《かく》れるだけの物陰《ものかげ》もなかった。あたりは硬《かた》くて粗《あら》い草におおわれ、小石や平たい石が散らばっていた。さらに悪いことに、ユースティスとジルは前の晩《ばん》に巨人《きょじん》が用意してくれた服を着ていた。パドルグラムだけは、からだに合う寸法《すんぽう》の服がなかったので自分の服を着ていたが、ジルは鮮《あざ》やかな緑色で丈《たけ》が少し長すぎるドレスを着た上に白い毛の縁取《ふちど》りがついた真っ赤なマントをはおっていたし、スクラブは真っ赤な長靴下《ながくつした》をはき、青いチュニック[1]の上に青いマントをはおっていた。

1　古代ローマの貫頭衣《かんとうい》に似《に》た膝丈《ひざたけ》くらいの筒型《つつがた》のゆったりした服で、腰《こし》の位置《いち》でベルトやひもを結《むす》んで着る。

おり、金のつかの剣《けん》をつけ、羽飾《はねかざ》りのついたボンネット2をかぶっていた。

「お二人とも、派手《はで》な色合いですね」パドルグラムがつぶやいた。「冬の野原で、バッチリ目立ちますよ。世界でいちばん腕《うで》の悪い射手《いて》でも、矢が届《とど》く範囲《はんい》ならあなたがたをはずしゃしないでしょう。そうそう、射手と言えば、きっとそのうち、弓を持ってこなかったことを後悔《こうかい》するはめになるでしょうね。それにしても、ずいぶん薄《うす》手《で》の着物ですね、お二人とも」

「そうなの。もう凍《こご》えそう」ジルが言った。

数分前、台所にいたときは、ジルはとにかく城《しろ》の外に出られれば脱出《だっしゅつ》はほぼ成功《せいこう》したも同然《どうぜん》だと思っていた。しかし、いちばん危険《きけん》な部分はまだこれからなのだと、だんだんわかってきた。

「ゆっくりですよ、ゆっくり」パドルグラムが言った。「ふりかえっちゃだめです。あと、あまり早足で歩かないように。そして、とにかく走らないこと。ただ散歩《さんぽ》してるだけのように見せるんです。そうすれば、もし誰《だれ》かに見られたとしても、うまくすれば気にせずに見過《みす》ごしてもらえるかもしれません。でも、逃《に》げてるように見られたら、その瞬間《しゅんかん》におしまいです」

〈廃《すた》れし都〉までは、ジルが思っていたよりはるかに遠かった。それでも、少しずつ、三人は廃墟《はいきょ》へと近づいていった。そのとき、音が聞こえた。パドルグラムとユースティスはほっと息をのんだが、ジルはそれが何の音か知らず、「あれは何？」と聞いた。

「狩《か》りの角笛《つのぶえ》だよ」小声でスクラブが言った。

「でも、まだ走っちゃだめです」パドルグラムが言った。「あたしが走れと言うまで、走っちゃだめです」

今回ばかりはジルもがまんできず、後ろをふりかえって見た。三人の左手後方、一キロたらずのところを、城《しろ》へもどってくる狩りの一行《いっこう》が見えた。

三人はそのまま歩きつづけた。そのときいきなり、巨人《きょじん》たちが大声でわめきはじめた。叫《さけ》び声《ごえ》や猟犬《りょうけん》をけしかける声も聞こえた。

2　縁《ふち》のない子供用《こどもよう》の帽子《ぼうし》。

「見つかった。走れ！」パドルグラムが言った。

ジルは長いドレス（走るには最悪《さいあく》の衣装《いしょう》だった）の裾《すそ》をたくし上げて走りだした。いまや、危険《きけん》が迫《せま》っているのはまちがいなかった。猟犬《りょうけん》たちの吠《ほ》え声《ごえ》が高く低く響《ひび》いた。「追いかけろ、追いかけろ。あしたのニンゲン・パイが食べられなくなるぞ」と叫ぶ巨人《きょじん》の王の声も聞こえた。

ジルは三人のなかでいちばん後ろを走っていた。ドレスが邪魔《じゃま》になって走りにくく、浮《う》き石《いし》に足を取られ、髪《かみ》が口にはいるし、走っているうちに胸《むね》が痛《いた》くなってきた。犬たちはどんどん迫《せま》ってくる。ジルは上り坂にさしかかった。巨人の階段《かいだん》のいちばん下の段まで、岩だらけの登り斜面《しゃめん》が続《つづ》いていた。巨人の階段まで行き着けたところで、そのあとどうするのか、ジルは見当もつかなかった。階段のいちばん上まで登れば状況《じょうきょう》が好転《こうてん》するものなのか、それもわからなかった。でも、そんなことを考えている余裕《よゆう》はなかった。いまのジルは狩人《かりゅうど》に追われるけものと同じで、猟犬に追われながら倒《たお》れるまで走りつづけるしかないのだ。

先頭を走っているのは〈ヌマヒョロリ〉だった。パドルグラムは巨人の階段のいちばん下の段《だん》まで来たところで足を止め、やや右手のほうに目をやったと思ったら、いきなり段差《だんさ》の足もとに開いていた小さな穴《あな》というか裂《さ》け目《め》のようなすきまに飛《と》びこんだ。穴にもぐっていく〈ヌマヒョロリ〉の長い足は、クモそっくりに見えた。スクラブは少しためらったものの、パドルグラムに続《つづ》いて穴の中へ消えた。ジルは二人より一分ほど遅《おく》れ、息を切らして足もとをふらつかせながら穴のところまでやってきた。あの穴にもぐりこむのかと思うと、ぞっとした。それは下の地面と石の階段《かいだん》のあいだにできたすきまで、幅《はば》が一メートル弱、高さは三〇センチほどしかなかった。べったりと腹《はら》ばいになってもぐりこむしかない。しかも、簡単《かんたん》にするりとはいりこめるものでもない。ジルは、穴にもぐりこむより先に猟犬《りょうけん》にかかとを嚙《か》みつかれるにちがいないと思った。

「早く、早く。石を。穴をふさぐんだ」暗闇《くらやみ》の中、ジルのすぐそばでパドルグラムの声がした。穴の中は真っ暗で、三人がもぐりこんだすきまから灰色《はいいろ》の光がさしこんでいるだけだった。パドルグラムとスクラブは必死《ひっし》に手を動かしていた。スクラブの小さな手と〈ヌマヒョロリ〉の大きなカエルのような手がすきまからさす光の中で黒いシルエットになって、必死《ひっし》で石を積《つ》み上《あ》げているのが見えた。そのうちにジルもそれがどれほど重要《じゅうよう》な作業かを理解《りかい》し、自分も手探《てさぐ》りで大きな石を探《さが》してパドルグラムやスクラブに手渡《てわた》した。猟犬《りょうけん》たちが穴《あな》の入口でうなり声をあげたり高い声で鳴いたりしはじめる前に、穴の入口はほぼ石でふさがった。そのかわり、当然《とうぜん》だが、光がまったくはいらなくなった。

「もっと奥《おく》へ。早く」パドルグラムの声がした。

「みんなで手をつなぎましょ」ジルが言った。

「いい考えだ」スクラブが言った。しかし、暗闇《くらやみ》の中でおたがいの手を見つけるのに、ずいぶん手間どった。猟犬たちが石でふさいだ割《わ》れ目《め》のすぐ外までやってきて、クンクンとにおいを嗅《か》ぎはじめた。

「立てるかどうか、やってみよう」スクラブが言った。やってみたら、立つことはできた。そのあと、先頭に立ったパドルグラムが後ろへさしのべた手をスクラブが握《にぎ》り、スクラブが後ろへさしのべた手をジルが握り（最後《さいご》じゃなくて真ん中ならよかったのに、とジルは切実に思った）、三人はつま先で足もとを探りながら暗闇の中をそろそろと進んでいった。足もとは浮《う》き石《いし》だらけだった。そのうちに、パドルグラムが岩の壁《かべ》に行き当たった。三人は少し右のほうへ向きを変《か》えて進んだ。そのあとも進路が左右に曲がりくねっていて、ジルは自分がどっちを向いているのかすっかりわからなくなり、洞穴《ほらあな》の入口がどっちだったか見当もつかなくなってしまった。

「問題は、ですね」前方の暗闇《くらやみ》からパドルグラムの声がした。「あれこれ考えあわせてみて、もどれるものならもどったほうがいいのか、そして巨人《きょじん》たちのお祭りのごちそうにされるほうがましなのか、それとも、こんな洞穴の奥《おく》にはいりこんで、十中八九ドラゴンが出たり深い穴があったり毒《どく》ガスや水が出そうな場所で迷子《まいご》になるほうがましなのか、という――うわっ！　手を放して！　二人は助かって！　あたしは――」

そのあとは、何もかもがあっという間のできごとだった。叫《さけ》び声《ごえ》があがり、ザザーッと砂《すな》や小石が滑《すべ》りだして、石がガラガラと崩《くず》れ落《お》ちる音がして、ジルはずるずると滑り落ち、なすすべもなくさらに滑り落ち、しかも滑り落ちる速度がどんどん速くなり、斜面《しゃめん》の傾斜《けいしゃ》もますます急になっていった。斜面はなめらかに固《かた》まった地面ではなく、小石や砂利《じゃり》など浮《う》き石《いし》だらけだった。たとえその斜面《しゃめん》で立てたとしても、意味はなかっただろう。立ったとたんに足もとが崩《くず》れて、また斜面を滑《すべ》り落《お》ちるにきまっている。ジルは立ちあがることができず、寝転《ねころ》んだ姿勢《しせい》のまま斜面を滑り落ちていった。滑り落ちれば落ちるほど、巻《ま》きぞえになって石や土が崩れ、三人が土砂《どしゃ》もろとも滑り落ちて、その速度がぐんぐん速くなり、音も大きくなり、土ぼこりがますます大量《たいりょう》に舞《ま》い上《あ》がった。スクラブとパドルグラムの鋭《するど》い叫《さけ》び声《ごえ》や毒《どく》づく声から、ジルは自分が滑りながら巻きぞえで落としているたくさんの石が二人を直撃《ちょくげき》しているらしいとわかった。ジルは恐《おそ》ろしいスピードで斜面を滑り落ちていき、底《そこ》にたたきつけられたらきっと自分は粉々《こなごな》になるにちがいないと思った。

しかし、なぜか、そうはならなかった。三人ともあちこち傷《きず》や打ち身だらけになり、ジルは顔がヌルヌルして、たぶん血が出ているのだろうと思った。からだが大量の土や砂利やもっと大きな石に埋《う》まってしまって、立ちあがることもできなかった。あたりは、目を開けていても閉《と》じていても変《か》わらないような漆黒《しっこく》の闇《やみ》で、音は何ひとつ聞こえなかった。ジルにとっては、人生で最悪《さいあく》の瞬間《しゅんかん》だった。もし、自分がここで一人ぼっちになったとしたら？　もし、ほかの二人が……？　そのとき、近くで何かが動く音がした。じきに、三人が震《ふる》える声で会話を始め、骨《ほね》が折《お》れた者は一人もいないことがわかった。

「いまの坂を登ってもどるのは無理《むり》だろうな」スクラブの声がした。

「ずいぶん暖《あたた》かくなったのに気がつきませんか？」パドルグラムの声がした。「つまり、ずいぶん深いところまで落ちてきたということです。一キロ半くらい落ちたかもしれません」

誰《だれ》も何も言わなかった。少したったところで、またパドルグラムが口を開いた。

「火打ち箱をなくしてしまいました」

ふたたび長い沈黙《ちんもく》があり、こんどはジルが口を開いた。「口の中が乾《かわ》いて、からから」

誰も、何をしようとも言い出さなかった。すべきことなど、どう考えても何ひとつ思いつかなかった。当面、三人はそれほど深刻《しんこく》なことになったとは感じていなかった。くたくたで、ものを考えることすらできなかったのだ。

それからずいぶん長い時間がたったあと、だしぬけに、聞いたこともない奇妙《きみょう》な声がした。三人が心ひそかに待《ま》ち望《のぞ》んでいた唯一《ゆいいつ》の声、すなわちアスランの声でないことは、すぐにわかった。それは暗く抑揚《よくよう》のない声で、読者諸君《しょくん》に伝《つた》わるかどうかわからないが、言うならば漆黒《しっこく》の闇《やみ》のような声だった。声は、こう言った。

「なぜこのようなところへ来たのか、〈地上の世界〉の者たちよ?」

10　日の光なき旅

「誰《だれ》だ！」三人は叫《さけ》んだ。

「わたしは〈地下の世界〉の国境《くにざかい》を守る番人。武装《ぶそう》した〈地底人《ちていじん》〉を一〇〇人従《したが》えている」と返事があった。「さあ、答えてもらおう。おまえたちは何者だ？　いかなる目的《もくてき》で〈地底の王国〉へやってきた？」

「ぐうぜん落ちてしまったのです」パドルグラムが言った。たしかに、それはうそではなかった。

「落ちる者は多く、光さす国へ還《かえ》る者は少ない」声が言った。「来い。〈地底の王国〉の女王のもとへ連行《れんこう》する」

「その人はぼくたちに何の用があるんですか？」スクラブが用心してたずねた。

「それは知らぬ」声が言った。「女王のご意向を問うてはならぬ、従《したが》うのみである」

声が話しているあいだにボッと小さな爆発《ばくはつ》のような音がして、直後に青みがかった灰色《はいいろ》の冷《つめ》たい光が洞窟《どうくつ》を満《み》たした。「一〇〇人の武装《ぶそう》した者たち」という口上《こうじょう》ははったりかもしれないという楽観《らっかん》は、その瞬間《しゅんかん》に消えた。ジルが思わずまばたきしながら見ると、目の前にぎっしりと人が立っていた。大きさはばらばらで、身長が三〇センチもない小さなノーム[1]もいれば、人間よりも大きな堂々《どうどう》たる体格《たいかく》をした者もいた。全員が三叉《みつまた》の槍《やり》を手に持ち、全員がぞっとするほど青白い顔で、石像《せきぞう》のようにじっと立っていた。それ以外《いがい》の点では、各人《かくじん》それぞれにいろいろな特徴《とくちょう》があった。しっぽがついている者もいれば、しっぽがない者もいたし、りっぱなひげを生やしている者もいれば、ひげは生えていなくてカボチャと同じくらい大きな真ん丸い顔をした者もいた。長くて先のとがった鼻をした者もいれば、ソーセージのようにぶらぶらと垂《た》れさがった鼻をした者もおり、大きなだんご鼻の者もいた。なかには、額《ひたい》の真ん中に一本の角が生えている者もいた。しかし、ざっと見たところでは、みんな同じように見えた。一〇〇人のどの顔を見ても、これ以上《いじょう》悲しい顔はないというくらいに悲し

YOUCHAN

げな表情《ひょうじょう》をしているのだ。あまりに悲しそうな顔なので、少し見慣《みな》れてくると、ジルは怖《こわ》さを忘《わす》れて、なんとか元気づけてあげたいと思ったくらいだった。

「さて、と!」パドルグラムが両手をすりあわせながら言った。「これはまさにあたしにもってこいの状況《じょうきょう》ですよ。この人たちを見ても人生を真剣《しんけん》に考えるようになれないとしたら、あたしはもう望《のぞ》みなしだ。むこうのあの男を見てごらんなさい、セイウチのような口ひげを生やした男。それと、あっちのほうにいる、あの——」

「立て」〈地底人《ちていじん》〉のリーダーが言った。

言われたとおりにするしかなかった。三人はあわてて立ちあがり、手をつなぎあった。こういう場面では、仲間《なかま》の手のぬくもりがほしくなるものだ。〈地底人〉たちが三人を取《と》り囲《かこ》んだ。〈地底人〉たちは大きくて柔《やわ》らかい足でぺたぺた歩くのだが、足の指が一〇本ついている者もいれば、一二本の者もいて、そうかと思うと、足の指がまったくない者もいた。

「歩け」番人が言った。一行《いっこう》は歩きだした。

冷《つめ》たい光を放っているのは長い棒《ぼう》の先端《せんたん》についている大きなボール状《じょう》のもので、

ノームのなかでいちばん背《せ》の高い者が行列の先頭に立って光を掲《かか》げていた。その青白い光で見ると、あたりは自然《しぜん》にできた大きな洞窟《どうくつ》らしく、壁《かべ》や天井《てんじょう》は岩がでこぼこしていて、あちこちにねじれた岩や深い裂《さ》け目《め》など無数《むすう》の奇怪《きかい》な眺《なが》めがあり、石の地面は進んでいく先へ向かってどんどん下り坂になっていた。ジルは暗い地下が大の苦手だったので、ほかの二人よりもっとひどい気分と戦《たたか》っていた。進んでいくにつれてだんだんと洞窟の天井が低《ひく》くなり、幅《はば》が狭《せま》くなっていって、とうとう光を持っているノームが脇《わき》によけて、ほかのノームたちが一人ずつ腰《こし》をかがめ（ごく小柄《こがら》なノームだけは例外《れいがい》だった）、つぎつぎに小さくて真っ暗な裂け目にはいりこんで姿《すがた》を消すのを見たとき、ジルはもう耐《た》えきれなくなった。

「わたし、あんなところ、はいれないわ。無理《むり》！　無理よ！　ぜったい、嫌《いや》！」ジルはあえぎながら叫《さけ》んだ。〈地底人《ちていじん》〉たちは黙《だま》ったまま、槍《やり》を下げて切っ先をジルに向けた。

1　地中に棲《す》むとされる地《ち》の精《せい》。

「落ち着いてください、ポウルさん」パドルグラムが言った。「あの大きい図体《ずうたい》をした連中《れんちゅう》がはいっていくのだから、先のほうは広くなっているにちがいありません。それに、この地下にはいいことも一つありますよ。雨に濡《ぬ》れずにすむってことです」

「あんたにはわからないのよ。わたし、ぜったい無理《むり》だから」ジルが泣《な》きわめいた。

「ポウル、考えてごらんよ、ぼくだってあの崖《がけ》っぷちで恐《おそ》ろしい思いをしたんだから」スクラブが言った。「パドルグラム、先に行って。ぼく、ポウルの後ろから行くよ」

「それがいいですね」〈ヌマヒョロリ〉はそう言って、四《よ》つん這《ば》いになった。「ポウルさん、あたしのかかとをつかんで進んでいらっしゃい。後ろからスクラブさんがあなたのかかとをつかんで進みますから。そうすれば気が楽でしょう」

「気が楽だなんて、とんでもない！」ジルはそう言ったが、しかたなしに四つん這いになり、三人は洞窟《どうくつ》の穴《あな》にもぐりこんでいった。そこは最悪《さいあく》の場所で、ぴったり腹《はら》ばいになったまま三〇分も（ほんとうはたったの五分くらいだったのかもしれないが）進まなくてはならなかった。穴の中は暑く、ジルは息苦しくなってきた。しかし、そのうち前方にぼんやりした明かりが見え、トンネルがだんだん広くなり、天井《てんじょう》も高くなった。三人はすっかり汗《あせ》だくの泥《どろ》まみれで、心がくじけそうだったが、ようやく広々とした洞窟《どうくつ》に出た。そこは洞窟とは思えないほど大きな空間だった。

その洞窟にはぼんやりとした眠気《ねむけ》を誘《さそ》うような光が満《み》ちていたので、〈地底人《ちていじん》〉が掲《かか》げていた不思議《ふしぎ》なランタンの光は必要《ひつよう》なくなった。足もとはコケのようなものにおおわれて柔《やわ》らかく、コケの上にはキノコのようにフニャフニャした奇妙《きみょう》な形のものがたくさん生えていた。それは木のように背《せ》が高くて枝分《えだわ》かれしていたが、広い間隔《かんかく》をあけて生えているので、森や林のようではなく、むしろ公園のような風景《ふうけい》だった。その木のようなものや足もとのコケのようなものからは緑色がかった灰色《はいいろ》の光が放たれていたが、洞窟の天井まで届《とど》くほど強い光ではなく、天井はもっとずっと高いところにあるようだった。一行《いっこう》はこの穏《おだ》やかで柔らかくて眠くなりそうな空間を突《つ》っきって進んでいった。その洞窟はとても悲しい感じのする場所だったが、悲しいといっても甘美《かんび》な音楽のようにひっそりとした悲しさだった。

一行が歩いていく両側《りょうがわ》には、死んでいるのか眠っているのか、何十匹《ぴき》もの異様《いよう》な形の動物がコケの上に寝《ね》そべっていた。ほとんどがドラゴンかコウモリに似《に》た感じの動物で、パドルグラムでさえ見たことのない動物ばかりだった。

「この動物たちは、ここで育っているのですか?」スクラブが番人に質問《しつもん》した。番人は声をかけられて非常《ひじょう》に驚《おどろ》いた顔をしたが、「そうではない。これらは〈地上の世界〉から地の割《わ》れ目《め》や洞窟《どうくつ》を通って〈地底《ちてい》の王国〉へ下りてきたけものたちだ。下りてくる者は多く、光さす国へ還《かえ》る者は少ない。すべてのけものたちは世界の終わりに目ざめると言われている」と答えた。

答えおわった番人は口を真一文字《まいちもんじ》に結《むす》び、洞窟の中はしんと静《しず》まりかえってしまったので、子どもたちは二度と口を開く勇気《ゆうき》が出なかった。ノームたちは厚《あつ》いコケの上をはだしで歩いていたので、足音もたたなかった。洞窟の中は風が吹《ふ》かず、鳥も鳴かず、水が流れる音もしなかった。異様《いよう》な動物たちの息づかいさえ聞こえなかった。

何キロか歩くと、岩の壁《かべ》にぶつかった。壁には低《ひく》いアーチ形のトンネルがあって、別《べつ》の洞窟に続《つづ》いていた。でも、このトンネルはさっき通った狭《せま》い穴《あな》にくらべたらずっとましで、ジルは頭を下げなくてもトンネルを通ることができた。トンネルの先にあったのは幅《はば》が狭《せま》くて奥行《おくゆ》きの長い洞窟《どうくつ》で、大きさも形も大聖堂《だいせいどう》によく似《に》ていた。この洞窟の中には、洞窟の端《はし》から端まで届《とど》くくらいの巨大《きょだい》な人が横たわり、ぐっすりと眠《ねむ》っていた。その人は巨人《きょじん》よりはるかに大きかったが、顔は巨人とはぜんぜんちがって、高貴《こうき》で美しい顔だちだった。呼吸《こきゅう》につれてゆっくりと上下する胸《むね》は、腰《こし》のあたりまで雪のように真っ白なひげにおおわれていた。どこからさす光かわからないが、その人の上には澄《す》んだ銀色の光がさしていた。

「あれは誰《だれ》ですか？」パドルグラムが質問《しつもん》した。それまでものすごく長いあいだ誰ひとり口を開く者がいなかったので、よく質問する勇気《ゆうき》があったものだとジルは感心した。

「あれは〈時の翁《おきな》〉、かつて〈地上の世界〉で王であった人だ」番人が答えた。「いまは〈地底《ちてい》の王国〉に沈《しず》んで、地上の世界で起こるすべてのことを夢《ゆめ》に見ながら眠っている。沈《しず》む者は多く、光さす国へ還《かえ》る者は少ない。〈時の翁〉は世界の終わりに目ざめると言われている」

一行《いっこう》はその洞窟を出て次の洞窟にはいり、また次の洞窟へ、さらに次の洞窟へと進み、ジルが数えきれなくなるほどたくさんの洞窟《どうくつ》を通って進んだが、進む先はいつも下り坂で、次の洞窟は前の洞窟より地中深くなり、自分の上にある地面の厚《あつ》さと重さを考えると息が詰《つ》まりそうな気がした。そのうちに、番人がふたたび青白い光を放つランタンをともすよう命じた。次にやってきた洞窟はものすごく広くて真っ暗で、すぐ目の前に白っぽい砂浜《すなはま》が少しばかりあり、その先に静《しず》かな水面が広がっていること以外《いがい》、何もわからなかった。そばに小さな桟橋《さんばし》があり、船が着いていた。マストも帆《ほ》もない船で、たくさんのオールが見えた。スクラブたち三人は船に乗せられ、舳先《へさき》[2]のほうにすわらされた。オールの漕《こ》ぎ手《て》たちがすわるベンチの前方に空間があり、舳先につけられた波よけの内側《うちがわ》にぐるりと座席《ざせき》が造《つく》りつけてあったのだ。

「ひとつ教えてほしいんですがね」パドルグラムが口を開いた。「あたしらの世界、というのはつまり地面の上の世界ですが、そこから来た者で、あたしらと同じようにここまで来て船に乗った人はいるんですか?」

「薄明《うすあ》かりの砂浜から船に乗った者は多い、そして――」と番人が言いかけた。

「わかってますよ」パドルグラムが番人の言葉をさえぎった。「そして、光さす国へ還《かえ》る者は少ない、って言うんでしょう？　何度も聞かせてくれなくていいですよ、馬《ば》鹿《か》のひとつおぼえみたいに」

子どもたちはパドルグラムの両側《りょうがわ》にぴったり寄《よ》りそって腰《こし》をおろした。地上にいたあいだは、二人ともパドルグラムを悲観的《ひかんてき》なことばかり言う濡《ぬ》れ毛布《もうふ》みたいな男だと思っていたが、地の底《そこ》へ来てからは、パドルグラムだけが頼《たよ》りだった。やがて船の中央に青白いランタンが掲《かか》げられ、〈地底人《ちていじん》〉たちがオールを握《にぎ》って、船が動きだした。ランタンの光はすぐ近くしか照《て》らさないので、前方に目をこらしても波ひとつない真っ暗な水面が見えるだけで、その先は漆黒《しっこく》の闇《やみ》に溶《と》けこんでいた。

「ああ、わたしたち、どうなっちゃうの？」ジルが絶望的《ぜつぼうてき》な声を出した。

「気を落としちゃだめですよ、ポウルさん」〈ヌマヒョロリ〉が言った。「ひとつだけ、忘《わす》れないでください。あたしらは正しい道にもどったんです。だって、あたしらは〈廃墟《はいきょ》の都〉の下へ行くことになっていたでしょう？　それで、実際《じっさい》に、いまそこに

2　船の前の部分。船首。

いるじゃありませんか。〈しるし〉を守れている、ということです」

そのうちに、食べ物が与《あた》えられた。平たくてフニャフニャしたケーキのようなもので、味はほとんどなかった。食べてしばらくすると、三人は眠《ねむ》ってしまった。しかし、ふたたび目をさましたときも、すべてが前と同じだった。ノームたちはあいかわらずオールを漕《こ》いでいたし、船は水面を滑《すべ》るように進んでおり、行く手にはあいかわらず漆黒《しっこく》の闇《やみ》が広がっていた。そのあと何度目をさまし、また眠り、食べ物を口に運び、また眠ったか、三人ともまったくおぼえていなかった。最悪《さいあく》なのは、自分たちははるかむかしからずっとこうして船に乗っていたのではないか、ずっと暗闇《くらやみ》の中にいたのではないか、太陽や青い空や風や鳥のさえずりはただの夢《ゆめ》だったのではないか、と思えてくることだった。

希望《きぼう》を抱《いだ》く心も恐怖《きょうふ》を感じる心もなくしかけたころ、やっと前方に光が見えてきた。自分たちの船に吊《つ》るされているランタンと同じようなわびしい光だった。と思ったら、とつぜん、光の一つが近づいてきて、ほかの船とすれちがったのだとわかった。そのあとも、何度かほかの船とすれちがった。やがて、目が痛《いた》くなるほど懸命《けんめい》に見つめるうちに、前方に点々とともる明かりに照《て》らされて、波止場《はとば》や壁《かべ》や塔《とう》や動きまわる人の群《む》れらしきものが見えてきた。しかし、あいかわらず音はほとんど何も聞こえなかった。

「驚《おどろ》いたな。町だ！」スクラブが言った。じきに、ほかの二人もスクラブの言ったとおりだとわかった。

それにしても、ずいぶんと変《か》わった町だった。明かりが数少なく、それもひどく間《ま》遠《どお》にともされているだけなので、わたしたちの世界だったら、遠く離《はな》れてぽつんぽつんと建《た》っている小屋の明かりにもおよばないくらいだっただろう。それでも、明かりに照《て》らされて見分けることのできたあちらこちらのようすからすると、そこは大きな港町らしいと思われた。ある場所では、桟橋《さんばし》に着いたたくさんの船が荷物を積《つ》み下《お》ろししているのが見えた。別《べつ》の場所では、たくさんの大きな荷物や倉庫《そうこ》が見えた。さらに別の場所では、壁《かべ》や柱のようすから、りっぱな宮殿《きゅうでん》か神殿《しんでん》らしいと思われる建物《たてもの》も見えた。そして、明かりの届《とど》く場所にはどこにも無数《むすう》の人の群れがあった。何百人という〈地底人《ちていじん》〉がひしめきあいながら狭《せま》い街路《がいろ》をぺたぺたと往来《おうらい》し、大きな広場を埋《う》めつくし、堂々《どうどう》たる大階段《だいかいだん》を上り下りしていた。船が近づいていくにつれて、〈地《ち》底人《ていじん》〉たちのたえまなく歩きまわる音がかすかなざわめきとなって聞こえてきた。けれども、歌のひとつも聞こえなければ、呼《よ》び声《ごえ》もなく、鐘《かね》の音も車輪《しゃりん》の音も聞こえなかった。地底の町はアリ塚《づか》の内部と同じくらいに暗く静《しず》まりかえっていた。

ようやく船が桟橋《さんばし》に着いて係留《けいりゅう》された。三人は船から降《お》ろされ、町の中へ連《つ》れて行かれた。混《こ》みあった街路《がいろ》では多数の〈地底人〉たちと肩《かた》がぶつかったが、どの〈地底人〉も二人として同じ顔をした者はおらず、薄暗《うすぐら》い光が悲しげでグロテスクな顔を照《て》らしだしていた。見かけぬ三人の姿《すがた》に興味《きょうみ》を示《しめ》す〈地底人〉は一人もいなかった。どのノームも悲しげな顔で忙《いそが》しそうに歩きまわっていたが、何がそんなに忙しいのか、ジルにはわからなかった。どこまで行っても〈地底人〉たちは立ち止まることなく押《お》しあいへしあいしながらどこかへ急いでいて、かすかな足音をたてぺたぺたと歩きまわっているのだった。

そのうちようやく、三人は大きな城《しろ》とおぼしき建物《たてもの》の前までやってきたが、明かりのついている窓《まど》はほんの少ししかなかった。三人はうながされるまま城にはいり、中庭を横切り、たくさんの階段《かいだん》をのぼった。階段の先にあったのは、薄暗い明かりのついた大広間だった。しかし、広間の隅《すみ》に目をやると、うれしいことに、ほかとはまったくちがう種類《しゅるい》の光があふれるアーチ形の通路があった。人間が使うランプのように、黄色くて暖《あたた》かい本物の光だ。その光に照《て》らされた先に見えるのは階段ののぼり口で、両側《りょうがわ》を石の壁《かべ》に囲《かこ》まれた階段が曲線を描《えが》きながら上のほうへ続《つづ》いていた。光は階段の上からさしているように見えた。階段ののぼり口には二人の〈地底人《ちていじん》〉が番兵《ばんぺい》か侍従《じじゅう》のように両側に立っていた。

〈番人〉はこの二人のところへ行き、合言葉のように「〈地下の世界〉へ沈《しず》みくる者は多く」と言った。

「光さす国へ還《かえ》る者は少ない」と、合言葉に応《こた》えるように二人の番兵が言った。そのあと、三人は額《ひたい》を寄《よ》せあって相談していたが、そのうちに番兵兼《けん》侍従のノームの一人が言った。「女王陛下《へいか》は重要《じゅうよう》なご用件《ようけん》で城《しろ》を留守《るす》にしておられる。女王がおもどりになられるまで、この地上の住人どもは牢《ろう》に閉《と》じこめておくのがよかろうと考えるが。光さす国へ還る者は少ない」

そのとき、会話がさえぎられた。ジルの耳に聞こえてきたのは、この世で最《もっと》も好《この》ましい響《ひび》きだった。その音は上のほう、階段《かいだん》のいちばん上から聞こえてきて、はっきりとしたよく通る声、まぎれもない人間の声で、それも若《わか》い男性《だんせい》の声だった。「何を騒《さわ》いでおるのか、マルガセーラム？」大きな声が呼びかけた。「なに、〈地上の世界〉の住人、と？　ほう。こちらへ連《つ》れてくるがよい。ただちに」

「おそれいります、殿下《でんか》、これは決まりごとでございまして——」マルガセーラムが言いかけたが、上からの声がそれをさえぎった。

「ぶつぶつとめんどうなことを言うな。わたしの言うようにせよ。連れてまいれ」

マルガセーラムは首を振《ふ》り、三人についてくるよう合図して階段をのぼりはじめた。一段のぼるごとに、光が明るくなっていった。壁《かべ》には豪華《ごうか》なタペストリー《ろ》がかかっており、階段のいちばん上に引かれた薄手《うすで》のカーテンを通してランプの金色の光が漏《も》れていた。地底人《ちていじん》たちがカーテンを開け、脇《わき》によけた。三人は戸口をくぐって部屋にはいった。そこは美しい部屋で、いたるところにタペストリーが飾《かざ》られ、手入れの行《い》き届《とど》いた暖炉《だんろ》には赤々と火が燃《も》えて、テーブルには赤ワインとまばゆく光るカットグラスが並《なら》んでいた。金髪《きんぱつ》の若者《わかもの》が立ちあがって三人を迎《むか》えた。若者は美しい顔立ちで、大胆不敵《だいたんふてき》であると同時に親切そうにも見えたが、その顔つきにはどこかふつうでないものが感じられた。若者は全身黒ずくめで、どことなくハムレット[4]を思わせるような雰囲気《ふんいき》があった。

「ようこそ、〈地上の世界〉の住人たちよ」若者は大きな声で言った。「いや、待たれよ！　これは、なんと！　美しいお子たち二人と、こちらの風変《ふうが》わりな家庭《かてい》教師《きょうし》殿《どの》には、以前《いぜん》お目にかかったことがあるぞ。エティン荒野《こうや》の境《さかい》にかかる橋のたもとで。わがレディとともに馬で出かけた折《おり》に」

「あら……それでは、あなたがあのひとことも口をきかない〈黒い騎士《きし》〉だったのですか？」ジルが声をあげた。

「ということは、あのときのレディが〈地下の世界〉の女王なのですか？」パドルグ

3　さまざまな色の糸で模様《もよう》や絵などを織《お》り出《だ》した豪華《ごうか》な織物《おりもの》で、壁掛《かべか》けなどの室内装飾《しつないそうしょく》に使われる。

4　シェイクスピアの悲劇《ひげき》『ハムレット』の主人公。あれこれ思《おも》い悩《なや》む性格《せいかく》。

ラムが少し険のある口調で聞いた。スクラブも同じことを考えたので、思わず、「だとしたら、ぼくたちを巨人《きょじん》の城《しろ》へ送りこんで巨人の餌食《えじき》にしようとしたなんて、ずいぶんひどいじゃありませんか。ぼくたちがあの人に対して何か悪いことをしたと言うんですか」と口走った。

「なんと申される」〈黒い騎士《きし》〉が顔をしかめた。「少年よ、そなたがこれほど年若《としわか》くなければ、かくなる侮辱《ぶじょく》を受けた以上《いじょう》、命をかけて決闘《けっとう》いたさねばならぬところであるぞ。わがレディの名誉《めいよ》を汚《けが》す言葉は、断《だん》じて聞き流すことあいならぬ。だが、このわたしが保証《ほしょう》いたそう、わがレディがそなたらに何を話されたとしても、それは善意《ぜんい》から発せられた言葉である。そなたらは、わがレディのことをわかっておらぬのだ。わがレディはあらゆる美徳《びとく》を備《そな》えられたお方である。真実も、慈悲《じひ》も、貞節《ていせつ》も、優《やさ》しさも、勇気《ゆうき》も、何もかも。わたしはそのことをよく存《ぞん》じておるがゆえに申すのだ。レディがこのわたしに下されたお心遣《こころづか》いだけでさえ、とうてい報《むく》いることかなわぬほどの大恩《だいおん》であり、話せばきりがない。されど、今後はそなたらもわがレディを知り、お慕《した》い申しあげるがよい。ところで、そなたらが〈地底《ちてい》の王国〉へまいった目的《もくてき》や、いかに？」

　そう聞かれたとたん、パドルグラムが止める間もなくジルが口走ってしまった。

「わたしたち、ナルニア国のリリアン王子を探《さが》しているんです」言ってしまったあとで、ジルは自分がどれほど危険《きけん》なことを口にしたかを悟《さと》った。〈黒い騎士《きし》〉や女王は、敵《てき》かもしれないのだ。しかし、〈黒い騎士〉はジルの言葉になんら関心《かんしん》を示《しめ》さなかった。

「リリアン？　ナルニア？」〈黒い騎士〉は無《む》とんちゃくに言った。「ナルニア、と？　それはどこの国のことか？　そのような名前は、聞いたことがない。わたしが存《ぞん》じておる〈地上の世界〉からは何千キロも離れた遠い場所にちがいない。しかし、それにしても奇遇《きぐう》であるな、そなたらが、その――何と言う名前だったかな？　ビリアン？　トリリアン？――その人物を探し求めて、わがレディの王国へ迷《まよ》いこんでまいろうとは。実際《じっさい》、このわたしが承知《しょうち》するかぎり、そのような人物はここにはおらぬぞ」こう言って、〈黒い騎士〉はやけに大きな声で笑《わら》った。ジルは心の中で、「この人の顔つきがおかしいのは、このせいかしら。おつむが少しいかれてるのかも」と思った。

「ぼくたちは、〈廃《すた》れし都〉の石に刻《きざ》まれているメッセージを探《さが》すようにと言われました」スクラブが言った。「そして、UNDER MEという言葉を見つけたんです」

〈黒い騎士《きし》〉は、いっそう高らかな声をあげて大笑《おおわら》いした。「そなたらは、だまされたのだ。その言葉は、そなたらの目的《もくてき》とは何の関係《かんけい》もない。わがレディにひとことたずねたならば、あの方が正しい意味を教えてくださったろうに。その言葉は、もっと長い文章であったものが、その部分だけ残《のこ》されておるにすぎぬ。わがレディの記憶《きおく》によれば、太古のむかしには、こういう文句《もんく》であったそうだ。

われいま地の底《そこ》にひそみ王座《おうざ》を失いたるも
ありし日には地上のすべてはわが下にあり

「つまり、太古のむかしに生きた巨人《きょじん》の大王があの廃墟《はいきょ》に眠《ねむ》っておって、自分の墓石《はかいし》にこの尊大《そんだい》なる文句を刻ませた、というわけなのだ。その後、石が割《わ》れたり、新しい建物《たてもの》を造《つく》るために持ち去られたり、あるいは刻まれた文字が小石で埋《う》まったりして、その二つの言葉だけがいまだに読める状態《じょうたい》で残《のこ》っている。それを、そなたらは自分たちのために書かれたものと考えたわけだ。いやはや、これほど滑稽《こっけい》な話は聞いたことがない」

スクラブとジルは、背中《せなか》に冷《ひ》や水《みず》を浴《あ》びせられた気がした。あの言葉が自分たちの探《さが》し求《もと》めていたのとはまるで無関係《むかんけい》なもので、自分たちが単《たん》なる偶然《ぐうぜん》に引きずられて道を誤《あやま》ったように思われたからだ。

「あの人の言うことなど、気にしちゃいけません」パドルグラムが言った。「偶然などというものは、ないのです。あたしらを導《みちび》いてくださるのは、アスランです。アスランは、巨人《きょじん》の王があの文字を石に刻《きざ》ませたとき、そこにおられたのです。そして、そのあとに起こるすべてのことを見越《みこ》しておられたのです。今回のことも含《ふく》めて」

「そちらの案内人《あんないにん》は、ずいぶんと長生きであるな」〈黒い騎士《きし》〉はまた大声をあげて笑《わら》った。

5　「わが下にあり」の部分がUNDER ME。

ジルは、騎士《きし》の高笑《たかわら》いがだんだんと癇《かん》にさわりはじめていた。

「それをおっしゃるならば」と、パドルグラムが言い返した。「あなたがレディと呼《よ》んでおられるお方も、よほどの長生きなんでしょうね。墓碑銘《ぼひめい》が最初《さいしょ》に刻《きざ》まれたときの文章を記憶《きおく》しておられるとは」

「鋭《するど》いな、カエル顔の御仁《ごじん》」〈黒い騎士〉がパドルグラムの肩《かた》をたたき、ふたたび大声で笑った。「そなたの指摘《してき》は、図星《ずぼし》である。わがレディは神々の血を引いておられ、老《お》いや死とは無縁《むえん》なお方なのだ。そのようなお方がわたしのごときいずれ死すべきつまらぬ者に惜《お》しみなく恩寵《おんちょう》を注いでくださるとは、感謝《かんしゃ》しても感謝しきれぬ。というのも、じつは、わたしには奇妙《きみょう》な持病があってな。このような病気持ちに対して忍耐《にんたい》づよく相手をしてくださるのは、わがレディをおいてほかにない。わたしはいま、忍耐づよくと申したが、実際《じっさい》には、わたしは忍耐よりもはるかに大きな恩寵を賜《たまわ》ってておるのだ。わがレディは、〈地上の世界〉でわたしに大いなる王国を与《あた》えると約束《やくそく》してくださった。そして、わたしが王となったあかつきには、もったいなくも、わが妻《つま》となることまで約束してくださったのだ。しかし、食事もせず立ったまま聞かせるには、この話は長すぎる。これ、そこの者ども！　わが客人たちに、ワインと〈地上人〉の食べ物を持て。さ、皆々様《みなみなさま》、席《せき》に着かれよ。姫《ひめ》よ、こちらの椅子《いす》に。これから、すべてを話して聞かせよう」

11　暗闇《くらやみ》の城《しろ》にて

食事（ハト肉のパイと冷製《れいせい》ハムとサラダとケーキだった）が運ばれてきて、全員がテーブルに着いて食事が始まったところで、〈黒い騎士《きし》〉がふたたび話を始めた。

「友よ、わかってもらいたいのだが、わたしは自分が何者であり、どこからこの暗闇の世界へやってきたのか、何ひとつ承知《しょうち》しておらぬのだ。いま現在《げんざい》のように、この世のものとも思えぬすばらしき女王の宮廷《きゅうてい》で暮《く》らすようになる以前《いぜん》のことは、何ひとつおぼえておらぬ。しかし、おそらく、わがレディが並々《なみなみ》ならぬ恩寵《おんちょう》をもってわたしを邪悪《じゃあく》な魔法《まほう》から救《すく》い出《だ》し、ここへお連《つ》れくださったものと推察《すいさつ》する（心正《こころただ》しきカエル足の御仁《ごじん》よ、盃《さかずき》が空ではないか。ワインを注《つ》いで進ぜよう）。考えれば考えるほど、そうであろうと思わざるをえぬ。なぜならば、いまだにわたしは呪《のろ》いをかけられており、わがレディだけがわたしをその呪《のろ》いから解《と》き放《はな》つことができるからだ。毎晩《まいばん》、ある時間になると、わが心は言うもおぞましき変化《へんげ》を起こし、心に続《つづ》いてわが姿形《すがたかたち》も変化をいたす。まず最初《さいしょ》に、わたしは怒《いか》り狂《くる》い、荒《あ》れ狂《くる》い、この身が縛《しば》られておらなければ、親しい友人にさえ襲《おそ》いかかって殺《ころ》しかねぬほど凶暴《きょうぼう》になる。そして、そのあと間もなく、この身は大蛇《だいじゃ》となり、血を求《もと》め、猛《たけ》り狂《くる》い、命をねらうのだ（お若《わか》い方、ハトの胸肉《むねにく》をもう一切れ召《め》し上《あ》がれ）。誰《だれ》もがわたしにそのように言う。まちがいなく、それが真実なのであろう。なぜならば、わがレディも同じように仰《おお》せだからだ。わたし自身は、何もわからない。というのも、我《われ》を失《うしな》っておった時間が過《す》ぎたあと、目ざめると、わたしは恐《おそ》ろしい発作《ほっさ》のことを何ひとつ思い出せず、姿形ももとどおりになり、心も健《すこ》やかになっておるからだ――いくぶん疲《つか》れは残《のこ》るものの（姫《ひめ》よ、このハチミツ・ケーキを一切れ召し上がれ。これはわたしのために、はるか南の未開《みかい》なる国より取《と》り寄《よ》せたものだ）。ところで、女王陛下《へいか》は魔《ま》法《ほう》の力によって見通しておられるのだが、ひとたび女王がわたしを〈地上の世界〉の王位《おうい》につけ、わたしが頭に王冠《おうかん》を戴《いただ》いたあかつきには、わたしはこの魔法から解き放たれることになっておる。そして、わが王国となるべき場所も、われらが地上に打って出る場所も、すでに決まっておるのだ。女王の〈地底人《ちていじん》〉どもが夜を日についで地を掘《ほ》りつづけ、いまやはるか遠くはるか上のほうまで掘り進めたので、かの国の〈地上人〉どもが歩きまわっておる草原のわずか五、六メートル下までトンネルが完成《かんせい》しておる。遠くない先に、〈地上人〉どもの命運は尽《つ》きるであろう。今宵《こよい》、女王は御《おん》みずから掘削《くっさく》現場《げんば》におもむいておられる。まもなく、わたしにも女王から迎《むか》えの使者がまいることだろう。そのときには、わたしをいまだわが王国から隔《へだ》てておる薄《うす》い地面の屋根が打《う》ち破《やぶ》られ、わたしは女王のお導《みちび》きに従《したが》い、千人の〈地底人〉どもを従えて、武器《ぶき》を携《たずさ》え馬で地上に打って出て、敵《てき》どもを不意打《ふいう》ちにし、敵の大将《たいしょう》を倒《たお》し、敵の砦《とりで》を打ち破り、四と二〇時間のうちにまちがいなく王国の王座《おうざ》についておることであろう」

「やられる側《がわ》からしてみれば、ずいぶんひどい話じゃないかな」スクラブが言った。

「そなたはなんと知恵《ちえ》のよく回る若者《わかもの》よ！」〈黒い騎士《きし》〉が声をあげた。「わが名誉《めいよ》にかけて言うが、わたしはこれまでそのように考えてみたことはなかった。そなたの言

YOUCHAN

う意味は、理解《りかい》できるぞ」〈黒い騎士《きし》〉はわずかなあいだ、かすかに、ほんのかすかに心を乱《みだ》されたような表情《ひょうじょう》を見せた。しかし、その懊悩《おうのう》はすぐに解《と》け、またも大声で笑《わら》いながら、こう言った。「だが、そのような心づかいは無用だ！　これほど滑稽《こっけい》で笑止千万《しょうしせんばん》な話はないではないか。考えてもみるがよい、連中《れんちゅう》は自分たちがのほほんと暮《く》らしておるまさにその足もと、野原や家の下わずか一尋《ひろ》もへだてぬところに大《たい》軍《ぐん》が戦闘準備《せんとうじゅんび》を整えて泉《いずみ》のごとく地上に湧《わ》き出《いで》ようとしておるとはつゆ知らず、せっせと日々の営《いとな》みを続《つづ》けておるのだ！　夢《ゆめ》にも知らず！　連中も、敗戦《はいせん》の痛手《いたで》から立ちなおったあとになってこのことをふりかえれば、きっと大笑いせずにはおられぬだろうよ！」

「ちっとも笑うような話じゃないと思うわ」ジルが言った。「あなたはきっと邪悪《じゃあく》な暴君《ぼうくん》になるでしょうね」

「おやおや、なんとおっしゃる」〈黒い騎士〉はあいかわらず笑いながら、小馬鹿《こばか》にしたようにジルの頭をぽんぽんと軽くたたいた。「こちらの姫《ひめ》は、すみにおけぬ政治《せいじ》家《か》と見える。しかし、かわいらしい姫よ、ご心配にはおよばぬぞ。わが王国を治《おさ》めるにあたっては、わたしはすべてをわがレディの助言に従《したが》っておこなうつもりだ。そのときには、わがレディはわが王妃《おうひ》となっているはずであるが。われわれが征服《せいふく》した民《たみ》にとってはわたしの言葉が法《ほう》となるわけだが、わたしにとってはわがレディのお言葉が法なのだ」

「わたしの国では、奥《おく》さんのお尻《しり》に敷《し》かれている男なんて、馬鹿《ばか》にされますけどね」

ジルが言った。ジルは時間がたつごとにますます〈黒い騎士《きし》〉に対する嫌悪感《けんおかん》を強めていた。

「そなたが連《つ》れ合《あ》いを得《え》たあかつきには、考えも変《か》わるであろうぞ。このわたしが保《ほ》証《しょう》をしてつかわす」〈黒い騎士〉はジルの言葉をひどく滑稽《こっけい》に思っているようだった。

「しかし、わがレディに関《かん》しては、話が別《べつ》だ。わたしはわがレディのお言葉に従って生きることに心より満足《まんぞく》しておる。わがレディは、すでにわたしを千もの危機《きき》から救《すく》い出《だ》してくだされた。いかなる母親が子を思う情《じょう》にもまさって、わがレディはわた

1　一尋《ひろ》は約一・八メートル。

しを大切にしてくださるのだ。たとえば、よろしいか、わがレディはさまざまなことに気を配り用事をこなさねばならぬ御身《おんみ》でありながら、わたしを連《つ》れてたびたび馬で〈地上の世界〉へ出かけ、わたしの目が日の光に慣《な》れるよう心をくだいてくださる。その際《さい》には、わたしは鎧《よろい》かぶとで完全武装《かんぜんぶそう》し、バイザーも下ろして、誰《だれ》にも顔を見られぬようにし、またいっさい口をきいてはならぬという決まりになっておる。なぜならば、わがレディが魔法《まほう》の力によって知りえたところによれば、顔を見られたり声を聞かれたりすることは、わたしを縛《しば》っておる忌《い》まわしい呪《のろ》いを解《と》くさまたげとなるからだ。これほどまでにしてくださるレディこそ、心から崇拝《すうはい》するにふさわしいお方ではないか?」

「まことに、すばらしいレディのようですな」パドルグラムが言葉とはまったく裏腹《うらはら》な口調で言った。

夕食が終わる前に、三人は〈黒い騎士《きし》〉のおしゃべりにすっかり嫌気《いやけ》がさしてしまった。パドルグラムは、「魔女《まじょ》め、いったいどんな手を使ってこの愚《おろ》かな若者《わかもの》をたぶらかしたのだろう?」と思っていた。スクラブは、「この騎士は、はっきり言って、大きな赤ん坊《あかんぼう》と同じだな。金魚のフンみたいに例《れい》の女にくっついて歩くだけ。ただのバカだ」と思っていた。そして、ジルは、「こんなに愚《おろ》かでうぬぼれが強くて自分勝手なクズにはなかなかお目にかかれるもんじゃないわね」と思っていた。しかし、食事が終わると、〈黒い騎士《きし》〉の雰囲気《ふんいき》ががらりと変《か》わり、その顔からは笑《わら》いが消えた。

「友よ」〈黒い騎士〉は言った。「わたしが先ほど話した時刻《じこく》がまもなくやってくる。あなたがたにそのような姿《すがた》を見せるのは恥《は》ずかしいが、かといって、一人でここに残《のこ》されるのも耐《た》えがたい。もうすぐ連中《れんちゅう》がやってきて、わたしの足と手をあそこにある椅子《いす》に縛《しば》りつけるだろう。情《なさ》けないことだが、そうするしかないのだ。なぜなら、連中の話によれば、わたしは怒《いか》り狂《くる》うあまり手当たりしだいにありとあらゆるものを破壊《はかい》してしまうからだ」

「あのう……」スクラブが口を開いた。「魔法《まほう》のことはすごく気《き》の毒《どく》だとは思いますけど、その連中があなたを縛りにきたとき、ぼくたちには何をするでしょうか？ さっきは、ぼくたちを牢《ろう》に入れると言っていました。ぼくたちは、暗いところなんか、まっぴらです。だから、あなたが……その……具合がよくなるまで、ここにいさせてもらえるとありがたいのですが」

「それはよい考えだ」〈黒い騎士《きし》〉が言った。「通常《つうじょう》は、わたしが錯乱《さくらん》しておるあいだは、女王以外《いがい》の者がわたしのそばに付き添《そ》うことはない。女王は優《やさ》しいお心づかいから、わたしの名誉《めいよ》を守ろうとされて、錯乱したわたしが口走る言葉をご自分以外の者の耳に入れないようご配慮《はいりょ》くださっているのだ。あなたがたがわたしのそばにいることを許《ゆる》すよう侍従《じじゅう》のノームたちを説得《せっとく》するのは、容易《ようい》ではなかろう。ああ、もうすでに階段《かいだん》を上がってくる連中《れんちゅう》のひそやかな足音が聞こえる。さあ、あちらのドアから外に出られよ。あのドアは、わたしのほかの居室《きょしつ》につながっている。わたしが縛《いましめ》を解《と》かれてあなたがたを迎《むか》えにいくまでそこで待つか、あるいは、もしよければ、この部屋にもどってきてうわごとを口走るわたしのそばにいてくれてもかまわない」

三人は〈黒い騎士〉に教えられたとおりに、それまで閉《と》じられていたドアを開けて部屋の外に出た。そこはありがたいことに暗闇《くらやみ》ではなく、明かりのともった廊下《ろうか》だった。三人はあちこちのドアを開けてみた。すると、顔や手を洗《あら》う（三人がぜひともしたかったことだ）ための水が用意してある部屋があり、鏡《かがみ》まであった。「あの騎士ときたら、夕食の前に顔と手を洗《あら》いますか、とも聞いてくれなかったわね」ジルが顔を拭《ふ》きながら言った。「自分勝手で自己中心的《じこちゅうしんてき》なクズだわ」

「さっきの部屋にもどって魔法《まほう》がどうなるか見る？　それとも、ここで待つ？」スクラブが聞いた。

「わたしはここで待つほうがいいと思うわ」ジルが言った。「見たいとも思わないし」そうは言ったものの、ジルにも多少の好奇心《こうきしん》はあった。

「いや、さっきの部屋にもどりましょう」パドルグラムが言った。「何か役に立つことがわかるかもしれません。どんな小さな情報《じょうほう》でも必要《ひつよう》ですからね。その女王とかいう女は魔女《まじょ》で、敵《てき》にちがいないと思います。それに、例《れい》の〈地底人《ちていじん》〉どもに見つかったら、その場でぶん殴《なぐ》られちまうでしょうし。この国は、とてつもない危険《きけん》やまやかしや魔術《まじゅつ》や裏切《うらぎ》りのにおいがプンプンします。目と耳をしっかり開けておくことがだいじです」

　三人は廊下《ろうか》をもどり、そっとドアを開けた。「だいじょうぶだ」スクラブが言った。あたりに〈地底人〉の姿《すがた》がない、という意味だ。そこで三人は少し前に夕食をとった部屋にふたたび足を踏《ふ》み入《い》れた。

見ると、正面の扉《とびら》は閉《し》められており、三人が最初《さいしょ》にこの部屋にはいるときにくぐったカーテンは見えなくなっていた。〈黒い騎士《きし》〉は奇妙《きみょう》な形をした銀の椅子《いす》にすわらされ、左右の足首と膝《ひざ》と肘《ひじ》と手首と腰《こし》を縄《なわ》で椅子に縛《しば》りつけられていた。〈黒い騎士〉の額《ひたい》には汗《あせ》が浮《う》かび、その顔は苦悶《くもん》にゆがんでいた。

「はいられるがよい、友よ」〈黒い騎士〉はさっと顔を上げて言った。「まだ発作《ほっさ》は起こっていない。音をたてぬように。例《れい》の詮索好《せんさくず》きな侍従《じじゅう》には、あなたがたはベッドにはいったと伝《つた》えてある。そろそろ……発作が始まりそうだ。早く！　わたしが正気のうちに聞いてもらいたい。発作に襲《おそ》われているあいだ、わたしはあなたがたに懇願《こんがん》するかもしれない――泣《な》き落《お》としや脅《おど》しをかけて、わたしの縛《いましめ》を解《と》いてくれと頼《たの》むかもしれない。連中《れんちゅう》の話では、そうらしいのだ。わたしはこのうえなく切実な言葉で、あるいはこのうえなく恐《おそ》ろしい言葉で、あなたがたに乞《こ》い願《ねが》うだろう。しかし、わたしの言葉には耳を貸《か》さないでいただきたい。心を鬼《おに》にして、耳をふさいでいてくれ。わたしが縛られているかぎり、あなたがたは安全なのだ。しかし、いったんこの椅子《いす》から離《はな》れたら最後《さいご》、わたしは怒《いか》り狂《くる》い、そしてそのあと」――ここで〈黒い騎《き》士《し》〉は身震《みぶる》いした――「忌《い》まわしいヘビの姿《すがた》に変身《へんしん》する」

「ご心配なく。あたしら、縄《なわ》を解《と》くようなことはしませんから」パドルグラムが言った。「錯乱《さくらん》した人を相手にしたくはないし、ましてヘビの相手もごめんですからね」

「同感」スクラブとジルが声をそろえて言った。

「でも、油断《ゆだん》は禁物《きんもつ》ですよ」パドルグラムが声をひそめて二人に言った。「用心してかかりましょう。これまで、あたしたちは〈しるし〉をぜんぶやりそこねてきましたからね。いったん始まったら、あの騎士はおそらくいろいろな悪知恵《わるぢえ》を使ってくるにちがいありません。あたしら三人は、おたがいに裏切《うらぎ》らないと約束《やくそく》できますか？　あの騎士が何と言おうと、縄に手を触《ふ》れないと約束できますか？　いいですか、何と言おうとも、ですよ？」

「もちろん！」スクラブが言った。

「あの騎士が何と言おうと、何をしようと、わたしは決心を変《か》えないわ」ジルが言った。

「しっ！　何か起こりはじめているようです」パドルグラムが言った。

〈黒い騎士《きし》〉はうめき声をもらしていた。顔は石膏《せっこう》のように真っ白になり、縄《なわ》に縛《しば》られた身をよじっていた。その姿《すがた》を見て気《き》の毒《どく》になったからか、それともほかに理由があったのか、ジルは〈黒い騎士〉がそれまでより好感《こうかん》の持てる顔つきになったような気がした。

「ああ」〈黒い騎士〉がうめいた。「魔法《まほう》……魔法だ……重苦しく、十重二十重《とえはたえ》にもつれて、冷《つめ》たく絡《から》みつく、クモの巣《す》のような呪《のろ》い……。生きながら埋《う》められたも同然《どうぜん》だ。地中深くに引きずりこまれて、真っ暗な闇《やみ》の中へ引きずりこまれて……もう何年になるだろう？　穴倉《あなぐら》の中で、何年生きただろう？　一〇年か？　一〇〇〇年か？　ウジ虫のような連中《れんちゅう》に囲《かこ》まれて。ああ、頼《たの》む。ここから出してくれ、わたしを帰してくれ。風を感じさせてくれ、空を見せてくれ……。小さな泉《いずみ》があった。その泉をのぞくと、水の中には木々が上下さかさまに生えていて、どこもかしこも緑色で、その木々の下には、深いところ……とても深いところに、青い空が見えた……」

〈黒い騎士〉は低《ひく》い声でつぶやいていた。そしていま、〈黒い騎士〉は顔を上げ、三人をじっと見つめて、大きくはっきりとした声で言った。

「早く！　いまなら、わたしは正気です。毎晩《まいばん》、正気にもどるのです。この魔法《まほう》の椅《い》子《す》から解《と》き放《はな》たれさえすれば、ずっと正気でいられるのです。ふたたび人間にもどれるのです。けれども、毎晩《まいばん》、やつらが来てわたしを椅子に縛《しば》りつける。そして、毎晩、わたしが正気にもどるチャンスは過《す》ぎてしまう。しかし、あなたがたは敵《てき》ではない。わたしはあなたがた、あなたがたの虜《とりこ》ではない。早く！　この縄《なわ》を切ってください」

「動いちゃだめです！　落ち着いて」パドルグラムが二人の子どもたちに声をかけた。

「お願《ねが》いです、聞いてください」〈黒い騎士《きし》〉が口を開いた。冷静《れいせい》な声で話そうと必《ひっ》死《し》に努力《どりょく》しているようだった。「あの連中《れんちゅう》から聞かされたのですか？　わたしがこの椅子から解き放たれたら、あなたがたを殺《ころ》して大蛇《だいじゃ》に姿《すがた》を変《か》える、と？　そうなのですね、あなたがたの顔にそう書いてあります。しかし、それは偽《いつわ》りです。この時間だけ、いまだけ、わたしは正気にもどるのです。それ以外《いがい》の時間は、一日じゅう、わたしは魔術《まじゅつ》にかかって正気を失《うしな》っているのです。あなたがたは〈地底人《ちていじん》〉でもなければ、魔女《まじょ》でもない。なぜ、彼《かれ》らの側《がわ》につくのです？　お願いです、わたしの縄を切ってください」

「落ち着いて、落ち着いて、落ち着いて！」三人はたがいに声をかけあった。

「ああ、あなたがたは石のような心しかお持ちでないのか」〈黒い騎士《きし》〉が言った。「わたしの言葉を信《しん》じてください。あなたがたの目の前にいるこのわたしは、生身《なまみ》の者にはとても耐《た》えきれぬほどの苦しみを味わってきた哀《あわ》れな人間です。わたしがあなたがたに何をしたというのです？　なにゆえに敵《てき》の側《がわ》について、これほど惨《みじ》めなわたしを捨《す》て置《お》くのですか？　時間がどんどん失《うしな》われていく……。いまならば、わたしを救《すく》ってくださることができます。この時間が過《す》ぎてしまえば、わたしはふたたび正気を失って、おもちゃか愛玩犬《あいがんけん》も同然《どうぜん》になってしまいます。いや、ポーンか、さもなくば魔女《まじょ》のつまらぬ手先と言ったほうがいいかもしれない。人間に災《わざわ》いをもたらそうとたくらむ邪悪《じゃあく》な魔女の手先にもどってしまうのです。しかし、今夜は、今夜だけは、あの魔女が留守《るす》なのです！　二度とないかもしれないチャンスを、どうかわたしから取り上げないでください」

「ああ、なんて恐《おそ》ろしいことなの。わたし、これが終わるまで別《べつ》の部屋にいればよかった」ジルが言った。

「落ち着いて！」パドルグラムが言った。

囚《とら》われの騎士《きし》の声は、いまや甲高《かんだか》い絶叫《ぜっきょう》に変《か》わろうとしていた。「放してくれ、お願《ねが》いだ。剣《けん》を返してくれ。わたしの剣を！　この身さえ自由になったら、〈地底人《ちていじん》〉どもに復讐《ふくしゅう》をしてやる。〈地下の世界〉で千年ものあいだ語り草になるような復讐を！」

「錯乱《さくらん》しはじめたぞ」スクラブが言った。「縄《なわ》がほどけなければいいんだけど」

「そうですね」パドルグラムが言った。「いま自由の身になったら、ふだんの倍の力を発揮《はっき》するでしょうからね。それに、あたしは剣はうまくありません。あたしたち二人ともあの騎士にやられちまうでしょう、おそらく。そしたら、ポウルさんが一人で大蛇《だいじゃ》に立ち向かわなくてはならなくなります」

囚われの騎士は縄を解《ほど》こうと力まかせに引っぱるので、手首や足首に縄が食いこんだ。「用心されよ」〈黒い騎士〉が言った。「用心されよ。前に、わたしは縄を切った

2　チェスで最《もっと》も価値《かち》の低い駒《こま》。将棋《しょうぎ》の「歩《ふ》」とほぼ同じ。

ことがある。しかし、そのときはそばに魔女《まじょ》がいた。今夜は、あなたがたは魔女の助けをあてにすることはできない。いますぐわたしを自由にしてくれ、そうすれば、わたしはあなたがたの味方だ。さもなくば、わたしはあなたがたの不倶戴天《ふぐたいてん》の敵《てき》となろう」

「なかなかの悪知恵《わるぢえ》ですね」パドルグラムが言った。

「これが最後《さいご》だ」囚《とら》われの騎士《きし》が言った。「わたしを自由にせよ。あらゆる恐怖《きょうふ》とあらゆる愛情《あいじょう》にかけて、〈地上の世界〉の明るい青空にかけて、偉大《いだい》なるライオンのアスランその人にかけて、あなたがたに要請《ようせい》する――」

「え！」三人の旅人たちは、わが身を切られたような声をあげた。「〈しるし〉です」パドルグラムが言った。「たしかに、〈しるし〉に含《ふく》まれている言葉だ」スクラブがもう少し慎重《しんちょう》な言いかたをした。「ああ、どうすればいいの？」ジルが言った。

それは、恐《おそ》ろしい難問《なんもん》だった。三人は、どんなことがあっても縄《なわ》を解《と》かないと約束《やくそく》しあった。それなのに、いま、囚われの騎士がたまたま〈しるし〉の言葉を口にしたからといって騎士を自由にしてしまうならば、固《かた》い約束をかわした意味がないではないか。しかし一方で、この場面で〈しるし〉の言葉に従《したが》わなかったとしたら、〈しるし〉を一所懸命《いっしょけんめい》におぼえた意味がないではないか。それにしても、アスランの名にかけて解放《かいほう》を求《もと》める者がいれば、それが誰《だれ》であろうと――たとえ正気を失《うしな》った人間であろうと――自由にせよ、というのがアスランのほんとうに意図するところなのだろうか？　それとも、これは単《たん》なる偶然《ぐうぜん》にすぎないのだろうか？　あるいは、〈地底《ちてい》の王国〉の女王が〈しるし〉のことを知ったうえで、三人を罠《わな》にかけるために〈黒い騎《き》士《し》〉にアスランの名を教えておいたのだとしたら？　とはいえ、やはり、これがほんとうに〈しるし〉だったとしたら？　これまですでに、三人は三つの〈しるし〉をやりそこなっている。四つ目の〈しるし〉まで失敗《しっぱい》したくはなかった。

「ああ、どっちが正しいのか、わかればいいのに！」ジルが言った。

「わかっていると思いますよ」パドルグラムが言った。

「縄《なわ》をほどいてやれば、すべてうまくいくってこと？」スクラブが聞いた。

「それはわかりません」パドルグラムが言った。「ご存《ぞん》じのように、アスランは、何が起こるかについてはポウルさんに何も教えませんでした。何をすべきかを教えただけです。あの男は、いったん椅子《いす》から離《はな》れたら、あたしたちを殺《ころ》したとしても不思議《ふしぎ》はありません。でも、だからといって、〈しるし〉に従《したが》わなくていいということにはならないでしょう」

三人は立ちすくんだまま、ぎらぎら光る目でたがいを見つめあった。緊張《きんちょう》のあまり吐《は》きそうだった。「わかったわ！」ジルがだしぬけに言った。「やるしかないでしょう。みんな、さようなら……！」三人は握手《あくしゅ》をした。〈黒い騎士《きし》〉は、頬《ほお》に泡《あわ》のような汗《あせ》をうかべて絶叫《ぜっきょう》しつづけていた。

「行きますよ、スクラブさん」パドルグラムが言った。そして、パドルグラムとスクラブはそれぞれに剣《けん》を抜《ぬ》き、囚《とら》われの騎士に近づいた。

二人は「アスランの名において」と言ったあと、てきぱきと縄《なわ》を切りはじめた。自由になった瞬間《しゅんかん》、囚われていた騎士はひとっ飛《と》びで部屋を横切り、自分の剣をつかみ（剣は騎士から取り上げられてテーブルに置《お》かれていた）、さやを払《はら》った。

「まず、おまえからだ！」〈黒い騎士〉は声をあげ、銀の椅子に切りかかった。よほど刃《は》の鋭《するど》い剣だったにちがいない。一撃《いちげき》を受けた銀の椅子は糸が切れるようにあっけなく断《た》ち切《き》られ、一瞬《いっしゅん》で銀色に光るねじれた破片《はへん》となりはてて床《ゆか》に散《ち》らばった。ただし、椅子《いす》は壊《こわ》れる瞬間《しゅんかん》に閃光《せんこう》を発し、小さな雷《かみなり》のような音をたて、一瞬だが胸《むね》の悪くなるような臭気《しゅうき》を放った。

「そうして転がっておるがよいわ、おぞましい妖術《ようじゅつ》の手先め」〈黒い騎士《きし》〉が言った。

「おまえの女主人が二度とおまえを使ってわたしのような犠牲者《ぎせいしゃ》を作らぬように」そのあと、〈黒い騎士〉はふりかえって、縄《なわ》を切ってくれた二人を見た。その顔からは、例《れい》のどこか違和感《いわかん》を感じさせるような表情《ひょうじょう》が消えていた。

「なんと！」パドルグラムのほうを向いて、〈黒い騎士〉が声をあげた。「わたしの目の前にいるのは、〈ヌマヒョロリ〉か？　まことの、生きた、心正《こころただ》しきナルニアの〈ヌマヒョロリ〉なのか？」

「あら、それじゃ、やっぱりあなたはナルニアの名前を聞いたことがあるのね？」ジルが言った。

「呪《のろ》いをかけられていたあいだ、わたしはナルニアの名を忘《わす》れていたのか？」〈黒い騎士〉がたずねた。「だとしたら、それも、それ以外《いがい》の悪魔《あくま》に取りつかれたふるまいも、すべてがこれで終わりになる。ええ、もちろん、ナルニアは知っています。なぜなら、わたしはナルニアの王子リリアン、偉大《いだい》なるカスピアン王の息子《むすこ》なのですから」

「王子様、謹《つつし》んで申し上げます」パドルグラムが床《ゆか》に片膝《かたひざ》をついて、口を開いた(子どもたちもそれにならった)。「あたしどもは、ほかでもございません、殿下《でんか》を探《さが》すためにここまでまいったのでございます」

「そして、そちらのお二人は？」王子がスクラブとジルに声をかけた。

「ぼくたちは、アスラン御《おん》みずからによって、この世の果《は》てのその先からここへ送られてきた者です。殿下をお探しするために」スクラブが言った。「ぼくはユースティスと申します。むかし、お父上のカスピアン王とともにラマンドゥの島まで航海《こうかい》した者です」

「お三方には、お返ししようもないほどのご恩《おん》をいただきました」リリアン王子が言った。「ところで、父上は？　ご存命《ぞんめい》なのでしょうか？」

「王子様、国王陛下《へいか》は、あたしらがナルニアを発《た》つ直前に東へ向けてふたたび船出なされた」パドルグラムが言った。「しかし、殿下《でんか》、お父上様は非常《ひじょう》にお年を召《め》しておられるということをお考えください。ですので、十中八九、船の上でお亡《な》くなりになるのではないかと……」

「父上が年老《としお》いておられる、と？　わたしが魔女《まじょ》に支配《しはい》されるようになって、どのくらいの歳月《さいげつ》がたっているのか？」

「殿下がナルニアの北の森で行方不明《ゆくえふめい》になられてから、一〇年以上《いじょう》の歳月がたっております」

「一〇年！」王子は過《す》ぎた時間を拭《ぬぐ》い去《さ》ろうとするかのように片手《かたて》で顔を拭った。「そうか。たしかに、そうだろう。正気にもどったいま、わたしは魔法《まほう》をかけられていた日々を思い出すことができる。魔法をかけられていたあいだは、正気の自分を思い出すことはできなかったが。それでは、友よ――いや、待て！　階段《かいだん》に足音が聞こえる。あのぺたぺたという足音を聞くと、胸《むね》がむかつく。そこの若者《わかもの》よ、扉《とびら》に鍵《かぎ》をかけてくれ。いや、待て。もっとよい考えがある。アスランが知恵《ちえ》を授《さず》けてくださるならば、わたしが〈地底人《ちていじん》〉どもをあざむいてやろう。わたしが合図を出すから、それに従《したが》ってくれ」

リリアン王子は決然《けつぜん》とした足取りで戸口まで歩いていき、勢《いきお》いよく扉《とびら》を開け放った。

12　地底《ちてい》の国の女王

二人の〈地底人〉が姿《すがた》を見せたが、そのまま部屋の中へ進んでくるのではなく、一人ずつ扉《とびら》の両脇《りょうわき》に立って深く頭を下げた。そして、そのすぐあとから、思いもよらぬ人物、顔を合わせたくもない人物が姿を見せた。〈緑の衣《ころも》の淑女《しゅくじょ》〉、地底の国の女王である。女王は戸口でぴたりと足を止めた。目の動きから、その場の状況《じょうきょう》をすべて見て取ろうとしていることがわかった。部屋の中に見知らぬ三人がいる、銀の椅《い》子《す》が破壊《はかい》されている、王子が縄《なわ》を解《と》かれて剣《けん》を手にしている——。

女王の顔から血《ち》の気《け》が引いた。しかし、顔色が真っ白になるのはひどく驚《おどろ》いたときだけではなく、人によっては激《はげ》しい怒《いか》りにかられたときであることを、ジルは知っていた。一瞬《いっしゅん》、女王は王子をひたと見すえた。その目には殺意《さつい》があった。しかし、そのあと、女王は考えを変《か》えたようだった。

「下がっておれ」女王は二人の〈地底人《ちていじん》〉たちに言いわたした。「わらわが声をかけるまで、誰《だれ》も部屋にはいってはならぬ。逆《さか》らえば死罪《しざい》じゃ」ノームたちは命じられるままぺたぺたと小さな足音をたてて引き下がり、魔女《まじょ》の女王は扉《とびら》を閉《し》めて鍵《かぎ》をかけた。

「いかがなされました、王子様」魔女が口を開いた。「毎夜《まいよ》の発作《ほっさ》は、まだ始まってはおらぬのですか？　それとも、こんなに早く終わったのですか？　なぜ縄《なわ》もかけられずこんなところに立っておられるのです？　こちらの見知らぬ方々は、どなたです？　銀の椅子《いす》を壊《こわ》したのは、こちらの方々なのですか？　王子様をお守りするただ一つの道具ですのに」

リリアン王子は、魔女に話しかけられているあいだ、身を震《ふる》わせていた。無理《むり》もない。一〇年もの長きにわたって自分を縛《しば》ってきた妖術《ようじゅつ》の力をわずか三〇分で振《ふ》り払《はら》うことは容易《ようい》ではない。だが、王子は渾身《こんしん》の力をふりしぼって口を開いた。

「マダム、その椅子はもう必要《ひつよう》ありません。妖術に縛られているわたしをどれほど哀《あわ》れに思うかとさんざんくりかえしてこられたあなたであればこそ、もう妖術《ようじゅつ》の力が永遠《えいえん》に失《う》せたと聞けば、きっと喜《よろこ》んでくださるはず。妖術に対するあなたの治療法《ちりょうほう》は、どうやらまちがっていたようですね。ここにいるまことの友人たちが、わたしを妖術の縛《しば》りから解《と》き放《はな》ってくれました。わたしはいま、正気をとりもどしました。そして、あなたに申しあげたいことが二つあります——第一は、わたしを〈地底人《ちていじん》〉の軍隊《ぐんたい》の指揮官《しきかん》として〈地上の世界〉に攻《せ》め上《あ》がり、力ずくで何の落ち度もない国を奪《うば》う——本来の支配者《しはいしゃ》を殺《ころ》して、血塗《ちぬ》られたよそ者の征服者《せいふくしゃ》としてその王座《おうざ》に就《つ》く——というあなたの計画は、いま正気をとりもどしたわたしの目には、どう見ても極悪非《ごくあくひ》道《どう》のふるまいとして嫌悪《けんお》するほかなく、とうてい受《う》け容《い》れられるものではありません。第二に、わたしはナルニアの王たるカスピアン一〇世、別名《べつめい》カスピアン航海王《こうかいおう》のただ一人の息子《むすこ》リリアンであります。したがって、ただちに女王陛下《へいか》の宮廷《きゅうてい》を辞去《じきょ》し、わが故国《ここく》へもどることがわたしの意とするところであり、また、わたしの義務《ぎむ》でもあります。どうか、わたしとわが友人たちに通行の安全を保証《ほしょう》し、あなたの暗闇《くらやみ》の王国を通過《つうか》する案内《あんない》をつけていただきたい」

魔女《まじょ》はいっさい口を開かず、顔を王子に向け、王子をじっと見すえたまま、ゆっくりと部屋の奥《おく》へ進んでいった。そして、暖炉《だんろ》から遠くないところの壁《かべ》に埋《う》めこんである小箱の前までやってくると、箱のふたを開け、まず緑色の粉《こな》を一つかみ取り出して、それを暖炉の火に投げ入れた。緑色の粉は大きな炎《ほのお》はあげなかったが、甘《あま》ったるく眠気《ねむけ》を誘《さそ》う香《かお》りが立ちのぼりはじめた。そのあとに続《つづ》いた会話のあいだじゅう、ずっと、その香りはどんどん強くなり、部屋じゅうにたちこめ、しだいにものが考えられなくなってきた。次に、魔女はマンドリンによく似《に》た楽器《がっき》を取り出した。そして、指で楽器をつまびきはじめた。それは同じくりかえしの続く単調《たんちょう》な音楽で、数分もすると、その音楽が気にならなくなった。しかし、気にならなくなればなるほど、楽器の音色《ねいろ》は脳《のう》や血液《けつえき》に深く深くはいりこんできた。そして、これにもまた、ものを考えられなくする働《はたら》きがあった。魔女はしばらく楽器をかき鳴らしたあと（甘い香りはますます強くなっていた）、甘く静《しず》かな声で話しはじめた。

「ナルニア？」魔女は言った。「ナルニア、ですって？　その名前は、王子様が錯乱《さくらん》していらっしゃるあいだのうわごとで、たびたび耳にいたしました。王子様、おいた

YOUCHAN

わしいこと、あなたは重い病《やまい》を患《わずら》っていらっしゃるのです。ナルニアという名の国など、ございませんよ」

「いいえ、マダム、ございます」パドルグラムが言った。「あたしはたまたま、生まれて以来《いらい》ずっとそこで暮《く》らしてきましたのでね」

「なるほど」魔女《まじょ》が言った。「では、教えてたもれ。その国はいずこにあるのです？」

「この上のほうです」パドルグラムは、きっぱりと頭の上を指さして答えた。「正確《せいかく》には……その……どの辺《へん》なのかはわかりませんが」

「なんと、まあ」女王は優《やさ》しく穏《おだ》やかな音楽を思わせる声で笑《わら》った。「この天井《てんじょう》の上の石やモルタルのあいだに国があるのですか？」

「ちがいます」パドルグラムはちょっと息苦しそうな口調になっていた。「その国は〈地上の世界〉にあるんです」

「なんですか……その……〈地上の世界〉、とおっしゃいました？　それは何ですの？　どこにございますの？」

「ふざけないでください」スクラブが口を開いた。スクラブも甘《あま》い香《かお》りと単調《たんちょう》な楽《がっ》器《き》の音色《ねいろ》がもたらす魔力《まりょく》と必死《ひっし》に戦《たたか》っていた。「知っておられるはずです！　その国はこの上のほうにあるんです。空や太陽や星が見える地上の世界に。あなただって、そこにいたじゃありませんか。ぼくたちは地上であなたに会いましたよ」

「あら、ごめんあそばせ、坊《ぼう》や」魔女《まじょ》が笑《わら》った（これ以上《いじょう》ないほど魅力的《みりょくてき》な笑い声だった）。「わたくし、おぼえておりませんわ。でも、わたくしたちは誰《だれ》でも、夢《ゆめ》の中で不思議《ふしぎ》な場所に行って、そこでお友だちに出会ったりすることは、よくございましょう？　わたくしたちの見る夢が誰もすべて同じでないかぎり、夢の中で出会ったことを思い出せとおっしゃられても、それは無理《むり》なことでございますわ」

「マダム」王子が厳《きび》しい口調で言った。「さきほども申し上げたように、わたしはナルニアの王子です」

「ええ、そうでしょう、そうですわね」魔女は小さな子どもをあやすような甘《あま》い声で応《おう》じた。「殿下《でんか》のおとぎの世界では、殿下は数多《あまた》ある想像《そうぞう》の国の王様なのでしょうね」

「わたしたち、実際《じっさい》にナルニアに行ってきたんですから」ジルがぴしゃりと言った。ジルは頭にきていた。魔法《まほう》の力に刻々《こっこく》と搦《から》め捕《と》られていく自分を感じていたからだ。

しかし、言うまでもないが、それを自覚《じかく》できるということ自体、まだジルが魔法《まほう》の力に屈《くっ》してはいないことを示していた。

「ということは、さだめし、あなたはナルニアの女王様なのでございましょうね、かわいらしいお嬢《じょう》さん」魔女《まじょ》はさっきと同じく子どもをなだめるような、なかば馬鹿《ばか》にしたような口調で応《おう》じた。

「わたし、そんなんじゃありません」ジルが足を踏《ふ》み鳴《な》らした。「わたしたちは別《べつ》の世界からやってきたんです」

「それはまた、おもしろいお話ですこと」魔女が言った。「教えてたもれ、お嬢さん。その別の世界とやらは、どこにあるのです？　その世界とわたくしたちの世界のあいだには、どのような船やチャリオット[1]が行き来しているのです？」

もちろん、たくさんのことが一気にジルの頭にうかんだ。実験《じっけん》学校のこと、アディラ・ペニファーザーのこと、自分の家のこと、ラジオのこと、映画《えいが》のこと、車や飛行《ひこう》機《き》のこと、配給《はいきゅう》手帳[2]のこと、行列のこと。でも、どれもおぼろげで遠いできごとのように思われた（ポロン、ポロン、ポロン、と魔女がかき鳴らす楽器《がっき》の音が続《つづ》いていた）。ジルは、わたしたちの世界のものの名前を思い出すことができなかった。そして、今回は、もう自分が魔法《まほう》にかかっているという意識《いしき》もなくなっていた。魔法が完《かん》全《ぜん》に効《き》きはじめたのだ。言うまでもないが、魔法にかかればかかるほど、自分は魔法になどかかっていないと思うものだ。ジルは口を開き、こう言った（言ってしまった瞬間《しゅんかん》、気が楽になった）。

「いいえ、ちがいました。別《べつ》の世界というのは、何もかも夢《ゆめ》だったにちがいないと思います」

「そうでしょう。何もかも夢だったのです」魔女《まじょ》があいかわらず楽器《がっき》をかき鳴らしながら言った。

「はい、何もかも夢でした」ジルが言った。

「そのような世界は、なかったのです」魔女が言った。

1　古代エジプト、ギリシア、ローマなどで使われた、おもに二頭立て一人乗りの軽二輪戦車《けいにりんせんしゃ》。

2　食糧《しょくりょう》や物資《ぶっし》が不足《ふそく》して配給制《はいきゅうせい》だった時代、配給を受ける際《さい》に提示《ていじ》しなければならなかった通帳。

「はい」ジルとスクラブが言った。「そのような世界は、ありませんでした」

「わたしの世界のほかには、どのような世界もなかったのです」魔女《まじょ》が言った。

「あなたの世界のほかには、どのような世界もありませんでした」ジルとスクラブが言った。

パドルグラムは、まだ必死《ひっし》で戦《たたか》っていた。「おたくが言う『世界』ってのがいったい何なのか、あたしにはわかりませんが」と、パドルグラムは空気がたりなくてあっぷあっぷしているような口調で言った。「でも、おたくの指が腐《くさ》るまでその楽器《がっき》を鳴らしたところで、あたしにナルニアを忘《わす》れさせることはできやしません。それに、〈地上の世界〉だって。あたしらは、もう二度と〈地上の世界〉を目にすることはできないかもしれません、おそらく。もしかしたら、おたくが〈地上の世界〉を黒く塗《ぬ》りつぶして、ここみたいに真っ暗にしちまったかもしれません。ありそうなことです。でも、あたしは自分がかつてそこにいたことは忘れません。星がいっぱい輝《かがや》く夜空も見たし、朝、海のむこうから昇《のぼ》ってくる朝日も見たし、夜になって山のむこうに沈《しず》んでいく夕日も見ました。昼間の空に輝く太陽だって知っています。まぶしすぎて、まともにゃ見られませんけどね」

パドルグラムの言葉は、みんなに活《かつ》を入れた。ほかの三人はふたたび大きく息をついて、たったいま目がさめた人のようにたがいに顔を見合わせた。

「そうだった！」王子が声をあげた。「そのとおりだ！　この心正《こころただ》しき〈ヌマヒョロリ〉にアスランの祝福《しゅくふく》がありますように。ここ何分かのあいだ、わたしたちはみな夢《ゆめ》を見ていたのだ。忘《わす》れることなど、できるはずがないではないか。もちろん、わたしたちはみな太陽を見たことがある」

「そうだ、そのとおりだ！」スクラブも言った。「いいぞ、パドルグラム！　ぼくたちのなかで頭がまともなのは、パドルグラムだけだな」

そこに、ふたたび魔女《まじょ》の声がした。くぐもったような、甘《あま》くささやく声だった。眠《ねむ》気《け》を誘《さそ》う夏の昼下がり、古い庭園にそびえる高いニレの木の枝《えだ》で鳴くモリバトの声のような。

「あなたがたがおっしゃる『太陽』というのは、何のことですの？　その言葉に何か意味はあるのですか？」

「あるに決まってるでしょう」スクラブが言った。

「それがどのようなものなのか、教えてたもれ」魔女《まじょ》が言った〈ポロン、ポロン、ポロンとあいかわらず楽器《がっき》をつまびきながら〉。

「わたしから申し上げましょう」王子がきわめて冷淡《れいたん》かつ他人行儀《たにんぎょうぎ》な口調で言った。「あのランプをごらんなさい。ランプは丸くて、黄色くて、部屋全体に明かりを放っている。そして、天井《てんじょう》からぶら下がっている。われわれが『太陽』と呼ぶものはランプに似《に》ているが、ランプよりはるかに大きくて明るい。太陽は〈地上の世界〉全体に光をもたらし、空にぶら下がっている」

「何からぶら下がっているのですか、殿下《でんか》?」魔女がたずねた。そして、みんながどう答えようかと思案《しあん》しているところへ、また例《れい》の優《やさ》しく銀色に輝《かがや》くような笑《わら》い声《ごえ》をたてながら、こう言った。「ほら、ごらんあそばせ。この『太陽』とやらがいったいどのようなものなのかをはっきり思いうかべようとすると、何も言えなくなってしまうでしょう? ランプに似たものだ、としか言えないではありませんか。あなたがたのおっしゃる『太陽』は、夢《ゆめ》なのです。その夢は、何から何までランプを模《も》したものにすぎません。ランプこそが現実《げんじつ》であり、『太陽』とやらはお話にすぎないのです。子どもの作り話に過《す》ぎないのです」

「わかりました」ジルは重苦しく絶望的《ぜつぼうてき》な口調で言った。「そうにちがいありません」そう言ったとき、ジルにはたしかにそのとおりだという気がしていた。

ゆっくりと重々しい口調で、魔女《まじょ》はくりかえした。「『太陽』などというものは、ありません」みんなは何も言わず黙《だま》っていた。魔女はさらに優《やさ》しくさらに深い声でくりかえした。「『太陽』などというものは、存在《そんざい》しないのです」少し間をおいたあと、心に葛藤《かっとう》を感じながらも、四人は声をそろえて「そのとおりです。太陽などというものは、存在しません」と言った。魔女の言葉に屈服《くっぷく》してそう言ってしまうと、とても気が楽になった。

「『太陽』などというものは、いっさい存在いたしません」魔女が言った。

「そうです。太陽など、いっさい存在しません」王子も〈ヌマヒョロリ〉も子どもたちもそう言った。

さっきから、ジルはなんとしても思い出さなくてはならないことがあるような気がしてしかたがなかった。そして、いま、そのことをジルは思い出した。でも、それを口に出すのは、とほうもなくたいへんなことだった。まるで唇《くちびる》にものすごく大きな重しがのっているような気がした。けれども、なんとか全身の力をふりしぼって、ジルは言った。

「アスランがいるわ」

「アスラン？」魔女《まじょ》は楽器《がっき》をつまびくリズムをほんのかすかに早めて言った。「なんとすてきな名前なんでしょう！　それは何のことなのですか？」

「アスランは、ぼくたちをむこうの世界から呼《よ》び出《だ》した偉《えら》いライオンです。リリアン王子を探《さが》すために、ぼくたちをこちらの世界に遣《つか》わしたんです」スクラブが言った。

「ライオンとは、何のことですの？」魔女が聞いた。

「もう、いいかげんにしてください！」スクラブが言った。「知らないんですか？　どうやって説明《せつめい》すればいいんだろう？　あの……ネコは見たことありますか？」

「ええ、もちろん」女王が言った。「ネコは大好《だいす》きですわ」

「それじゃ、ライオンというのは、巨大《きょだい》なネコに少し似《に》ているんです。少しだけですけど。それで、たてがみがあるんです。と言っても、馬のようなたてがみじゃなくて、どっちかというと裁判官《さいばんかん》のかつら[3]みたいなたてがみなんです。アスランは黄色い色をしていて、とてつもなく強いんです」

魔女《まじょ》は首を横に振《ふ》った。「なるほど。あなたがたのおっしゃる『ライオン』とやらも、さきほどの『太陽』と五十歩百歩のようですね。あなたがたはランプを見て、それよりもっと大きくてもっといいものを思《おも》い描《えが》き、それを『太陽』と呼《よ》びました。そしてこんどは、ネコを見て、それよりもっと大きくてもっといいものを思い描いて、『ライオン』などという名で呼ぼうとなさる。まあ、かわいらしいごっこ遊びではありますけれど、はっきり申して、そのようなことはもっと小さな子どものときにする遊びです。それに、ごらんあそばせ、あなたがたは現実《げんじつ》の世界にあるものを引き写してごっこ遊びを考えつくことしかできないではありませんか。現実の世界とは、わた

3　イギリスでは一七世紀《せいき》から、法廷《ほうてい》における威厳《いげん》を保《たも》つために法律家《ほうりつか》は白い儀式用《ぎしきよう》のかつらを着用する慣習《かんしゅう》があった。現在《げんざい》でも、刑事裁判《けいじさいばん》においてはかつらを着用する。

くしのこの世界。この世界のほかには、世界など存在《そんざい》いたしません。そちらの二人のお子たちでさえ、こんな遊びをするほど幼《おさな》くはないでしょう。それに、王子様、あなたはもうりっぱな大人ですよ。恥《は》ずかしいと思わないのですか、そんな子どものおとぎ話に夢中《むちゅう》になって。さあ、みなさま。このような子どもだましの話はお忘《わす》れなさい。この現実《げんじつ》の世界であなたがたにしていただかなくてはならないことがあるのですから。ナルニアなどというものは、ございません。〈地上の世界〉も、空も、太陽も、アスランも、そのようなものはございません。さあ、みなさんベッドにおはいりなさい。あしたからは、もっと賢《かしこ》い暮《く》らしをいたしましょう。でも、まず、ベッドにおはいりなさい。眠《ねむ》るのです。ぐっすりと眠るのです。柔《やわ》らかな枕《まくら》で。愚《おろ》かな夢《ゆめ》など見ずに、眠るのです」

王子と二人の子どもたちは立ったまま首をうなだれ、頬《ほお》を紅潮《こうちょう》させ、目をなかば閉《と》じていた。からだじゅうの力が抜《ぬ》けてしまっていた。魔法《まほう》がほぼ完全《かんぜん》に効《き》いてきたのだ。しかし、パドルグラムだけは必死《ひっし》に全身の力をかき集め、暖炉《だんろ》のほうへ歩いていった。そして、とても勇気《ゆうき》ある行動に出た。〈ヌマヒョロリ〉は人間ほど痛《いた》みを感じないだろうとはわかっていた。というのもパドルグラムの足（はだしだった）は水かきがついていて、硬《かた》くて、アヒルの足と同じように冷《つめ》たいからだ。それでもかなり痛いだろうとは覚悟《かくご》していた。そして、たしかに、かなり痛《いた》かった。パドルグラムははだしの足で暖炉《だんろ》の火を踏《ふ》みつけ、火の大半を消してしまったのだ。その直後に、三つのことが起こった。

第一に、甘《あま》ったるく重苦しい香《かお》りがずいぶん薄《うす》れた。火は完全《かんぜん》に踏み消されたわけではなかったが、火の大半が消え、残《のこ》った火からたちのぼるにおいはほとんどが〈ヌマヒョロリ〉の焦《こ》げたにおいで、うっとりする香りとはほど遠いものだった。これでたちまちみんなの意識《いしき》がはっきりした。王子と子どもたちはふたたび顔を上げ、目を開けた。

第二に、魔女《まじょ》がそれまでの甘く優《やさ》しい声とはうってかわって大きな恐《おそ》ろしい声でどなったのだ。「何をする！　わたしの火に二度と触《ふ》れるでないわ、この泥《どろ》まみれのクズめ、さもないと、おまえの血管《けっかん》を流れる血を火のごとく熱《あつ》くしてくれるぞ」

第三に、痛みそのものがパドルグラムの頭を少しのあいだ完璧《かんぺき》にはっきりさせ、ほんとうに言いたいことが明確《めいかく》になった。魔法《まほう》の種類《しゅるい》にもよるが、魔法を打《う》ち破《やぶ》るのに痛みのショックほど効果的《こうかてき》なものはない。

「マダム、ひとこと言わせてもらいます」パドルグラムが暖炉《だんろ》の前からもどってきながら口を開いた。やけどした足を引きずっている。「ひとことだけ。おたくがさっきから言っておられることは、そのとおりなんでしょう、おそらく。あたしはふだんから最悪《さいあく》を想定しといてできるだけ平気な顔でやり過《す》ごすって質《たち》だもんですからね、おたくの言ったことを否定《ひてい》するつもりはありません。それでも、ひとつだけ言っておきたいことがありましてね。もし仮《かり》に、木だの、草だの、太陽だの、月だの、星だの、アスランだの、みんなあたしらが夢《ゆめ》に描《えが》いただけのもの、想像《そうぞう》の世界で作りあげただけのものだとしましょう。いいですよ、それでも。でも、だとしたら、想像で作りあげたもののほうが現実《げんじつ》のものよりはるかに価値《かち》があるように思える、ってことだけは言わせてもらいますよ。この真っ暗い穴蔵《あなぐら》みたいなおたくの王国がただ一つの世界だとしましょう。ずいぶん情《なさ》けない王国ですがね。考えてみたら、おかしな話です。おたくに言わせるなら、あたしらはごっこ遊びをしてる幼稚《ようち》なガキどもなわけですよね。

でも、四人のガキどもがごっこ遊びで作りあげた世界にくらべたら、おたくの現実《げんじつ》の世界なんて、何の取り柄《とえ》もないじゃありませんか。だから、あたしはごっこ遊びの世界のほうがましだと思うわけですよ。あたしはアスランの側《がわ》につきます。たとえ導《みちび》いてくださるアスランが現実のものでなかったとしても。あたしは胸《むね》を張《は》って自分はナルニア人だと言います。たとえナルニアなんて国が現実にはなかったとしても。そういうわけで、夕食をどうもごちそうさまでした。こちらの殿《との》お二人と姫《ひめ》がよろしければ、いますぐおたくのお城《しろ》からおいとまさせていただいて、暗い世界へ出て行かせてもらいます。そして、これから一生かけてでも、〈地上の世界〉を探《さが》します。おそらく、あたしらの命もそう長くはないでしょうが、世界がおたくの言うようなつまらない場所なら、生きてたってしょうがないですからね」

「いいぞ！　よく言った、パドルグラム！」スクラブとジルが声をあげた。そのとき、王子が叫《さけ》んだ。「気をつけろ！　魔女《まじょ》が！」

四人が目にしたのは、身の毛もよだつ光景《こうけい》だった。

女王の手から楽器《がっき》が落ちた。見ると、両手がからだの脇《わき》に貼《は》りついたようになっていた。二本の足はたがいに絡《から》みつくようによじれ、足首から先がなくなった。緑の衣《ころも》の長い裾《すそ》は分厚《ぶあつ》く硬《かた》くなり、絡みあって緑色の柱のようになった両足と一体化しはじめていた。そして、緑色の柱はまるで関節《かんせつ》がなくなったかのように、あるいはどこもかしこも関節だらけになったかのように、くねくねと揺《ゆ》れ動《うご》きながら床《ゆか》をのたうちまわっていた。魔女《まじょ》が頭をぐいと後方にそらせると同時に、鼻のあたりがどんどん長く伸《の》び、顔から目以外《いがい》の部分がなくなって、眉毛《まゆげ》もまつ毛も消えた巨大《きょだい》な目だけがめらめらと炎《ほのお》を燃《も》やしていた。こうして書くと時間がかかるが、実際《じっさい》の変化《へんか》はあっという間に起こり、魔女は見る見るうちに大蛇《だいじゃ》に姿《すがた》を変《か》えたのだった。毒々《どくどく》しい緑色をした大蛇はジルのウエストと変わらないくらいの太さで、おぞましい胴体《どうたい》を王子の両足に二巻《ふたま》き、三巻《みま》きと巻きつけた。と思ったら、目にも止まらぬすばやさで大蛇が大きな輪《わ》を描《えが》いて伸《の》び上《あ》がり、王子にもう一巻き巻きつこうとした。剣《けん》を持った王子の腕《うで》もろともからだを締《し》めあげようとしたのである。しかし、王子は間一髪《かんいっぱつ》で両手を上げて大蛇の締めつけを免《まぬか》れたので、大蛇は王子の胸《むね》を締め上げるかっこうになった。このまま締められれば、王子のあばら骨《ぼね》は小枝《こえだ》のように折《お》れてしまうだろう。

YOUCHAN

王子は左手で大蛇《だいじゃ》ののどもとをつかみ、息の根を止めようとしていた。大蛇の顔（あれを顔と呼《よ》ぶならば）は王子の顔からほんの一〇センチあまりのところまで迫《せま》り、先が二つに割《わ》れた恐《おそ》ろしい舌《した》がチロチロと出たりひっこんだりしていたが、王子の顔には届《とど》かなかった。王子は右手に持った剣《けん》を大きく振《ふ》りかぶり、渾身《こんしん》の力をふりしぼって大蛇に斬《き》りかかろうとした。スクラブとパドルグラムもそれぞれの剣を抜《ぬ》き、王子に駆《か》け寄《よ》った。三人の剣が同時に大蛇に突《つ》き立《た》てられた。王子の手より下のところで大蛇の胴体《どうたい》をねらったスクラブの剣はヘビのうろこを突《つ》き通《とお》すことさえできず、役に立たなかったが、王子の剣とパドルグラムの剣は大蛇の首を貫《つらぬ》いた。それでもまだ致命傷《ちめいしょう》には至《いた》らなかったが、リリアン王子の足と胸《むね》を締《し》めあげていた大蛇の力は緩《ゆる》みはじめた。二人は何度も剣を突き立てて、ようやく大蛇の首を切り落とした。おどろおどろしい大蛇の胴体は、絶命《ぜつめい》したあともまだしばらくとぐろを巻《ま》いたりほどけたりして動きつづけた。読者諸君《しょくん》のご想像《そうぞう》どおり、部屋の床《ゆか》は血まみれになった。

リリアン王子はようやく息をついて、「二人ともありがとう」と、スクラブとパドルグラムに礼を言った。三人は荒《あら》い息をつきながらその場に立ちつくし、長いあいだ言葉もなくたがいの顔を見つめあっていた。ジルは賢明《けんめい》にも部屋の隅《すみ》に腰《こし》をおろし、じっと黙《だま》っていたが、内心では自分に対して「どうか気絶《きぜつ》しませんように。どうか泣《な》いたりしませんように。馬鹿《ばか》なことをしませんように」と念《ねん》じていた。

やがて、リリアン王子が口を開いた。「これで、母上の仇《かたき》を討《う》つことができた。この大蛇《だいじゃ》は、何年も前にナルニアの森にある泉《いずみ》のほとりでわたしが追いかけたものの討つことがかなわなかったあの大蛇にちがいない。それ以来《いらい》ずっと、わたしは母上を殺《ころ》した大蛇の奴隷《どれい》になっていた。とはいえ、あの魔女《まじょ》めが最後《さいご》に大蛇の姿《すがた》になってくれてよかった。女性《じょせい》の姿をしていたら、それを斬《き》り殺《ころ》すのは心情《しんじょう》としても、またわたしの名誉《めいよ》にかけても、できなかっただろうから。そうだ、姫《ひめ》はだいじょうぶだったかな？」リリアン王子はジルを気づかった。

「ありがとう、わたしはだいじょうぶです」ジルが言った。

「姫よ」王子はジルにむかって頭を下げた。「あなたはたいへんな勇気《ゆうき》の持ち主でいらっしゃる。さだめし、そちらの世界では高貴《こうき》な血を引くお方であられるに相違《そうい》ない。さあ、みんな、まだワインが少し残《のこ》っている。のどをうるおして、仲間《なかま》のために乾杯《かんぱい》しよう。そのあと、脱出《だっしゅつ》計画にかかろう」
「いい考えだと思います」スクラブが言った。

13　女王なき地底《ちてい》の国

四人は、これでやっと「ひと息つける」（スクラブの言葉）と思った。魔女《まじょ》は扉《とびら》に鍵《かぎ》をかけて〈地底人《ちていじん》〉たちに部屋へはいってこないよう言いつけてあったから、当面のあいだ、邪魔《じゃま》がはいる心配はなかった。まず最初《さいしょ》にすべきことは、言うまでもなく、パドルグラムのやけどの手当てだった。王子の寝室《しんしつ》から持ってきた洗《あら》いたてのシャツ二枚《まい》を細長く裂《さ》いて包帯《ほうたい》を作り、内側《うちがわ》に食卓《しょくたく》にあったバターやサラダ油をたっぷり塗《ぬ》ると、手ごろな傷当《きずあ》てができた。こうしてパドルグラムの足に包帯を巻《ま》いたあと、四人は椅子《いす》に腰《こし》を下ろして軽食を取り、〈地下の世界〉から脱出《だっしゅつ》する方法《ほうほう》を相談した。

リリアン王子の説明《せつめい》では、地上に出るルートはかなりたくさんあって、王子はほとんどの出口を実際《じっさい》に通ったことがあるという話だった。ただし、王子はこれまで一人きりで外に出たことは一回もなく、いつも魔女《まじょ》といっしょだった。それに、そうした出口に至《いた》るには、かならず船に乗って〈日のささぬ海〉を渡《わた》らなくてはならないという。魔女を連《つ》れずに見知らぬ三人と船着場へ行って船を出せと命じたら、〈地底人《ちていじん》〉たちが何と言うか、誰《だれ》にも想像《そうぞう》がつかなかった。しかし、おそらくやっかいな質問《しつもん》をされるであろうことは予想できた。一方、新しい出口すなわち〈地上の世界〉を侵《しん》略《りゃく》するための出口は〈日のささぬ海〉のこちら側《がわ》にあって、城《しろ》からほんの数キロしか離《はな》れていない。王子は、出口までの通路がほぼ完成《かんせい》していることを知っていた。通路と〈地上の世界〉を隔《へだ》てているのは、わずか一メートルたらずの地面だけだ。もしかしたら、通路はもう完成しているのかもしれない。魔女がもどってきたのは、そのことを王子に知らせ、地上への侵略を開始するためだったのかもしれない。そうでなかったとしても、その通路からならば、二、三時間も土を掘《ほ》れば自力で地上に出られるだろう——ただし、〈地底人〉どもに止められることなしにそこまで行き着ければ。そして、掘削現場《くっさくげんば》に見張《みは》りがいなければ。しかし、そんなにうまくいくかどうか、確《かく》証《しょう》はなかった。

「あたしの考えを言わせてもらいますならば——」パドルグラムが口を開きかけたとき、スクラブがそれをさえぎった。

「ねえ、あの音、何だろう?」

「わたしもさっきから何だろうと思ってたの」ジルが言った。

実際《じっさい》、四人とも少し前からその音を耳にしてはいたのだが、ごく小さな音から始まって徐々《じょじょ》に音が大きくなってきたので、いつから聞こえていたのか、みんなはっきりと意識《いしき》していなかった。しばらくのあいだ、それは穏《おだ》やかな風か、あるいは遠く離《はな》れたところを走る自動車の音のように、ぼんやりとした物音が聞こえるだけだった。そのうちに、潮騒《しおさい》のようなざわめきが聞こえはじめた。やがて、腹《はら》の底《そこ》に響《ひび》くような音、何かが押《お》し寄《よ》せてくるような音が加《くわ》わり、そうこうするうちに人の声も聞こえるようになった。しかも、人の声とはちがう音、何かが連続的《れんぞくてき》にとどろくような音も聞こえてきた。

「ライオンの名にかけて」リリアン王子が言った。「どうやら、この静《しず》まりかえった世界にも人の話し声が復活《ふっかつ》したようだ」王子は立ちあがり、窓《まど》ぎわへ歩いていってカーテンを開けた。ほかの三人も王子のまわりに集まり、窓《まど》の外を見た。

最初《さいしょ》に目についたのは、ぼうっと輝《かがや》く赤い大きな光だった。下から照《て》らすその赤い光を受けて、何百メートルも上にある天井《てんじょう》の一部が赤く浮《う》かびあがって見えた。〈地下の世界〉が作られて以来《いらい》、闇《やみ》に沈《しず》んだままいちども人の目に触《ふ》れることのなかったであろう天井の岩肌《いわはだ》が、赤い光にぼんやりと照らしだされていた。赤い光は町のむこう側《がわ》から照らしていたので、たくさんの大きくて不気味《ぶきみ》な建物《たてもの》が黒々としたシルエットになって見えた。しかし、同時に、赤い光は町から城《しろ》に向かって走るたくさんの通りも照らしだしており、そうした通りではとても不可解《ふかかい》なことが起こっていた。ふだんなら通りをぎっしり埋《う》めているはずのもの言わぬ〈地底人《ちていじん》〉の群《む》れがすっかり姿《すがた》を消し、そのかわりに〈地底人〉が単独《たんどく》で、あるいは二、三人ずつかたまって、すばやく通りを横切る姿が見えるのだ。どうやら、自分たちの姿を見られたくないらしい。〈地底人〉たちは建物から外へ張《は》り出《だ》した壁《かべ》の陰《かげ》や戸口の暗闇《くらやみ》に身をひそめ、すばやく通りを横切っては、また次の物陰《ものかげ》に身を隠《かく》す、という動きをくりかえしていた。しかし、ノームたちの習性《しゅうせい》を知っている者にとって何より不可解なのは、音だった。あちこちから叫《さけ》び声《ごえ》やどなり声が聞こえてくるのだ。ただし、港のほうからは声とはちがう低《ひく》くとどろくような音が響《ひび》いてきて、それがどんどん大きくなり、いまや町全体を揺《ゆ》るがすほどの轟音《ごうおん》になっていた。

「〈地底人《ちていじん》〉たちに何が起こったんだろう?」スクラブが言った。「叫び声をあげているのは、〈地底人〉たちなのかな?」

「それは考えにくい」リリアン王子が言った。「この地底にとらわれて過《す》ごした歯がゆい歳月《としつき》のあいだ、わたしはあの連中《れんちゅう》が大きな声でしゃべるのさえ聞いたことがない。これは何か新手《あらて》の妖術《ようじゅつ》にちがいない」

「それに、むこうのほうに見える赤い光は何?」ジルが言った。「何か燃《も》えているのかしら?」

「あたしの考えを言わせてもらうなら、ですね」パドルグラムがふたたび口を開いた。「あれは、地の奥底《おくそこ》で燃える火が噴《ふ》き出《だ》して、新しい噴火口《ふんかこう》ができたんでしょうな。あたしらはその真っただ中に巻《ま》きこまれたということでしょう、おそらく」

「あの船を見ろ!」スクラブが声をあげた。「どうして、あんなに速く近づいてくるんだ？　しかも、誰《だれ》もオールを漕《こ》いでいないのに」

「見よ！」王子も声をあげた。「船はすでに波止場《はとば》を通りこして、はるかこちらのほうまで来ている——町の通りまで。見よ！　船という船がすべて町の中へなだれこんできている！　まちがいない、海の水位《すいい》が上がっているのだ。洪水《こうずい》が起こっているのだ。アスランに栄《さかえ》あれ、さいわいにしてこの城《しろ》は高台に建《た》てられている。しかし、水は恐《おそ》ろしい勢《いきお》いで迫《せま》ってきている」

「いったい何が起こっているの？」ジルが叫《さけ》んだ。「火が噴《ふ》き出《だ》して、水が上がってきて、〈地底人《ちていじん》〉たちが通りをこそこそ隠《かく》れ歩《ある》いて」

「あたし、こういうことだろうと思うんです」パドルグラムが言った。「あの魔女《まじょ》のやつがあらかじめ魔法《まほう》をしかけておいたにちがいありません。自分が死んだときには、同時に自分の王国全体が崩壊《ほうかい》するように、と。あの魔女は自分が死ぬことなんかなんとも思っていなかったのですよ——自分を殺《ころ》した者たちが自分の死んだ五分後に焼《や》け死《し》ぬか、生《い》き埋《う》めになって死ぬか、それとも溺《おぼ》れ死《じ》ぬか、そういうことさえ確実《かくじつ》ならば」

「いみじくも言い当てたな、良《よ》き友〈ヌマヒョロリ〉よ」王子が言った。「われらの剣《けん》が魔女《まじょ》の首を切り落とした瞬間《しゅんかん》に、それによって魔法《まほう》の力がすべて消え、いまや〈地底《ちてい》の国〉は崩壊《ほうかい》しようとしているのだ。われらはいま〈地下の世界〉の終焉《しゅうえん》を目にしていることになる」

「そういうことです」パドルグラムが言った。「それが全世界の崩壊でなけりゃいいんですけどね」

「それで、わたしたちは？　ここで何かが起こるのをただ待っているだけなの？」ジルがあえぐように言った。

「いや、そんなことはしない」王子が言った。「わが愛馬《あいば》コールブラック[1]と魔女の愛馬スノーフレイク[2]（名馬で、本来なら魔女に乗り回されるような馬ではないのだが）を救《すく》い出《だ》さなくては。二頭とも、中庭の厩舎《きゅうしゃ》にいる。そのあと、なんとかして高台

1　Coalblack。石炭のように真っ黒な、漆黒《しっこく》の、という意味。
2　Snowflake。雪片《せっぺん》、の意。

へ逃《のが》れて、地上への出口を探《さが》そう。馬たちは、いざとなれば一頭で二人の人間を乗せられるし、急がせれば迫《せま》ってくる洪水《こうずい》に追いつかれずに走りきれるかもしれない」

「殿下《でんか》、鎧《よろい》かぶとはおつけにならないのですか？　あのようすは、何やら不穏《ふおん》です」

パドルグラムが通りを指さして言った。ほかの三人も窓《まど》から下の通りを見下ろした。何十人という生き物たち（いまでは近くまで来ていたので〈地底人《ちていじん》〉たちだとはっきりわかった）が港のほうから城《しろ》に向かって移動《いどう》していた。移動すると言っても、〈地底人〉たちは目的《もくてき》のない群衆《ぐんしゅう》のように動きまわっているわけではなく、近代戦《きんだいせん》において兵士《へいし》たちが攻撃《こうげき》をしかけるときのように、短い距離《きょり》を走っては物陰《ものかげ》に隠《かく》れ、城の窓から自分たちの姿《すがた》を見られないように気をつけているようだった。

「あの鎧かぶとは二度と身につけたくない」王子が言った。「あれを身につけて馬に乗るのは、動く地下牢《ちかろう》に入れられるも同然《どうぜん》だった。あの鎧かぶとは、魔術《まじゅつ》とそのとりこになっていた歳月《さいげつ》の悪臭《あくしゅう》に満《み》ちている。しかし、盾《たて》だけは持っていこう」

王子は部屋から出ていったが、まもなく、瞳《ひとみ》に奇妙《きみょう》な光をたたえて部屋にもどってきた。

「見てくれ、友よ」王子はそう言いながら、盾《たて》をみんなのほうへさしだした。「一時間前には、この盾は真っ黒で、紋章《もんしょう》などついていなかった。しかし、いまは、ほら――」王子が手にした盾は銀色に輝《かがや》き、その中央に血よりもサクランボよりも赤い色でライオンの姿《すがた》が浮《う》かびあがっていた。

「まちがいない」王子が言った。「これは、アスランこそわれらの主《あるじ》であることを示《しめ》すものだ――われらを待ち受けるものが死であろうと生であろうと。生か死か、そんなことはどちらでも同じだ。さあ、皆《みな》でここにひざまずき、アスランの肖像《しょうぞう》にキスをしよう。そして、皆で握手《あくしゅ》をしよう。まことの友である証《あかし》に。まもなく別《わか》れ別《わか》れになる運命だとしても。そのあと、町へ下りていって、われらに与《あた》えられた冒険《ぼうけん》を受けて立とうぞ」

一同は王子の言葉どおりにした。スクラブは、ジルと握手するとき、「それじゃね、ジル。ぼく、役立たずでごめんよ。それに、すぐ怒《おこ》ったりしてごめん。きみがぶじに帰れるよう願《ねが》っているよ」と言った。ジルのほうも、「じゃあね、ユースティス。わたしも、嫌《いや》なやつでごめんね」と言った。二人がたがいを名前で呼びあったのは、このときが初《はじ》めてだった。学校では名字で呼《よ》びあう習慣《しゅうかん》だったからだ。

リリアン王子が扉《とびら》の鍵《かぎ》を開け、四人は階段《かいだん》を下りていった。男三人は剣《けん》を抜《ぬ》き、ジルはナイフを構《かま》えていた。扉の前にいたはずの侍従《じじゅう》二人は影《かげ》も形もなく、階段を下りた先の大広間にも人っ子ひとりいなかった。青白い陰気《いんき》なランプはまだともっていて、その明かりがあるおかげで四人は楽々と長い廊下《ろうか》を通り抜け、階段を次々に下って先へ進んだ。外の物音は、上の部屋にいたときほどはっきりとは聞こえなくなっていた。城《しろ》の内部はどこもかしこも死んだように静《しず》まりかえっていて、まったく人気《ひとけ》がなかった。ようやく〈地底人《ちていじん》〉の姿《すがた》を見かけたのは、一行《いっこう》が角を曲がって一階の大広間にはいったときだった。それは太って生《なま》っ白《ちろ》いブタにそっくりな顔をしたノームで、テーブルに残《のこ》った料理《りょうり》を片《かた》っ端《ぱし》からむさぼり食っているところだった。ノームはキィキィとブタにそっくりな声をあげ、ベンチの下に大急ぎでもぐりこみ、間一髪《かんいっぱつ》のところでパドルグラムに長いしっぽをつかまれずに逃《に》げおおせた。そのあと、ブタのようなノームはあっという間に広間の反対側《はんたいがわ》の扉から出ていってしまったので、追いかけることもできなかった。

広間から外に出ると、そこが中庭だった。夏休みのあいだ乗馬学校に通っていたジルは、すぐに嗅《か》ぎなれた厩舎《きゅうしゃ》のにおいに気づいた（地下の国には珍《めずら》しく、まっとうで素朴《そぼく》ないいにおいだった）。そのとき、ユースティスが声をあげた。「驚《おどろ》いたなあ！　あれを見てよ！」どこか城壁《じょうへき》の外で大きな打ち上げ花火が上がり、無数《むすう》の緑色の星になって暗闇《くらやみ》に散《ち》った。

「花火だわ！」ジルが当惑《とうわく》したような声を出した。

「そうだね」ユースティスが言った。「でも、〈地底人《ちていじん》〉たちが遊びで花火を打ち上げるとは思えないし。何かの合図にちがいない」

「あたしらには、あまりいい展開《てんかい》とは思えませんね。まちがいないです」パドルグラムが言った。

「友よ」リリアン王子が言った。「いったんこのような冒険《ぼうけん》に乗り出したからには、希望《きぼう》も恐怖《きょうふ》も潔《いさぎよ》く心から消し去らなければならない。さもなくば、死するにせよ長らえるにせよ、名誉《めいよ》と理性《りせい》を守《まも》り抜《ぬ》くことはおぼつかないだろう。どうどう、よしよし、迎《むか》えにきたぞ」（王子は厩舎の扉《とびら》を開けようとしていた）。「さあ、みんな！

落ち着け、コールブラック！　静《しず》かに、スノーフレイク！　おまえたちを残《のこ》していきはしないよ」

馬たちは慣《な》れない音と光におびえていた。ジルは、洞窟《どうくつ》から洞窟へ移動《いどう》したときは暗い穴《あな》を通るのをあれほど怖《こわ》がったのに、足を踏《ふ》み鳴《な》らし鼻息も荒《あら》い馬たちのあいだを通るときはこれっぽっちも躊躇《ちゅうちょ》せず、リリアン王子と二人で数分のうちに馬たちに鞍《くら》を置《お》き、くつわや手綱《たづな》をつけた。中庭に引き出された馬たちは、首を高くそらせて堂々《どうどう》たる姿《すがた》だった。ジルがスノーフレイクにまたがり、その後ろにパドルグラムが乗った。ユースティスは、コールブラックにまたがったリリアン王子の後ろに乗った。そして、二頭の馬はひづめの音を高く響《ひび》かせながら城《しろ》の正面ゲートを抜《ぬ》けて、外の通りに出た。

「焼《や》け死《し》ぬ心配はなさそうですな。不幸中《ふこうちゅう》のさいわいです」パドルグラムが右の方向を指さして言った。一行《いっこう》の右手には一〇〇メートルたらずのところまで水が押《お》し寄《よ》せ、家々の壁《かべ》を波がひたひたと洗《あら》っていた。

「みんな、勇気《ゆうき》を出して！」リリアン王子が声をかけた。「この先の道は急な下り坂になっているが、水はまだ町でいちばん高い丘《おか》の半分までしか来ていない。水位《すいい》はこれから三〇分のうちにもっと上がるかもしれないし、あるいはそのあと二時間たってもそのままかもしれない。それよりも、わたしが心配するのは、あれだ――」王子がそう言いながら剣《けん》を向けた先には、おそろしく背《せ》が高くてイノシシのような牙《きば》をむき出した〈地底人《ちていじん》〉がいた。その〈地底人〉に続《つづ》いてさまざまな形や大きさをした六人の〈地底人〉たちが脇道《わきみち》から飛《と》び出《だ》してきて、人目につかない家並《やな》みの陰《かげ》に走りこんだ。

一行《いっこう》はリリアン王子を先頭に進んでいった。王子は赤く照《て》り輝《かがや》く光をめざして、光のやや左側《ひだりがわ》のほうへ進んでいった。王子の計画は、火（赤い輝きが火だとして）を迂回《うかい》して高台へ出れば、新しく掘《ほ》った通路へ続く道を見つけられるかもしれない、というものだった。ほかの三人とちがって、リリアン王子はこの冒険《ぼうけん》を楽しんでいるようにさえ見えた。王子は馬を進めながら口笛を吹《ふ》き、アーケン国の英雄《えいゆう》〈鉄拳《てっけん》コリン〉の古い歌の一節《いっせつ》を口ずさんだりしていた。実際《じっさい》のところ、リリアン王子は魔法《まほう》に支配《しはい》されて過《す》ごした長い歳月《さいげつ》から解放《かいほう》されたのがうれしくて、それにくらべればどん

YOUCHAN

な危険《きけん》ものの数とは思わなかったのだ。しかし、ほかの三人はびくびくしながら進んでいった。

一行《いっこう》の背後《はいご》からは、船どうしがぶつかりあう音やこすれあう音が聞こえ、建物《たてもの》が崩《ほう》壊《かい》する鈍《にぶ》い地響《じひび》きも聞こえた。上を見上げれば、燃《も》えるように赤い光が〈地下の世界〉の天井《てんじょう》を広く照《て》らしていた。行く手にはあいかわらず正体不明《ふめい》の赤い光が輝《かがや》いていたが、その光はそれより大きく燃え広がることはなさそうに見えた。赤い光と同じ方向からたえまなくガヤガヤと叫《さけ》び声《ごえ》が聞こえ、絶叫《ぜっきょう》や鋭《するど》い口笛の音や笑《わら》い声《ごえ》や金切《かなき》り声《ごえ》やわめき声も聞こえてきた。そして、ありとあらゆる種類《しゅるい》の花火が暗闇《くらやみ》に打ち上げられていた。それが何を意味するものなのか、誰《だれ》にもわからなかった。近くの街並《まちな》みに目を転ずると、赤い光に照らされている部分もあれば、ノームのランプが放つ陰気《いんき》な光に照らされている部分もあった。しかし、どちらの光も届《とど》かない場所があちこちにあり、そういう場所は漆黒《しっこく》の闇だった。そうした闇の中からノームたちの影《かげ》が走り出ては、ふたたび闇へと姿《すがた》を消した。ノームたちはつねにリリアン王子一行の動きに注目しており、一方で、自分たちは姿を見られないように行動していた。大きな顔あり、小さな顔あり、魚のように大きな目をした者がいれば、クマのように小さな目をした者もいた。全身が羽根《はね》におおわれている者もいれば、剛毛《ごうもう》の生えた者もおり、角や牙《きば》を生やした者もいた。鞭縄《むちなわ》のようによじれた鼻をした者もいれば、あごひげかと思うほど長いあごをした者もいた。ときどき、〈地底人《ちていじん》〉たちの群《む》れが大きくなりすぎたり近くまで迫《せま》ってきたりすると、リリアン王子が剣《けん》を振《ふ》りかざして攻撃《こうげき》するそぶりを見せた。すると、〈地底人〉どもはわめき声や金切《かなき》り声《ごえ》をあげたり舌《した》を鳴らしたりしながら暗闇《くらやみ》に逃《に》げこむのだった。

しかし、一行《いっこう》が急な坂道をいくつものぼり、洪水《こうずい》から遠くに逃《のが》れ、町を通《とお》り抜《ぬ》けて海とは反対側《はんたいがわ》へ出ようとしたところで、事態《じたい》はいちだんと深刻《しんこく》になった。一行はいまや赤い光にずいぶん近づき、光とほとんど同じ高さのところまで来ていたが、まだ赤い光の正体が何なのかはわからなかった。とはいえ、赤い光のおかげで敵《てき》の姿《すがた》が前よりもはっきりと見えるようになった。何百人、おそらく何千人というノームたちが、示《しめ》し合《あ》わせたように赤い光のほうへ押《お》し寄《よ》せていた。しかし、赤い光をめざすと言っても、ノームたちは短い距離《きょり》を走っては立ち止まり、そのたびにふりかえって、リリアン王子たちのほうに向きなおるのだった。

「殿下《でんか》に申し上げますがな」パドルグラムが言った。「連中《れんちゅう》は、あたしらの行く手をさえぎろうとしておるように見えます」

「わたしもそう思っていたところだ、パドルグラムよ」王子が言った。「これほど多くの敵《てき》が相手では、とても戦《たたか》って突破《とっぱ》することはできぬ。よいか、聞いてくれ！　向こうに見える家のきわに沿《そ》って馬を進めよう。そして、パドルグラムよ、家に近づいたところで、そなたは馬を降《お》りて暗闇《くらやみ》に潜《ひそ》んでくれ。こちらの姫君《ひめぎみ》とわたしは、そのまま何歩か馬を進める。〈地底人《ちていじん》〉どもの何人かは、われわれのすぐあとをついてくるにちがいない。われわれの後方にぎっしりと群《む》れているからな。パドルグラム、そなたは待《ま》ち伏《ぶ》せをして、その長い腕《うで》で通りかかった〈地底人〉の一人を生《い》け捕《ど》りにしてくれ。そうすれば、事情《じじょう》がわかるだろうし、連中がわれわれに何の恨《うら》みを抱《いだ》いているのかもはっきりするだろう」

「でも、一人を捕《つか》まえたら、ほかの〈地底人〉たちが助けに殺到《さっとう》してこないかしら？」ジルが平静《へいせい》を保《たも》とうと努力《どりょく》しながらも震《ふる》える声で言った。

「姫よ、そのときは、われらがあなたを守って、命尽きるまで戦います。そのあとは、アスランに運命をゆだねていただくしかありません」王子が言った。「さ、パドルグラム」

〈ヌマヒョロリ〉はネコのようにすばやく馬から滑《すべ》りおりて物陰《ものかげ》に隠《かく》れた。ほかの三人は、不安《ふあん》を飲みこんだまま一、二分ほど馬を常歩《なみあし》で進めた。すると、だしぬけに後方で血も凍《こお》るような悲鳴が響《ひび》きわたり、それに混《ま》じって聞きおぼえのあるパドルグラムの声が聞こえた。「こら！　痛《いた》い目《め》にあってもいないくせに、大声をあげるんじゃない！　それとも、ほんとうに痛い目にあいたいのか！　まるでブタが殺《ころ》されかかったような声を出して」

「でかしたぞ！」リリアン王子が声をあげ、ただちに馬を返して、さきほど通《とお》り過《す》ぎた家の角までもどった。王子は「ユースティス、すまないがコールブラックの手綱《たづな》を頼《たの》む」と言うと馬を降《お》り、三人とも黙《だま》ったまま、パドルグラムが捕《つか》まえた〈地底《ちてい》人《じん》〉を明るい場所へ引っぱり出すのを見守った。それは世にも哀《あわ》れな姿《すがた》をしたノームで、身長は九〇センチほどしかなかった。頭のてっぺんには雄鶏《おんどり》のとさかに似《に》た隆起《りゅうき》（とさかより硬《かた》かった）があり、小さなピンク色の目をしていて、口とあごがものすごく大きくて丸っこいので、見た目はコビトカバの顔にそっくりだった。こんなに緊迫《きんぱく》した場面でなければ、みんなこのノームの姿《すがた》を見て大笑《おおわら》いしたところだろう。

「これ、〈地底人《ちていじん》〉」王子は捕《つか》まえたノームの前に立ちはだかり、首すじ近くに剣《けん》の切っ先を突《つ》きつけて言った。「正直に、はっきりと申せ。そうすれば許《ゆる》してやる。しかし、われらをたばかるような真似《まね》をしたら、命はないものと思え。パドルグラムよ、そんなふうに口を押《お》さえつけていたら、こいつも口がきけぬであろう」

「たしかに。でも、嚙《か》まれずにはすみます」パドルグラムが言った。「もし、あたしがおたくら人間のように生やさしい手をしておったなら（殿下《でんか》には失礼《しつれい》な言葉をお許しいただくとして）、いまごろ血まみれになっておったでしょう。〈ヌマヒョロリ〉だとて、嚙みつかれるのはうれしくありませんからね」

「おい、こら」王子がノームにむかって言った。「あと一回でも嚙みついたら、おまえの命はないぞ。さ、パドルグラム、そいつの口を開けさせてやってくれ」

「ウー、イイィー！」〈地底人《ちていじん》〉が金切《かなき》り声《ごえ》をあげた。「放しておくれ、放しておくれよ。おらじゃないよ。おら、やってねえだよ」

「何をやってないんだ？」パドルグラムが聞いた。

「だんなさまがたがおらのせいにするようなことは、何ひとつやってねえだよ」ノームが答えた。

「名を名乗れ」王子が言った。「おまえたち〈地底人〉は、いったい、きょうはどうなっておるのだ？」

「おねげえです、みなさまがた。おねげえです、だんなさまがた」ノームはべそをかいていた。「おらが言うこと、女王様には言いつけねえって約束《やくそく》してくだせえ」

「いま、女王様と言ったな？」リリアン王子が厳《きび》しい顔で言った。「女王は、死んだ。このわたしがみずからの手で殺《ころ》した」

「なんと！」驚《おどろ》いたノームの口があんぐり開いて、さらにまたいちだんと大きく開いた。「死んだ？　魔女《まじょ》が死んだ？　だんなさまがその手で殺した、とね？」ノームは大きく安堵《あんど》のため息をもらし、「なんだ、それじゃ、だんなさまは味方じゃねえか！」とつけくわえた。

王子は剣《けん》の切っ先を二、三センチほど引いた。パドルグラムはノームを地面にすわらせた。ノームはきらきら光るピンク色の目で四人を順《じゅん》に見まわしたあと、小さな声で一、二度笑《わら》ってから、話を始めた。

14　この世の奥底《おくそこ》

「おら、ゴルグって名前だ」ノームが言った。「だんなさんがたに、おらの知っとること、ぜんぶしゃべるだよ。一時間ばかし前のことだった。おらたちはみんな仕事に精《せい》を出しておった。仕事と言っても、魔女《まじょ》の仕事だけども。おらたち、悲しい顔して黙々《もくもく》と仕事をしておっただよ。これまで何年も何年も毎日やってきたように。そんとき、バン！って、ものすごい音がして、その音を聞いたとたん、みんな、こうつぶやいただよ——そう言や、もう長いこと歌も歌ってねえし、ダンスもしてねえし、花火のひとつも上げちゃいねえけど、そりゃどういうわけだ?って。そんで、みんな、こう思っただよ——いやはや、こりゃ魔法《まほう》をかけられとったにちがいねえぞ、って。そのあと、みんな、こうつぶやいただよ——なんで、おら、こんな重い物を運んどるんだ?って。もう、こんなもんは運ばねえぞ、って。運ばねえと言ったら運ばねえんだ、って。そんで、おらたちは袋《ふくろ》やもっこや道具をその場におっぽり出した。そんで、みんながふりかえったら、むこうのほうに赤い大きな光が見えた。みんな、ありゃなんだ?ってつぶやいただ。そんで、ありゃ地の割《わ》れ目《め》が開いたんだ、〈ほんとの地の底《そこ》〉から熱《あつ》い光が上がってきたんだ、ってつぶやいただよ。〈ほんとの地の底〉ってのは、ここより一〇〇尋《ひろ》も深いとこにあるんだ」

「なんだって!」ユースティスが声をあげた。「ここより下に、まだ別《べつ》の世界があるのか?」

「はい、だんなさん、もちろんだよ」ゴルグが言った。「いいとこだよ。おらたちは〈ビズムの国〉って呼《よ》んでおるだよ。おらたちがいま立っておるこの国は魔女《まじょ》の国で、おらたちは〈うわっつらの国〉って呼んでおるだ。おらたちには、ここはあんまり地上に近すぎて……。うぎっ。これでは、むきだしの外と何《なん》も変《か》わらねえ、地面の上に住んでおるも同然《どうぜん》だ。つまり、おらたちはみんな〈ビズム〉から来た哀《あわ》れなノームで、魔女が魔法《まほう》の力でもっておらたちをここへ上がってこさして働《はたら》かせてたんだ。けども、おらたち、あのものすごい音がして呪文《じゅもん》が解《と》けるまで、そのことはすっかり忘《わす》れておった。おらたち、自分が何者《なにもん》なのか、どっから来たのか、わからなくなっておったただよ。どうすることもできなくて、何《なん》も考えられなくて。魔女《まじょ》がおらたちの頭ん中に入れたこと以外《いがい》、何《なん》も考えられなかっただよ。長い長いあいだ、ずっと、魔女がおらたちの頭ん中に入れたことときたら、陰気《いんき》でゆううつな考えごとばっかり。おら、ジョークを言うことも、ジグを踊《おど》ることも、ほとんど忘れちまってた。けど、あのバン！っていう音がして、地の割《わ》れ目《め》が開いて、海の水が上がりはじめたら、何《なん》もかも思い出しただよ。もちろん、みんな一目散《いちもくさん》に割れ目の中へ下りて、自分のすみかにもどろうとした。むこうのほうで、みんなが花火を打ち上げたり、うれしがって頭で逆《さか》立《だ》ちしたりしてんのが見えるかい？　おらも早々《そうそう》に放してもらって、みんなといっしょに帰らしてもらえたら、ありがたいだけどな」

「よかった！」ジルが口を開いた。「わたしたち、魔女の首をはねたとき、自分たちだけじゃなくてノームたちも自由にしてあげたのね！　ノームたちがほんとうは気持ち悪い陰気な連中《れんちゅう》じゃなかったってわかって、すごくよかったわ。王子様も同じだけど——ま、そういうふうに見えてただけなんだけど」

「ポウルさん、それはけっこうですけどね」用心深いパドルグラムが言った。「でも、あたしの目には、このノームたちがてんでんばらばらに逃《に》げ出《だ》したようには見えませんでしたよ。言うなら、もっと軍隊《ぐんたい》みたいに組織《そしき》だった動きに見えましたけど。ゴルグさんよ、あたしの目をまっすぐ見て答えてごらんなさい。おたくらは戦《たたか》いに備《そな》えてたんじゃないのかね？」

「もちろんだよ、だんなさん」ゴルグが言った。「だって、おらたち、魔女《まじょ》が死んだなんて知らなかったから。おらたち、魔女がお城《しろ》から見張《みは》っておると思っただよ。だから、姿《すがた》を見られねえように隠《かく》れながら進もう、って。そしたら、おたくら四人がお城から出てきて、馬に乗っておるし、剣《けん》も構《かま》えておるし、だからおらたち、もちろんこうつぶやいただ——そら来たぞ、って。だんなさんが魔女の味方ではないって知らなかったもんで。それで、おらたちは、〈ビズム〉にもどる望《のぞ》みをあきらめるくらいならとことん戦ってやるぞ、って思っておっただよ」

「このノームは正直者にちがいない」リリアン王子が言った。「放してやりなさい、パドルグラム。良《よ》き者ゴルグよ、じつはわたしもそちやそちの仲間《なかま》らと同じく魔法《まほう》をかけられていて、ついさきほどわが身の上を思い出したばかりなのだ。あと一つ、聞きたいことがある。新しく掘《ほ》っていた通路へはどうやって行くのか、知っているか？ 魔女《まじょ》が〈地上の世界〉を征服《せいふく》するために軍隊《ぐんたい》を送り出そうとしていた通路だが」

「イイー、イイィー！」ゴルグが金切《かなき》り声《ごえ》をあげた。「ああ、その恐《おそ》ろしい道のことは、知っておりますだ。その道が始まるとこを教えるだよ。けど、だんなさんがいっしょに行けと言っても、それはごめんこうむりますだ。そんなくらいなら、死んだほうがうんとましだ」

「どうして？」ユースティスが心配そうな声でたずねた。「どこがそんなに嫌《いや》なの？」

「上に近すぎるだよ、地上に」ゴルグが身震《みぶる》いしながら言った。「あれは魔女がおらたちにしたことのなかでも最悪《さいあく》のことだった。おらたちは露天《ろてん》に、この世界の外に連《つ》れ出《だ》されそうになっただよ。露天には天井《てんじょう》ってもんがないって話じゃないかね。おそろしく大きくてぽっかり広がった空とかいうもんがあるだけで。穴掘《あなほ》りはもうずいぶん進んで、あとはつるはしを何回かふるえば外に出るってとこまで来ておるだよ。

おら、そんなとこには近寄《ちかよ》りたくねえだ」

「ばんざい！　よかった！」ユースティスが声をあげた。ジルも「地上はぜんぜん恐《おそ》ろしいところじゃないのよ。わたしたちは地上が好《す》きよ。わたしたち、そこに住んでいるの」と言った。

「おたくら〈地上人〉がそこに住んでおるということは、知っておっただよ」ゴルグが言った。「けども、それは地中へ下りてくる道がわからねえからだと思っただよ。地上なんか、好きになれるはずがないだ——この世のてっぺんに貼《は》りついて、ハエみたいに這《は》いまわって生きるなんて！」

「どうだろう、いますぐその道を教えてもらえないかな？」パドルグラムが言った。

「そうだ、ぜひに」リリアン王子が声をあげた。一行《いっこう》は歩きはじめた。王子は自分の軍馬《ぐんば》にまたがり、パドルグラムはジルの後ろに乗り、ゴルグが先頭に立って歩いた。歩きながら、ゴルグは、魔女《まじょ》が死んだこと、四人の〈地上人〉たちは危険《きけん》ではないことを、周囲《しゅうい》の仲間《なかま》たちに大声で知らせた。すると、ゴルグの言葉を聞いたノームたちがそれをほかの仲間たちに大声で伝《つた》え、ものの数分もしないうちに〈地下の世界〉

全体に歓喜《かんき》の叫《さけ》びや万歳《ばんざい》の声がとどろき、何百何千というノームたちが飛《と》び跳《は》ね、側《そく》転《てん》をし、頭で逆立《さかだ》ちをし、馬跳《うまと》びをし、大きなかんしゃく玉を鳴らし、コールブラックとスノーフレイクのもとに押《お》し寄《よ》せた。それで、リリアン王子は自分が魔法《まほう》にかけられていたあいだのことや魔法から解《と》き放《はな》たれたときのことを少なくとも一〇回は語り聞かせなければならなかった。

こうして、一行《いっこう》は地の割《わ》れ目《め》の端《はし》までやってきた。地の割れ目は、長さが三〇〇メートルほど、幅《はば》が六〇メートルほどありそうに見えた。一行は馬から降《お》り、割れ目の縁《ふち》まで行って、地の奥底《おくそこ》をのぞきこんだ。地の奥底からは強烈《きょうれつ》な熱風《ねっぷう》が吹《ふ》き上《あ》げ、それと同時に嗅《か》いだことのないようなにおいが上がってきた。それは濃厚《のうこう》で刺激的《しげきてき》で心が躍《おど》るようなにおいで、嗅いだとたんにくしゃみが出た。割れ目の奥底から放たれる光はあまりに強烈で、初《はじ》めのうちリリアン王子たちは目がくらんで何も見えなかった。しかし、目が慣《な》れてくると、火の川が見えるような気がした。そして、火の川の両岸には、火の川とくらべればいくらか輝《かがや》きが弱いが、それでも耐《た》えられないほど熱《あつ》くてまばゆい野原と森のようなものが見えた。火の川の両岸には、青い色、赤い色、緑の色、白い色などがごちゃごちゃに混《ま》ざって見えた。とても美しいステンドグラスに熱帯《ねったい》の真昼の太陽が正面からさしこんだとしたら、こんな感じに見えるだろうか。地の割《わ》れ目《め》の両側《りょうがわ》から落ちこむ絶壁《ぜっぺき》はごつごつした岩の壁《かべ》で、真っ赤な光に照《て》らされて黒いハエのように見えるのは、岩壁《がんぺき》を伝《つた》って下りていく何百という〈地底人《ちていじん》〉たちの姿《すがた》だった。

「だんなさんがた」ゴルグの声がした（みんなは呼《よ》びかけられてゴルグのほうへ目を向けたが、しばらくのあいだは目の前が真っ暗で何も見えなかった。灼熱《しゃくねつ》の光にすっかり目がくらんでいたのだ）。「だんなさんがた、〈ビズム〉に来られたらどうだね？　あんな寒くて無防備《むぼうび》でむきだしの地上におるより、よっぽどいいだよ。せめて、いっぺん見に下りていらしたらどうだね？」

ジルは、もちろん誰《だれ》もそんな話には一瞬《いっしゅん》だって耳も貸《か》さないにちがいないと思っていた。ところが、恐《おそ》ろしいことに、リリアン王子がこんなことを言いだした。

「そうだな、わが友ゴルグよ。わたしもいっしょに下りてみたい気がしないでもない。これは考えられぬような冒険《ぼうけん》だ。いまだかつて〈ビズム〉を見た人間はいないだろう

YOUCHAN

し、そのような機会《きかい》が二度とあるとも思えない。そして、この先の歳月《さいげつ》、地の最《もっと》も深い奥底《おくそこ》を探検《たんけん》する機会に手が届《とど》きながらそれを思いとどまったことを思い出すたびに、その無念《むねん》たるや耐《た》えがたきものにちがいない。しかし、人間は地の奥底で生きることができるものだろうか？　そなたはあの火の川で泳ぐようなことはしないのであろうな？」

「はい、もちろんだよ、だんなさん。わたしらは泳ぎません。あの火の中で生きられるのはサラマンダー[1]だけだ」

「サラマンダーとは、いったいどのようなけものなのか？」王子がたずねた。

「どういう種類《しゅるい》のもんかって言われても、難《むずか》しいなあ」ゴルグが言った。「サラマンダーはあんまり熱《あつ》くて白すぎて、よく見えねえだよ。けど、ちっこいドラゴンみたいっていうのがいちばん近いかな。サラマンダーは、火の中からしゃべりかけてくるんだ。びっくりするほど口が達者《たっしゃ》で、気のきいたことも言うし、話がうまいだよ」

1　火トカゲ。火の中に棲《す》むことができるという伝説上《でんせつじょう》の動物。

ジルは急いでユースティスの顔を見た。あの地の割《わ》れ目《め》の中へ滑《すべ》り下《お》りていくなんて、自分よりユースティスのほうがもっと嫌《いや》がるにちがいないと思ったからだ。しかし、ジルの期待は裏切《うらぎ》られた。ユースティスは、すっかり顔つきが変《か》わっていた。実《じっ》験《けん》学校で見なれたスクラブとはちがって、リリアン王子のような顔つきになっていた。ユースティスの脳裏《のうり》には、カスピアン王と航海《こうかい》した日々や、そのときに経験《けいけん》したすべての冒険《ぼうけん》がよみがえっていたのだ。

「殿下《でんか》」ユースティスが口を開いた。「もし、ぼくのむかしの友人でネズミのリーピチープがこの場にいたなら、『ここで〈ビズム〉を探検《たんけん》するという冒険から身を引けば、われらの名誉《めいよ》は少なからず傷《きず》つくことになりましょう』と言ったでしょうね」

「〈ビズム〉に行ったら、本物の金、本物の銀、本物のダイヤモンドをごらんにいれますだよ」ゴルグが言った。

「冗談《じょうだん》じゃないわ！」ジルが無遠慮《ぶえんりょ》に言った。「いまいるこの場所だって、人間が掘《ほ》ったいちばん深い鉱山《こうざん》よりはるかに深いところにあるのに」

「そうだよ」ゴルグが応《おう》じた。「おらも聞いたことがある。〈地上人〉たちが『鉱山』

とか言って地面のうわっつらをほんの少しばかり引っかいたりしておることは。けども、そんなとこで採《と》れるのは、死んだ金、死んだ銀、死んだ宝石《ほうせき》だ。〈ビズム〉じゃ金も銀も宝石も生きておるし、成長《せいちょう》する。〈ビズム〉に来たら、食べられるルビーをいっぱい摘《つ》んであげるだよ。それに、ダイヤモンドを絞《しぼ》ったジュースも作ってあげるし。〈ビズム〉に来て、生きた宝石の味を知ったら、うわっつらの鉱山《こうざん》で採れた死んだ冷《つめ》たい宝石なんかにゃ手を出す気もしなくなるだよ」

「父上は、この世の果《は》てまで旅をされた」リリアン王子が考えにふける表情《ひょうじょう》で言った。「その息子《むすこ》がこの世の奥底《おくそこ》をきわめたとしたら、なんとすばらしいことだろう」

「殿下《でんか》、お父上の息があるうちにお目にかかりたいのであれば」パドルグラムが口をはさんだ。「早々に地上へ出る通路へとお進みになるべきです。お父上もそれをお望《のぞ》みかと存《ぞん》じますが」

「それに、わたしは誰《だれ》が何と言おうとあんな穴《あな》の中には下りていきませんからね」ジルが言った。

「だんなさんがたがほんとうに〈地上の世界〉にもどると言いなさるんなら」ゴルグ

が口を開いた。「道のとちゅうがここよりだいぶ低《ひく》いとこを通っておるで、洪水《こうずい》で水《すい》位《い》が上がりつづけておるとすると、もしかしたら――」

「ああ、早く！　急いでよ、早く！」ジルが懇願《こんがん》した。

「わたしもそうすべきだろうとは思うが……」リリアン王子が深いため息をついた。

「〈ビズムの国〉をあきらめるのは、まことに無念《むねん》だ」

「早く、お願《ねが》いだから！」ジルが言った。

「道はどっちなんです？」パドルグラムが聞いた。

「ずうっと先までランプがともっておるから、わかるだよ」ゴルグが言った。「地の割《わ》れ目《め》のむこう側《がわ》に、道の始まるとこが見えねえか？」

「ランプはいつまでもつでしょうかね？」パドルグラムが聞いた。

そのとき、シューシューという焼《や》けこげるような声、まるで〈火〉そのものがしゃべっているような声が〈ビズム〉の深い底《そこ》から汽笛のように聞こえてきた（あとで考えてみると、あれはサラマンダーの声だったのかもしれないと思われた）。

「早く！　早く！　早く！　崖《がけ》へ、崖へ、崖へ！」と声は言った。「割れ目が閉《と》じるぞ。閉《と》じるぞ。閉じるぞ。早く！　早く！」それと同時にバリバリミシミシと耳をつんざくような音がして岩が動きだし、見る見るうちに地の割《わ》れ目《め》が狭《せば》まりはじめた。あっち側《がわ》からもこっち側からも遅《おく》れてきたノームたちが大急ぎで地の割れ目に駆《か》けこんでいった。もう絶壁《ぜっぺき》を伝《つた》って下りている場合ではないとばかりに、みんな頭から真《ま》っ逆《さか》さまに地の割れ目に飛《と》びこんでいった。地の奥底《おくそこ》からものすごい勢《いきお》いで熱風《ねっぷう》が吹《ふ》き上《あ》げているせいかどうかわからないが、飛びこんだノームたちは木の葉がひらひらと舞《ま》うように空中をゆっくりと落ちていった。地の割れ目に落ちていくノームたちの数はどんどん増《ふ》え、その黒い影《かげ》に閉《と》ざされて、地底《ちてい》の火の川や岸辺《きしべ》の生きた宝石《ほうせき》の果樹園《かじゅえん》が見えなくなるほどだった。「だんなさんがた、これでおいとまします。おらも行きますで」ゴルグが大声で叫《さけ》び、地の割れ目に飛びこんだ。ゴルグのあとにはほんの数人のノームが残《のこ》っていただけだった。地の割れ目は、いまや小川ほどの幅《はば》になっていた。そして、見る間に郵便《ゆうびん》ポストの投函口《とうかんぐち》ほどの幅になり、やがてすさまじい光を放つ一本の線になり、そして、千両の貨物《かもつ》列車が千個《こ》の車止めに激突《げきとつ》したかと思うほどの衝撃《しょうげき》とともに、地の割れ目が閉じた。同時に、頭がどうにかなりそうな強烈《きょうれつ》なにおいも消えた。リリアン王子たちの一行《いっこう》がぽつんと取《と》り残《のこ》された〈地下の世界〉は、それまでよりはるかに黒々として見えた。薄暗《うすぐら》く陰気《いんき》なランプの列が、たどるべき道を示していた。

「さあ」パドルグラムが言った。「おそらく十中八九、ここに長居《ながい》しすぎたと思いますが、とにかくやってみるしかありません。あのランプが五分後に消えたとしても、あたしは驚《おどろ》きませんがね」

一行は馬たちをキャンター[2]で駆《か》けさせ、土ぼこりの上がる道をひづめの音も高くさっそうと進んでいった。しかし、すぐに道は下り坂になった。目の前の谷間を越《こ》した先にランプに縁取《ふちど》られた道がせり上がっていって、その光が目の届《とど》くかぎり先まで続《つづ》いているのが見えなかったら、四人ともゴルグがまちがった道を教えたと思ったかもしれない。谷底《たにぞこ》に並《なら》ぶランプが照《て》らしているのは、ひたひたと押《お》し寄《よ》せる水の面《おもて》だった。

「急ごう」リリアン王子が声をかけた。一行は馬を全力で走らせて坂を駆けおりた。海の水は水車を回す水流のような勢《いきお》いで谷に流れこんでおり、あと五分遅《おく》れていたら、谷を渡《わた》るのはかなり厳《きび》しい状況《じょうきょう》になっていただろうと思われた。人を二人ずつ乗せてこの流れを泳いで渡るのは、馬たちには無理《むり》だろう。しかし、水の深さはまだ四、五〇センチしかなく、馬の足もとでバシャバシャと盛大《せいだい》に水がはねあがったものの、一行《いっこう》はぶじに対岸まで渡りきった。

そこから先は、もどかしい上り坂が続《つづ》いた。行く手に見えるのは青白いランプの光だけで、どこまでもその青白い光が続いていた。うしろをふりかえると、水面がさっきよりも広がっているのが見えた。〈地下の世界〉の高台はことごとく島になり、ランプがともっているのは水の上に残《のこ》された島だけだった。一行が見ているあいだにも、遠くのほうで光が次々と水に飲みこまれて消えていった。じきに、四人がたどってい る道をのぞけば、すべてが真っ暗な闇《やみ》に飲みこまれてしまうだろう。いま通ってきた道でさえ、後方をふりかえれば、光こそまだ消えていないものの、ランプに照《て》らされた下は水面に変《か》わっていた。

2　駈歩《かけあし》。時速二〇キロくらいの速さ。

先を急ぎたいのはやまやまだが、馬たちを休みなしに駆《か》けさせることはできない。一行《いっこう》は足を止めた。すると、沈黙《ちんもく》の中で、ひたひたと押《お》し寄《よ》せる水の音が聞こえた。

「あのなんとかいう名前の人――〈時の翁《おきな》〉だっけ――あの人、もう洪水《こうずい》に浸《つ》かっちゃったのかしら？」ジルが言った。「それに、あの近くで眠《ねむ》っていた変《へん》な動物たちも」

「あの場所は、いまぼくたちがいる場所よりもっと高いところだと思うよ」ユースティスが言った。「〈日のささぬ海〉に着くまで、どんなにたくさん下り坂を歩かされたか、おぼえてるだろう？　水はまだ〈時の翁〉の洞窟《どうくつ》までは上がってきていないと思う」

「そうかもしれませんね」パドルグラムが言った。「それより心配なのは、この道を照《て》らしているランプです。なんだか光が弱々しくなってきたと思いませんか？」

「ずっと前からこうだったわ」ジルが言った。

「ほう」パドルグラムが言った。「でも、いまのほうがもっと緑色がかって見えますよ」

「まさか、もうすぐ消えるって言うんじゃないだろうね」ユースティスが声をあげた。

「さあ。どういうしくみになっているのか知りませんが、いつまでも明かりが続《つづ》くとは思えませんね」〈ヌマヒョロリ〉が答えた。「でも、がっかりするのはよしましょう、スクラブさん。あたしは水のほうも心配していましたが、水位《すいい》の上がりかたは前ほど急激《きゅうげき》ではなくなってきているようです」

「しかし、出口を見つけられなければ、それもたいした慰《なぐさ》めにはならないな」王子が言った。「みんな、許《ゆる》してほしい。わたしの思い上がりと気まぐれのせいで、〈ビズムの国〉の入口で時間をむだにしてしまった。さあ、先を急ごう」

それから一時間ほどのあいだ、ジルはランプを眺《なが》めながら、ときにはパドルグラムの言うとおりだと思い、またときにはそんなのは気のせいにすぎないと思った。そのうちに、あたりの地形が変《か》わってきた。〈地下の世界〉の天井《てんじょう》がずいぶん低《ひく》くなり、ぼんやりとした青白い光でも天井がはっきりと見えるほどになった。とほうもなく広くて岩肌《いわはだ》がでこぼこしていた〈地下の世界〉の壁《かべ》も、左右からどんどん近くなってきていた。実際《じっさい》、道の先は、急な上り坂のトンネルと言ったほうがいいくらいだった。

路肩《ろかた》にはつるはしやシャベルや手押《てお》し車《ぐるま》などが放り出してあって、少し前まで穴掘《あなほ》りのノームたちが働《はたら》いていた形跡《けいせき》が見えた。この先に出口があることさえわかっていれば、これはずいぶんと心強い眺《なが》めだっただろうが、これからどんどん狭《せま》くなるトンネルにはいっていくのだ、方向転換《てんかん》して引き返すことさえできないほど狭いトンネルにはいっていくのだと思うと、気分が奮《ふる》い立《た》つはずもなかった。

そのうちに天井《てんじょう》が低《ひく》くなりすぎて、パドルグラムとリリアン王子が天井に頭をぶつけた。一行《いっこう》は馬から降《お》り、その先は馬を引いて歩きつづけた。足もともでこぼこになってきて、一歩ごとに気をつけて進まなければならなかった。そんな状況《じょうきょう》の中で、ジルはあたりが暗くなってきているのに気づいた。今回はもう疑《うたが》いようがなかった。緑色の光の中で、仲間《なかま》たちの顔が妙《みょう》に薄気味悪《うすきみわる》く見えた。そのとき、ジルの口から思わず小さな悲鳴がもれた（がまんできなかった）。行く手にともっていた明かりがすっと消えたのだ。と思ったら、背後《はいご》に見えていた明かりも消え、あたりは漆黒《しっこく》の闇《やみ》に包《つつ》まれた。

「友よ、勇気《ゆうき》を出して」リリアン王子の声がした。「生きるにせよ、死ぬにせよ、アスランがわれらの主《あるじ》なのだから」

「そのとおりです」パドルグラムの声がした。「それに、ここに閉《と》じこめられたとしても、一つだけいいことがあるのを忘《わす》れちゃいけません。葬式《そうしき》の費用《ひよう》がかからなくてすむ、ってことです」

ジルは口を閉じて黙《だま》っていた（自分がどれほどおびえているかを他人に知られたくなければ、黙っているのがいちばんだ。声を出せば、震《ふる》えているのがばれてしまう）。

「こんなところに立ち止まっているより、とにかく前に進もうよ」ユースティスの声がした。その震える声を聞いたとき、ジルはやっぱり黙っていてよかったと思った。

パドルグラムとユースティスが一行《いっこう》の先頭に立ち、両手を前に伸《の》ばして何かにぶつからないよう探《さぐ》りながら進んでいくことになった。ジルとリリアン王子は、二人の後ろから馬を引いてついていった。

「あのさ」しばらく歩いたところで、ユースティスの声がした。「ぼくの目がおかしくなってるのかな？　あの上のほうに、何か明るいものが見えるような気がするんだけど」

みんなが答えるよりも先に、パドルグラムが声をあげた。「止まって。この先は行き止まりです。土の壁《かべ》です、岩ではなくて。ところで、スクラブさん、いま何と言いました？」

「ライオンの名にかけて」リリアン王子の声がした。「ユースティスの言うとおりだ。何か光のようなものが――」

「でも、日の光じゃないわ」ジルが言った。「冷《つめ》たそうな青っぽい光よ」

「だけど、何もないよりましさ」ユースティスが言った。「そこまで届《とど》くかな？」

「頭の真上じゃありません」パドルグラムが言った。「だいぶ上のほうですが、あたしがぶつかった行き止まりの壁《かべ》の上のほうにあります。ねえ、ポウルさん、あたしが肩車《かたぐるま》しますから、あそこまで届くかどうかやってみてくれませんか？」

15 ジルが消えた

上のほうに丸い光は見えても、立っている四人の周囲《しゅうい》はあいかわらずの真《ま》っ暗闇《くらやみ》だった。ジルが〈ヌマヒョロリ〉の背中《せなか》によじ登ろうとしているようすも、声が聞こえるだけで、姿《すがた》は見えなかった。つまり、パドルグラムの声が「ちょっと！ あたしの目に指をつっこまないでくださいよ」とか、「口に足をつっこむのもやめてください」とか、「そう、その調子です」とか、「それじゃ、あたしがあなたの足をつかまえていますから、両手を土の壁《かべ》につっぱってからだを支《ささ》えてください」などと言うのが聞こえただけ、ということだ。

そして、見上げると、丸い光の中にジルの頭の黒いシルエットが見えた。

「どう？」みんな答えを早く聞きたくて、上に向かって大声で呼《よ》びかけた。

「穴《あな》よ」ジルの声が返ってきた。「もう少し背《せ》が高ければ、穴から出られるんだけど」

「何が見える?」ユースティスが聞いた。

「まだ、たいして何も」ジルの答えが返ってきた。「ねえ、パドルグラム、わたしの足を放してくれない? それで、肩車《かたぐるま》じゃなくて、肩の上に立たせて。穴の縁《ふち》につかまれば、からだを支《ささ》えられるから」

ジルがごそごそ動く物音がして、そのあと、灰色《はいいろ》の穴を背景《はいけい》に、さっきより大きくジルの上半身のシルエットが見えた。

「あのね——」と言いかけたところで、ジルが急に小さな悲鳴をあげた。鋭《するど》い悲鳴ではなく、むしろ口を押《お》さえられたような、あるいは口に何かをつっこまれたような声だった。そのあと、ようやくしゃべれるようになったジルが声をかぎりに何か叫《さけ》んでいるのが聞こえたが、何と言っているのかは聞き取れなかった。続《つづ》いて、二つのことが同時に起こった。まず、光の見える穴が一秒ほど完全《かんぜん》にさえぎられて、真っ暗になった。同時に、あわただしく歩きまわる音や人がもみあうような音が聞こえて、〈ヌマヒョロリ〉が取《と》り乱《みだ》した声をあげた。「早く! 助けて! ポウルさんの足をつかまえてください。誰《だれ》かが上から引っぱってるんです。そこ！　こっちじゃなくて。ああ、手遅《ておく》れだ！」

冷《つめ》たい光に満《み》たされた丸い穴《あな》が、ふたたびぽっかりと口を開けた。そして、ジルの姿《すがた》は消えていた。

「ジル！　ジル！」残《のこ》された三人は半狂乱《はんきょうらん》で呼《よ》びかけたが、返事はなかった。

「なんでジルの足をつかまえとかなかったんだよ？」ユースティスが言った。

「わかりません、スクラブさん」うめくような声でパドルグラムが答えた。「あたしは何をやってもダメなように生まれついているんです、きっと。呪《のろ》われてるんですよ。ポウルさんを死なせてしまったことも、ハルファンで〈もの言う雄《お》ジカ〉を食べてしまったことも。もちろん、あたしの落ち度じゃないと言うつもりはありませんが」

「これは、われわれにとって、このうえない恥辱《ちじょく》であり、悲しみである」王子が口を開いた。「われわれは勇敢《ゆうかん》なる姫《ひめ》を敵《てき》の手中へ送り出し、自分たちはあとに控《ひか》えてことなきを得《え》たのだ」

「そんなにご自分を責《せ》めることはありませんよ」パドルグラムが言った。「ことなきを得《え》たと言ったって、このままじゃ、せいぜい良《よ》くて穴《あな》の中で餓死《がし》ですからね」

「ぼくじゃ大きすぎて、ジルみたいにあの穴を通ることはできないかな?」ユースティスが言った。

ジルの身に起こったのは、じつはこういうことだった。穴から頭を出したとたんにわかったのは、自分が二階の窓《まど》から見下ろすような感じで外を見ていること、跳《は》ね上《あ》げ式の戸を開けて下から見上げているような角度ではないこと、だった。あまりに長いあいだ暗闇《くらやみ》の中にいたので、最初《さいしょ》は目が慣《な》れなくて、あたりのようすがよく見えなかった。ただ、自分があれほど見たいと願《ねが》っていた昼間の太陽がさんさんと降《ふ》り注《そそ》ぐ景色《けしき》でないことだけは明らかだった。空気は冷《ひ》え冷《び》えとしていて、光は淡《あわ》い青色だった。それに、ずいぶんといろいろな音が聞こえ、たくさんの白いものが空中を飛《と》びかっていた。下にいるパドルグラムに向かって肩《かた》の上に立たせてほしいと大声で伝《つた》えたのは、この時点だった。

パドルグラムの肩の上に立ってみると、見晴らしがはるかによくなり、音もはっきりと聞こえるようになった。さっきから聞こえていた音は、二種類《しゅるい》あった。一つは、トン、トン、トンとリズミカルに地面を踏《ふ》むたくさんの足音。そして、もう一つは、四つのバイオリンと三つの笛と一つの太鼓《たいこ》がつむぎだす音楽だった。自分がいる場所も、わかってきた。ジルは土手の急斜面《きゅうしゃめん》から頭をのぞかせていて、そこから下の平らな地面までは四メートルほどあった。そして、あたりは何もかもが真っ白だった。たくさんの人たちが動きまわっていた。そこまで見たとき、ジルは息をのんだ！　人に見えたのは細身で小柄《こがら》なフォーンたちで、その背後《はいご》でゆらゆら揺《ゆ》れ動《うご》いているのは葉っぱの冠《かんむり》をかぶって長い髪《かみ》を後ろへなびかせたドリュアスたち[1]だったのだ。初《はじ》めて見たときには、みんなそれぞれ好《す》き勝手《かって》に動いているように見えたが、よく見ると、それはダンスの動きだった。とても複雑《ふくざつ》なステップと複雑な振《ふ》り付《つ》けのダンスなので、それがダンスだとわかるまでに少し時間がかかった。そのとき、雷《かみなり》に打たれたようにとつぜん、ジルは理解《りかい》した。淡《あわ》い青色の光は月の光だったのだ。そして、地面の白いものは本物の雪だったのだ。そうだ！　頭の上の凍《こご》えそうに真っ暗な空にまたたい

1　樹木《じゅもく》の精《せい》。

ているのは、星たちだ。そして、踊《おど》っている人々の背後《はいご》にある背《せ》の高い黒いものは、木々の姿《すがた》だ。ジルたちはついに地上の世界に出たのだ。しかも、ナルニアのど真ん中に出てきたのだった。ジルはうれしさのあまり気絶《きぜつ》するんじゃないかと思った。聞こえてくる音楽も、ジルの幸福感をいっそう盛《も》りあげた。それは野性的《やせいてき》な音楽で、とほうもなく心地《ここち》よく、ほんのちょっぴり不気味《ぶきみ》なところもあって、魔女《まじょ》がポロンポロンとかき鳴らした音楽が邪悪《じゃあく》な魔法《まほう》に満《み》ちていたのと反対に、こちらは良《よ》い魔法に満ちた音楽だった。

こうして文章で描写《びょうしゃ》すると時間がかかるが、ジルが状況《じょうきょう》を見て取ったのは一瞬《いっしゅん》だった。ジルはすぐに下で待っている三人に大声で伝《つた》えようとした。「あのね！ もう大丈夫《だいじょうぶ》よ。わたしたち、地上に出たの。ナルニアにもどってきたのよ」と。しかし、「あのね！」のあとが続《つづ》かなかったのは、こういう理由だった。ダンスを踊るフォーンたちをぐるりと輪《わ》になって取《と》り巻《ま》いていたのは、晴れ着で着飾《きかざ》ったドワーフたちだった。大多数のドワーフは鮮《あざ》やかな赤い色のマントをつけていた。マントのフードには毛皮の裏地《うらじ》がつき、フードの先端《せんたん》には金色の房飾《ふさかざ》りがついていた。足にはいているのは、毛皮の大きなトップブーツ[2]だった。ドワーフたちはフォーンたちを取《と》り囲《かこ》むように輪《わ》になり、ぐるぐる回りながら黙々《もくもく》と雪玉を投げていた（ジルが見た空中を飛《と》びかう白いものは、この雪玉だったのである）。イギリスだったらいたずらっ子たちが踊《おど》り手《て》をねらって雪玉を投げるところだが、ドワーフたちはちがった。音楽にぴったりタイミングを合わせ、完璧《かんぺき》なコントロールで、輪になって踊っているフォーンたちのあいだを通すように雪玉を投げていたのである。だから、踊り手の全員がぴったりタイミングを合わせてぴったり決まった場所でステップを踏《ふ》んでいれば、誰《だれ》にも雪玉は当たらない。これは〈グレート・スノー・ダンス〉と呼《よ》ばれる踊りで、毎年ナルニアに雪がつもった最初《さいしょ》の月夜に催《もよお》される行事だった。もちろん、これはダンスであると同時に一種《いっしゅ》のゲームでもあり、ときたまほんの少し動きをまちがえた踊り手がいると、顔に雪玉を食《く》らうことになり、みんなが大笑《おおわら》いするのだ。しかし、上手な踊り手とドワーフと音楽隊《おんがくたい》がそろうと、一つも雪玉が当たらずに何時間でも踊

2　上端《じょうたん》の折《お》り返《かえ》し部分の色や材質《ざいしつ》が異《こと》なる長靴《ながぐつ》。乗馬用や狩猟《しゅりょう》用のブーツなど。

りが続《つづ》く。空が冴《さ》えわたった月夜に、ピリッとした寒さと太鼓《たいこ》のリズムとフクロウのホウホウ啼《な》く声と月の光が森の住人たちの野性《やせい》の血を騒《さわ》がせ、いつにも増《ま》して興《きょう》が乗ると、踊《おど》りは夜明けまで続くこともある。読者諸君《しょくん》にもいちど見せてあげたいものだ。

「あのね」と言いかけたジルの口に飛《と》びこんだのは、もちろん、この大きな雪玉だった。踊りの輪《わ》のむこう側《がわ》にいたドワーフが踊り手のあいだを抜《ぬ》いて投げた雪玉がジルの口に命中したのだ。もちろん、ジルは平気だった。その瞬間《しゅんかん》に二〇個《こ》の雪玉が命中したとしても、ジルの歓喜《かんき》に水をさすことにはならなかっただろう。しかし、どんなにうれしくても、口の中に雪がいっぱい詰《つ》まっていたのではしゃべることができない。しばらく咳《せ》きこんだあげくにやっとしゃべれるようになったとき、ジルは興奮《こうふん》のあまり、自分の背後《はいご》の暗闇《くらやみ》で待っている仲間《なかま》たちにはまだうれしい知らせが伝《つた》わっていないということをすっかり忘《わす》れていた。ジルは穴《あな》からできるだけ上半身を乗り出して、踊っているフォーンたちにむかって大声をはりあげた。

「助けて！　助けて！　丘《おか》の中に埋《う》まってるの。助けて！　掘《ほ》り出《だ》して！」

YOUCHAN

ナルニア人《びと》たちは丘《おか》の横《よこ》っ腹《ぱら》に小さな穴《あな》が開いていることにさえ気づいていなかったので、おおいに驚《おどろ》いたことは言うまでもない。そして、あちこち見当はずれの方向を見まわしたあげく、ようやく声の主をつきとめた。ジルを見つけたフォーンやドワーフたちはみんな走ってきて次々に土手をよじ登り、手をさしのべた。ジルはさしのべられた十数本の手につかまって穴《あな》から這《は》い出《だ》し、そのまま頭を下にして土手の斜《しゃ》面《めん》を滑《すべ》り落《お》ち、平らなところまで滑り落《お》ちたところで地面にすわりなおして口を開いた。

「お願《ねが》い、あそこを掘《ほ》って、ほかのみんなを助けてあげて。まだ三人残《のこ》ってるの。あと、馬も二頭。一人はリリアン王子なの」

ジルがそう言ったときには、すでにまわりにたくさんの生き物たちが集まっていた。ダンスを踊《おど》っていた者たちのほかにも、ジルは気づいていなかったが、ダンスを見物していたさまざまな生き物たちがいて、みんなが駆《か》けつけてきたからだ。木の枝《えだ》という枝からはリスたちが降《ふ》るようにたくさん下りてきたし、フクロウたちも飛《と》んできた。ハリネズミたちは短い足をよたよた動かして、できるかぎりの大急ぎでやってきた。

クマやアナグマたちは、もっとのんびりとした足取りでやってきた。最後《さいご》にやってきたのは大きなピューマで、興奮《こうふん》ぎみにしっぽをピクピク動かしていた。

ジルが言っていることを理解《りかい》したナルニアの生き物たちは、すぐに行動を起こした。ドワーフたちは、「つるはしとシャベルだ。みんな、つるはしとシャベルを取ってこい。いますぐ道具を取りに走れ！」と言って、全速力で森の奥《おく》へ駆《か》けていった。「モグラを起こせ。土掘《つちほ》りならモグラだ。ドワーフに負けないくらい腕《うで》がいいぞ」という声もあがった。「リリアン王子が何とか、と言っていなかったか？」という声もあった。「しっ！」ピューマがその声を黙《だま》らせた。「あの子はかわいそうに、頭がおかしくなってるんだ。丘《おか》の洞窟《どうくつ》にはいりこんで迷子《まいご》になったんじゃ、頭がおかしくなっても不思議《ふしぎ》はないな。あの子は自分が何を言ってるか、わかってないのさ」「そのとおりだ」と、年寄《としよ》りのクマが言った。「何しろ、リリアン王子が馬だと言ったのだからな！」「ちがうよ、そんなこと言ってないよ」と、リスがひどくこましゃくれた口調で言った。「いや、そう言ったぜ」と、別《べつ》のリスがもっとこましゃくれた口調で返した。

「ほ、ほんとう、よ。ば、ばかなこと、い、言わないで」ジルが言った。寒さで歯がガチガチ震《ふる》えていたので、こんなしゃべりかたになってしまったのだ。

すぐに、ドリュアスの一人が毛皮のマントをジルに着せかけてくれた。土掘《つちほ》りの道具を取りに走りだしたドワーフが残《のこ》していったものだ。そして、親切なフォーンが森の木立《こだ》ちを小走りに抜《ぬ》けて自分の洞窟《どうくつ》へ向かった。温《あたた》かい飲み物を取りに行ったのだ。ジルがそちらへ目をやると、洞窟の入口から暖炉《だんろ》の火が見えた。温かい飲み物が届《とど》くより先にシャベルやつるはしを持ったドワーフたちがもどってきて、丘《おか》の中腹《ちゅうふく》に向かって走っていった。そのうちに、ジルのところまで、「おい！　何やってんだ？　その剣《けん》をひっこめろ」という声が聞こえてきた。「ほら、お若《わか》いの、やめなされ」「えらく質《たち》の悪いガキだな」という声も聞こえた。あわてて騒《さわ》ぎの現場《げんば》に駆《か》けつけたジルは、笑《わら》ったらいいのか泣《な》いたらいいのかわからなくなった。真っ暗な穴《あな》の奥《おく》から真っ青で泥《どろ》だらけになったユースティスの顔がのぞき、右手に握《にぎ》った剣を振《ふ》りまわして、近づこうとする者を誰彼《だれかれ》かまわず剣で突《つ》いて撃退《げきたい》しようとしていたのだ。

言うまでもないが、それまでの数分間、ユースティスはジルとはまったくちがった状況《じょうきょう》に置《お》かれていた。ユースティスは、ジルが悲鳴をあげたあと、どこへともなく連《つ》れ去《さ》られるのを見たのである。リリアン王子やパドルグラムと同じく、ユースティスもジルが敵《てき》に捕《と》らえられたのだと思った。穴《あな》の底《そこ》から見ただけでは青白い明かりが月の光だとはわからなかったから、小さな穴のむこうは気味の悪い鬼火《おにび》のような光が照《て》らす別《べつ》の洞窟《どうくつ》になっていて、〈地下の世界〉の妖怪《ようかい》どもがいっぱいいるにちがいないと思ったのだ。そこで、ユースティスはパドルグラムを説得《せっとく》して肩車《かたぐるま》をしてもらい、剣《けん》を構《かま》えて、丸い穴から頭を突《つ》き出《だ》した。ユースティスとしては、とても勇敢《ゆうかん》な行動だったのである。ほかの二人もできることならばまず自分が先にと思ったものの、穴が小さすぎて、ユースティス以外《いがい》の二人は通ることができそうになかった。ユースティスはジルよりは少し大柄《おおがら》で、しかもジルよりはるかに運動神経《うんどうしんけい》が鈍《にぶ》かったので、穴から頭を出そうとした拍子《ひょうし》に穴の上の縁《へり》に頭をぶつけてしまい、そのせいで小さな雪崩《なだれ》のように雪をかぶってしまった。だから、ふたたび目が開けられるようになったとき、十数人の相手が全速力で自分のほうへ向かってくるのを見て、敵を撃退《げきたい》しなければならないと思ったのも無理《むり》のないことではあった。

「やめて、ユースティス。やめなさいってば」ジルは大声で呼《よ》びかけた。「その人たち、みんな味方なのよ。わからない？　わたしたち、ナルニアに出てきたのよ。何もかもうまくいったの」

それでようやくユースティスも事態《じたい》を理解《りかい》し、ドワーフたちにわびた（ドワーフたちは、どういたしまして、と返事をした）。そして、十数本のたくましくて毛深いドワーフたちの手が、数分前にジルを引き出したのと同じようにユースティスを穴《あな》から引き出した。そのあと、ジルは土手をよじ登って穴のところまで行き、真っ暗な穴に頭をつっこんで、土の中に取《と》り残《のこ》されている二人にうれしい知らせを伝《つた》えた。しかし、穴に背《せ》を向けたとたん、パドルグラムのつぶやく声が聞こえた。「ああ、ポウルさん、お気《き》の毒《どく》に。とうとう限界《げんかい》を越《こ》しちゃったんですね。頭がおかしくなったんでしょうよ、きっと。幻《まぼろし》が見えるようになっちゃったみたいですね」

ジルはユースティスのところへ行き、二人は両手を取りあって喜《よろこ》び、自由な世界の真夜中の空気を深々と胸《むね》に吸《す》いこんだ。まもなく暖《あたた》かいマントがユースティスのもとに届《とど》き、温かい飲み物も届けられた。二人が飲み物をすすっているあいだに、ドワーフたちはさっそく斜面《しゃめん》の中腹《ちゅうふく》にある穴《あな》の周囲《しゅうい》の雪をどけて、芝土《しばつち》を大きくはぎ取り、一〇分ほど前にフォーンとドリュアスが陽気にステップを踏《ふ》んでいたのと同じように楽しげなリズムでつるはしとシャベルをせっせと動かしていた。そう、あれはわずか一〇分前のことだったのだ！　にもかかわらず、ジルとユースティスには、真《ま》っ暗闇《くらやみ》に熱気《ねっき》がこもって土の重さで窒息《ちっそく》しそうだった地底《ちてい》の危険《きけん》な世界が遠い夢《ゆめ》だったように思われた。地上に出て、冷《つめ》たい空気を吸《す》い、頭上に輝《かがや》く月や巨大《きょだい》な星たち（ナルニアの星はわたしたちの世界の星よりずっと近いところに輝いている）を眺《なが》め、親切で陽気な顔に囲《かこ》まれていると、〈地下の世界〉がほんとうに存在《そんざい》したとは信《しん》じられないような気がした。

二人が温かい飲み物を飲みおわらないうちに、一〇匹以上《ぴきいじょう》のモグラたちが到着《とうちゃく》した。モグラたちは眠《ねむ》っているところをたたき起こされたばかりで、まだ眠くてきげんが悪かったが、とにかくやってきた。しかし、事情《じじょう》を了解《りょうかい》すると、モグラたちは進んで穴掘《あなほ》りに加《くわ》わった。フォーンたちでさえ、掘《ほ》り出《だ》された土を小さな手押《てお》し車《ぐるま》で運んだりして穴掘りを手伝《てつだ》った。リスたちは大興奮《だいこうふん》であちこち踊《おど》りながら跳《は》ねまわっていたが、どういうつもりなのかはジルにもよくわからなかった。クマとフクロウたちは助言をするだけで満足《まんぞく》し、ジルとユースティスに洞窟《どうくつ》(さっきジルが暖炉《だんろ》の火を見た洞窟)へ来て暖《あたた》まって夕食を食べたらどうかと何度も誘《さそ》った。しかし、二人とも、残《のこ》された仲間《なかま》が助け出されるのを見届《みとど》けずにその場を離《はな》れる気にはなれなかった。

土掘《つちほ》りの仕事にかけては、ナルニアのドワーフや〈もの言うモグラ〉たちほどみごとにやってのけられる者はわたしたちの世界にはいない。とは言っても、もちろん、モグラやドワーフたちはこれを仕事だとは思っていない。彼《かれ》らは土掘りが好《す》きなのだ。そんなわけで、いくらもしないうちに丘《おか》の中腹《ちゅうふく》にぽっかりと大きな黒い穴《あな》が開いた。そして、その真っ暗な穴の奥《おく》から月光の下に姿《すがた》を現《あらわ》したのは――その人たちの正体を知らなかったら、ぞっとするような場面だったであろうが――まず最初《さいしょ》が、ひょろ長い足にとんがり帽子《ぼうし》をかぶった〈ヌマヒョロリ〉だった。そして、〈ヌマヒョロリ〉に続《つづ》いて、二頭のりっぱな馬を引いたリリアン王子その人が姿を現した。

パドルグラムが穴の中から姿を見せると、あちこちから歓声《かんせい》があがった。「おや、〈ヌマヒョロリ〉だ。あのパドルグラムじゃないか。〈東の沼地《ぬまち》〉のパドルグラムだぞ。

おい、パドルグラム、いままで何やってたんだ？　おまえが行方不明《ゆくえふめい》だっていうんで、捜索隊《そうさくたい》が出てるんだぞ。トランプキン卿《きょう》が国じゅうにお触《ふ》れを出したし、賞金《しょうきん》もかかってるし！」しかし、そうした歓声《かんせい》はあっという間にやんで、あたりはしーんと静《しず》まりかえった。ちょうど、大騒《おおさわ》ぎをしていた学生寮《がくせいりょう》で校長がドアを開けたとたんに騒ぎがさっと静まるのと同じだ。というのは、いま、ナルニアの者たちはリリアン王子の姿《すがた》を目にしたからだった。

誰《だれ》ひとりとして、一瞬《いっしゅん》たりとも、その人物が王子であることを疑《うたが》う者はいなかった。その場には、魔法《まほう》によって連《つ》れ去《さ》られる前の王子をおぼえている〈もの言うけもの〉やドリュアスやドワーフやフォーンたちがたくさんいた。年配の者たちのなかには、リリアン王子の父であるカスピアン王の若《わか》いころをおぼえていて、その面影《おもかげ》をリリアン王子に重ねる者もいた。どちらにしても、その場に現《あらわ》れた若者《わかもの》が王子であることは一目瞭然《いちもくりょうぜん》だった。〈地底《ちてい》の王国〉に長く幽閉《ゆうへい》されていたせいで顔は青白く、黒《くろ》装束《しょうぞく》に身を包《つつ》み、泥《どろ》まみれで、髪《かみ》も乱《みだ》れ、疲《つか》れきったようすではあったが、その面《おも》立《だ》ちや物腰《ものごし》には見まがうことのない風格《ふうかく》が感じられたのである。それはナルニアの真の王たる者の風格《ふうかく》、アスランの意思によってナルニアを治《おさ》め、ケア・パラヴェルにおいてピーター上級王の王座《おうざ》に就《つ》くべき人物の風格である。その場にいた者たちは即座《そくざ》に頭のかぶりものを取り、地面にひざまずいた。そして、その直後に歓声《かんせい》や万歳《ばんざい》の声があがり、みんなが喜《よろこ》びのあまり飛《と》び跳《は》ね、小躍《こおど》りし、誰《だれ》かれかまわず握手《あくしゅ》をし、キスをかわし、抱《だ》きあう光景《こうけい》がくりひろげられたので、ジルもそれを見て思わず涙《なみだ》ぐんでしまった。数々の苦難《くなん》をのりこえて王子を探《さが》す旅を続《つづ》けたが、そのすべてがいま報《むく》われたのだと思った。

「おそれながら申しあげます」ドワーフの長老《ちょうろう》が王子に声をかけた。「あちらの洞窟《どうくつ》にて、夕食のご用意がございます。スノー・ダンスのあと宴会《えんかい》を予定しておりましたので……」

「喜んでごちそうになろう、長老殿《どの》」王子が言った。「いかなる王子、騎士《きし》、紳士《しんし》、あるいはクマといえども、今夜のわたしたち四人ほどの食欲《しょくよく》を示《しめ》す者はなかろう」

一同は木立《こだ》ちを抜《ぬ》けて洞窟のほうへ移動《いどう》を始めた。ジルの耳にパドルグラムの声が聞こえた。周囲《しゅうい》につめかけた者たちに話しているようだ。「いや、いや、あたしの話なんて、あとまわしでいいんですよ。いちいちお話しするほどのことは、あたしの身には起こりゃしませんでした。それよりも、ナルニアのほうはどうだったんです？　話を小出しにしてくれる必要《ひつよう》はありませんよ、ひとおもいにぜんぶ聞かせてください。王様の船が難破《なんぱ》しましたか？　山火事は？　カロールメンとの国境《こっきょう》で戦争《せんそう》は起こっていませんか？　ドラゴンが出たって話も、ありませんでしたか？」ほかの生き物たちはみんな声をあげて笑《わら》い、「いかにも〈ヌマヒョロリ〉らしいじゃないか、え？」と言いあった。

ジルもユースティスも疲《つか》れと空腹《くうふく》で倒《たお》れそうだったが、洞窟《どうくつ》に着いて暖《あたた》かさに包《つつ》まれ、まるで農家の台所のように暖炉《だんろ》の火影《ほかげ》が壁《かべ》や戸棚《とだな》やカップや皿や磨《みが》きあげられた石の床《ゆか》に躍《おど》る光景《こうけい》を見たら、いくらか元気がもどった。それでも、二人とも夕食の準備《じゅんび》ができる前にぐっすり眠《ねむ》りこんでしまった。二人が眠っているあいだ、リリアン王子は冒険《ぼうけん》の全容《ぜんよう》を年長の賢《かしこ》いけものたちやドワーフたちに語って聞かせていた。そして、ようやく誰《だれ》もが真実を知るところとなった。悪い魔女《まじょ》（はるかむかしナルニアに〈長い冬〉をもたらした〈白い魔女〉と同じ類《たぐい》の魔女であることは疑《うたが》いない）

がすべてをたくらみ、まず最初《さいしょ》にリリアン王子の母君を殺《ころ》し、そしてリリアン王子に魔法《まほう》をかけたのだった。魔女《まじょ》はナルニアの真下まで地下を掘《ほ》り進《すす》み、そこから地上へ攻《せ》め出《で》て、リリアン王子を使ってナルニアの地を支配《しはい》しようと考えていた。魔女が自分を王位《おうい》に就《つ》けて（王と言っても名ばかりで、実際《じっさい》には魔女の奴隷《どれい》なのだが）支配しようとしていた土地がほかならぬ自分の故郷《こきょう》ナルニアであろうとは、王子は夢《ゆめ》にも思っていなかった。そして、ジルとユースティスがかかわった話から、魔女がハルファンの危険《きけん》な巨人《きょじん》たちと結託《けったく》していたこともわかった。「殿下《でんか》、お話をすべてうかがってみますと、こういうことですな」と、ドワーフの長老《ちょうろう》が言った。「つまり、北方に棲《す》む魔女どものねらいは毎度同じで、ただ時代によってその手段《しゅだん》が異《こと》なるだけにすぎぬ、と」

16　傷《きず》の癒《いや》し

翌朝《よくあさ》目をさましたジルは、自分が洞窟《どうくつ》の中にいるのを見て、一瞬《いっしゅん》、また〈地下の世界〉にもどってしまったのかと思ってぞっとした。でも、よく見れば、寝《ね》かされているベッドはヒースのマットレスだし、からだには毛皮のついたマントがかかっているし、石の暖炉《だんろ》には火を入れたばかりのように見える元気のいい炎《ほのお》がパチパチと燃《も》えていて、さらに先のほうへ目をやると洞窟の入口から朝の光がさしこんでいて、ジルはきのうの夜のうれしいできごとをぜんぶ思い出した。昨晩《さくばん》は多くの生き物たちが洞窟に押《お》しかけて、とても楽しい夕食だった。ジルは夕食が終わる前に眠《ねむ》くて眠くてがまんできなくなってしまい、ぼんやりとおぼえているのは、何人ものドワーフたちが火のまわりに集まって自分たちのからだより大きいフライパンを持ち、ソーセージがジュージュー焼《や》けていたこと、それがとてもおいしそうなにおいで、ソーセージが次から次へとめどなく出てきたことだった。それも、パン粉《こ》やダイズを混《ま》ぜたまずい代用ソーセージではなく、本物の肉を詰《つ》めたスパイシーなソーセージで、脂《あぶら》がたっぷりで熱々《あつあつ》に焼けていて、皮に小さくはじけたところがあって、ほんの少しだけ焦《こ》げ目《め》がついている完璧《かんぺき》なソーセージだ。そして、大きなマグカップにはいったクリームたっぷりのココア、ローストしたジャガイモやクリ、芯《しん》をくり抜《ぬ》いたところにレーズンを詰《つ》めて焼いた焼きリンゴ。暖《あたた》かい料理《りょうり》が続《つづ》いたあとに口をさっぱりさせるアイスクリームも出たのだった。

ジルはベッドの上に起きあがり、あたりを見まわした。パドルグラムとユースティスはさほど遠くないところで寝《ね》ており、二人ともまだぐっすり眠《ねむ》っていた。

「お二人さん、おはよう！」ジルは大きな声で呼《よ》びかけた。「そろそろ起きたら？」

「シーッ、シーッ！」上のほうから眠そうな声が聞こえた。「おやすみの時間ですぞ。さあさあ、ぐっすりお眠り。騒《さわ》いじゃだめですよ。ホーホー！」

「あら、もしかして――」ジルは洞窟《どうくつ》の隅《すみ》にある大きな置《お》き時計《どけい》の上にとまっている白くてふわふわした羽根《はね》のかたまりを見上げて、声をかけた。「――グリムフェザーじゃないの！」

「ホーホー、さようです」フクロウは羽根をバサバサと逆立《さかだ》て、翼《つばさ》の下から頭をのぞかせて、片目《かため》を開けた。「夜中の二時ごろに王子様への伝言《でんごん》を運んできたんですよ。リスたちがいい知らせを届《とど》けてくれましたのでね。王子様への伝言をお届けしたんです。王子様はもう出かけられましたよ。あなたがたも、追って出かけることになっています。では、ごきげんよう――」フクロウはふたたび翼の下に頭を隠《かく》した。

フクロウからはそれ以上《いじょう》何も聞き出せそうになかったので、ジルはベッドから起き出して、顔を洗《あら》って朝ごはんを食べることはできないものかと、あたりを物色しはじめた。ちょうどそのとき、小さなフォーンがヤギ足で石の床《ゆか》をコツコツ鳴らしながら洞窟《どうくつ》にはいってきた。

「おや、やっとお目ざめですか、イヴの娘《むすめ》さん！」フォーンが言った。「そちらのアダムの息子《むすこ》さんも起こしてあげてください。もうすぐ出かけなくてはなりませんから。二人のケンタウロスがご厚意《こうい》でケア・パラヴェルまで乗せていってくれると申し出てくれたんです」ここでフォーンは声を低《ひく》くして、つけくわえた。「当然《とうぜん》ご存《ぞん》じでしょうけれど、ケンタウロスに乗せてもらうなんて、ものすごく特別《とくべつ》で前代未聞《ぜんだいみもん》の名誉《めいよ》な話です。これまでケンタウロスに乗った人の話なんか、聞いたことがありません。だから、ケンタウロスを待たせるようなことは、しちゃいけません」

「リリアン王子は?」ユースティスとパドルグラムが起こされて最初《さいしょ》にたずねたのは、そのことだった。

「王子様はケア・パラヴェルへ向かわれました。お父上のカスピアン王に会われるために」フォーンが答えた。このフォーンの名はオランズと言った。「国王陛下《へいか》の船は、まもなく港にもどってくることになっています。どうやら、国王はアスランにお会いになったようです。アスランの幻《まぼろし》にお会いになったのか、実際《じっさい》のアスランにお会いになったのか、そこはわかりませんが。とにかく、まだ船で遠くまで進まれないうちに、アスランが港へもどるようお告《つ》げになったようです。ナルニアに着いたら、長く行方不明《ゆくえふめい》であったご子息が待っておられるであろう、と」

ユースティスもベッドから起き出して、ジルと二人で朝食の用意をするオランズを手伝《てつだ》った。パドルグラムはベッドにじっと寝《ね》ているようにと言われた。傷《きず》を癒《いや》す腕《うで》にかけては有名な（オランズは「薬師《くすし》」と呼《よ》んでいた）ケンタウロスのクラウドバース[1]がやけどした足の治療《ちりょう》に来てくれることになっていたのだ。

「ああ」パドルグラムの声は、満《み》ち足《た》りたようにさえ聞こえた。「膝《ひざ》から下を切断《せつだん》することになるんでしょうね、おそらく。まず、まちがいありません」でも、パドルグラムはおとなしくベッドに寝たままじっとしていた。

朝食はスクランブル・エッグとトーストで、ユースティスは前の晩遅《ばんおそ》くに大量《たいりょう》の夕食を平らげたにもかかわらず、旺盛《おうせい》な食欲《しょくよく》で食べ物を口に運んだ。

「ねえ、アダムの息子《むすこ》さん」ユースティスの食べっぷりを感心したように眺《なが》めながら、フォーンが言った。「そんなにあわてて食べなくてもだいじょうぶですよ。ケンタウロスのほうも、まだ自分たちの朝食を食べおわっていないと思いますから」

「ケンタウロスたちも朝遅くに起きたってこと？」ユースティスが言った。「もう一

1　Cloudbirth。Cloud は雲、birth は誕生《たんじょう》、の意味。

○時過《す》ぎてるでしょ?」

「いや、いや」オランズが言った。「ケンタウロスは夜明け前には起きていますよ」

「それじゃ、朝ごはんまでによっぽど長いこと待たされたのかな?」ユースティスが言った。

「いいえ、そんなことはありません」オランズが言った。「ケンタウロスは、起きたとたんに朝食を食べはじめますから」

「へえー!」ユースティスが言った。「それじゃ、ものすごくたくさん朝ごはんを食べるってこと?」

「おや、アダムの息子《むすこ》さん、知らないんですか? ケンタウロスには、人間の胃袋《いぶくろ》と馬の胃袋の両方があるんですよ。もちろん、両方とも朝食をほしがりますから、ケンタウロスはまず最初《さいしょ》にポリッジ[2]とパヴェンダーとキドニー・パイ[3]とベーコンとオムレツとハムとマーマレードつきのトーストとコーヒーとビールをお腹《なか》に入れるんです。そのあと、馬の胃袋を満《み》たすために、一時間ばかりかけて生の草を食べて、仕上げに熱々《あつあつ》のマッシュ[4]と、オート麦と砂糖《さとう》を一袋《ふくろ》食べるんです。だから、ケンタウロスを週末《しゅうまつ》に泊《と》まりがけで家に招待《しょうたい》するのは、おおごとなんです。ちょっとやそっとのおおごとじゃないんですから」

ちょうどそのとき、洞窟《どうくつ》の入口から、馬のひづめが岩をたたく音が聞こえた。子どもたちが顔を上げると、二人のケンタウロスがいた。一人は黒いひげ、もう一人は金色のひげを堂々《どうどう》たるはだかの胸《むね》にふさふさと垂《た》らし、入口で少し頭を下げて洞窟の中をのぞきこみながら、子どもたちを待っていた。子どもたちはにわかにお行儀《ぎょうぎ》よくなって、大急ぎで朝食を終えた。ケンタウロスを見て笑《わら》う者はいない。ケンタウロスは重々しく威厳《いげん》に満《み》ちた人々で、星の動きを読んで得《え》られる太古からの知恵《ちえ》をたくさん身につけていて、つまらないことで浮《う》かれたりもしなければ、怒《おこ》ることもない。ただし、ひとたびケンタウロスの怒《いか》りを招《まね》いたら、その恐《おそ》ろしさは津波《つなみ》にも劣《おと》らない。

「さようなら、パドルグラム」ジルが〈ヌマヒョロリ〉の寝《ね》ているベッドのところへ

2　オートミールなど穀物《こくもつ》の挽《ひ》き割《わ》りを水やミルクで柔《やわ》らかく煮《に》た粥《かゆ》のようなもの。
3　羊や牛などの腎臓《じんぞう》のはいったパイ。
4　オート麦やフスマを煮《に》た粥状《かゆじょう》の飼料《しりょう》。

行って声をかけた。「あなたのこと、『楽しみに水をさす濡《ぬ》れ毛布《もうふ》』なんて呼《よ》んで、ごめんなさいね」

「ぼくも、ごめん」ユースティスも言った。「きみはこの世界で最高《さいこう》の友だちだったよ」

「またいつか会えるといいわね」ジルが言った。

「それは難《むずか》しいでしょう、おそらく」パドルグラムが答えた。「あたしなんか、自分の三角テントにもどれるかどうかもわからない身ですから。それに、あの王子様ですが――確《たし》かにいい人なんですけどね――あの王子様、健康面《けんこうめん》はだいじょうぶでしょうかね？　地下で暮《く》らしておられたせいでからだが弱っているんじゃないかと心配してるんですがね。いつ倒《たお》れてもおかしくないように思いますが」

「もう、パドルグラムったら！」ジルが言った。「とんでもないことばかり言わないでよ。あなたって、ふつうにうれしいときでも、お葬式《そうしき》みたいに悲しそうにしゃべるし、ほんとうは――ほんとうはライオンみたいに勇気《ゆうき》があるくせに、なんでも怖《こわ》い怖いって言うんだから」

「そうだ、お葬式《そうしき》と言えばですけどね――」パドルグラムが口を開きかけたが、このとき背後《はいご》でケンタウロスがひづめを踏《ふ》み鳴《な》らす音が聞こえたので、ジルはいきなりパドルグラムが思いもよらなかった行動に出た。両腕《りょううで》をパドルグラムの細い首っ玉にさっと回して、泥《どろ》のような色をした顔にキスをしたのだ。ユースティスのほうは、パドルグラムの手がちぎれそうなくらいに力強い握手《あくしゅ》をした。そのあと、二人は小走りにケンタウロスのほうへ向かい、〈ヌマヒョロリ〉はふたたびベッドにからだを沈《しず》めながら、こうつぶやいたのだった。「いやいや、あの子があんなことをするとは思わなかった。あたしがいくら男前だと言ってもねえ……」

ケンタウロスの背に乗せてもらうことは、まちがいなくたいへんな名誉《めいよ》であるし、ジルとユースティスを除《のぞ》いては、この世に生きている人のなかでこんな名誉を経験《けいけん》したことのある人間は一人もいないだろう。しかし、ケンタウロスの背中《せなか》は、とても乗り心地《ごこち》がいいとは言えなかった。命が惜《お》しいと思う者は、まさかケンタウロスに鞍《くら》をつけようとは言いださないだろうが、裸馬《はだかうま》というものはけっして快適《かいてき》な乗りものではない。とくに、ユースティスのように乗馬の経験がまったくない者にとっては、な

YOUCHAN

おさらだ。ジルとユースティスを乗せたケンタウロスたちは重々しく、礼儀《れいぎ》正しく、大人として二人に失礼《しつれい》のないよう接《せっ》した。ナルニアの森を軽快《けいかい》に駆《か》け抜《ぬ》けながら、後ろをふりかえることなしに、ケンタウロスたちはいろいろなことを話して聞かせてくれた。薬草やその根の効能《こうのう》について。惑星《わくせい》のおよぼす影響《えいきょう》について。アスランの九つの名前とそれぞれの由来について、等々。どんなに筋肉痛《きんにくつう》になっても、どんなにひどく揺《ゆ》れても、ジルとユースティスは森の中をケンタウロスの背《せ》に乗って駆けたあの旅がもういちど経験《けいけん》できるものならば、どんな犠牲《ぎせい》だって払《はら》うと言うだろう。林間の空き地や斜面《しゃめん》に夜のうちに積《つ》もった雪がきらきら輝《かがや》くまぶしさ。森のあちこちから顔をのぞかせて「おはよう」の挨拶《あいさつ》をしてくれるウサギやリスや鳥たち。ふたたびナルニアの空気を味わい、ナルニアの木々の声を聞けたら――。

ケンタウロスと子どもたちは、川の流れているところまで下りてきた。川は冬の日ざしを浴《あ》びて青くきらきらと光っていた。そこは最後《さいご》の橋がかかっている地点（赤い屋根が軒《のき》を接しあうこぢんまりとしたベルーナの町はずれにかかる橋だ）よりはるかに下流で、一行《いっこう》は渡《わた》し守《もり》が操《あやつ》る平べったい渡し船に乗って対岸に渡った。渡し守をしていたのは〈ヌマヒョロリ〉族の男だった。ナルニアでは、水や魚にかかわる仕事はほとんど〈ヌマヒョロリ〉族がやっているのだ。川を渡《わた》ったあと、一行《いっこう》は川の南《みなみ》側《がわ》を岸にそって下り、やがてケア・パラヴェルの近くまで来た。一行がちょうどケア・パラヴェルに着いたとき、ナルニアに初《はじ》めて降《お》りたった日に見たのと同じ色鮮《いろあざ》やかな船が水面を滑《すべ》る巨大《きょだい》な鳥さながらに河口《かこう》から川をさかのぼってくるのが見えた。あの日と同じように城《しろ》と埠頭《ふとう》のあいだの芝生《しばふ》には宮廷《きゅうてい》の人々が勢《せい》ぞろいし、カスピアン王の帰還《きかん》を待っていた。リリアン王子は黒装束《くろしょうぞく》を脱《ぬ》いで銀色の鎖《くさり》かたびらの上に鮮やかな赤いマントをはおり、頭のかぶりものを取って、父王を迎《むか》えるために埠頭のすぐそばに立っていた。そして、王子の脇《わき》にはロバに引かせた小さな車椅子《くるまいす》に乗ったドワーフのトランプキンが控《ひか》えていた。子どもたちは、この人混《ひとご》みでは王子のそばまで行くのはとうてい無理《むり》だろうと思ったし、いずれにしても、いまとなってはなんだか照《て》れくさくも感じていたので、このままもうしばらくケンタウロスの背中《せなか》に乗せてもらって宮廷の人々の頭ごしに再会《さいかい》の場面を見守ってもいいかとたずねた。ケンタウロスたちは、かまわないと返事をした。

船の甲板《かんぱん》で銀色のトランペットが盛大《せいだい》に吹《ふ》き鳴《な》らされ、その音色《ねいろ》が水面《みなも》を渡《わた》って聞こえてきた。水夫《すいふ》たちが埠頭《ふとう》に向かってロープを投げ、ネズミ（もちろん〈もの言うネズミ〉たちである）と〈ヌマヒヨロリ〉が船をロープで岸壁《がんぺき》に引《ひ》き寄《よ》せ、停止位置《ていしいち》に固定《こてい》した。人混《ひとご》みの中にまぎれていた楽師《がくし》たちが、凱旋《がいせん》した国王を迎《むか》える勇壮《ゆうそう》な曲を演奏《えんそう》しはじめた。まもなく王の乗ったガレオン船[5]が着岸し、〈もの言うネズミ〉たちがタラップを駆《か》けのぼって船に乗りこんでいった。

　ジルは年老《としお》いた国王が船から降《お》りてくる姿《すがた》を見られるものと思っていたが、何か差《さ》しさわりのあることが起こったらしく、青い顔をした貴族《きぞく》が船から降りてきて、リリアン王子とトランプキンの前にひざまずいた。二人は額《ひたい》を寄《よ》せあって数分ほど話していたが、何を話しているのかは誰《だれ》にも聞こえなかった。音楽の演奏はあいかわらず続《つづ》いていたが、人々のあいだに不安《ふあん》が広がっていくのが感じられた。やがて、四人の騎士《きし》たちが船の甲板に姿を現《あらわ》した。何かを運んでそろそろと歩いてくる。四人が

5　一五世紀から一八世紀の大型帆船《おおがたはんせん》。

タラップを下りはじめたところで、運んでいるものが見えた。それは老《お》いたカスピアン王が横たわるベッドで、王は血《ち》の気《け》のない顔色で横になったまま身動きもしなかった。四人の騎士《きし》たちがベッドを岸壁《がんぺき》に下ろした。リリアン王子が王のかたわらにひざまずき、王を抱《だ》きしめた。カスピアン王が息子《むすこ》に祝福《しゅくふく》を授《さず》けるような動作で片手《かたて》をあげるのが見えた。集まっていた者たちのあいだから万歳《ばんざい》の声が上がったが、どこか晴れ晴れとした歓声《かんせい》ではなかった。みんな、何かよくないことが起ころうとしているのを感じ取ったからだった。そのとき、王の頭ががくんと枕《まくら》の上に落ちた。音楽の演奏《えんそう》が止まり、あたりが静《しず》まりかえった。リリアン王子は王のかたわらにひざまずいたまま、ベッドに顔を伏《ふ》せて泣《な》きくずれた。

あちこちでささやきが交《か》わされ、小走りで行き来する人たちの姿《すがた》が見えた。ジルのところから、頭に帽子《ぼうし》やボンネットやかぶとやフードをかぶっていた人々がかぶりものを取るのが見えた。ユースティスもそれにならった。城《しろ》の上のほうで布《ぬの》のはためく音が聞こえ、ジルが見上げると、金色のライオンを描《えが》いた大きなナルニア国旗《こっき》が少し下ろされて半旗《はんき》になるのが見えた。それに続《つづ》いて、ふたたび音楽が演奏されはじめた。こんどは心が引《ひ》き裂《さ》かれるように重く無情《むじょう》なメロディーで、むせび泣《な》く弦《げん》の音とやるせないホルンの音が鳴《な》り響《ひび》いた。

ジルとユースティスはケンタウロスの背《せ》から滑《すべ》り降《お》りた（ケンタウロスたちは、そのことにさえ気づかなかった）。

「家に帰りたいわ」ジルがつぶやいた。

ユースティスは唇《くちびる》を嚙《か》みしめ、黙《だま》ったまままうなずいた。

「迎《むか》えにきた」二人の背後《はいご》で深い声がした。ふりかえると、そこにライオンの姿《すがた》があった。その姿があまりに輝《かがや》かしく、存在感《そんざいかん》にあふれ、力強く見えたので、その瞬《しゅん》間《かん》からほかの何もかもが色あせてぼんやりとしか見えなくなった。ライオンの姿を目にしたのとほぼ同時に、ジルの頭の中から息絶《いきた》えたナルニア国王のことが消え、自分がユースティスを崖《がけ》から突《つ》き落《お》としてしまったことや、自分のせいでほとんどすべての〈しるし〉をやりそこなってしまったことや、カッとなって言い合いやけんかをいっぱいした記憶《きおく》がよみがえってきた。ジルは「ごめんなさい」と言おうとしたが、言葉を発することができなかった。そのとき、ライオンが二人に近くへ来るよう目配《めくば》せし、身をかがめて舌《した》で二人の青ざめた顔に触《ふ》れて、こう言った。

「そのことは、もう考えなくてよい。わたしはいつまでも責《せ》めることはしない。あなたがたは、わたしがあなたがたをナルニアへ送った目的《もくてき》を成《な》しとげた」

「お願《ねが》いです、アスラン」ジルが言った。「わたしたち、もう帰ってもいいですか？」

「よろしい。わたしはあなたがたを連《つ》れもどすためにやってきたのだ」アスランはそう言い、口を開いて息を吐《は》いた。しかし、今回は自分たちが空中を飛《と》んでいく感覚《かんかく》はまったくなかった。むしろ、自分たちはその場から動かず、アスランの野性《やせい》に満《み》ちた息吹《いぶき》が船や事切《ことき》れたカスピアン王や城《しろ》や雪や冬空を後方へ吹《ふ》き飛《と》ばしたように見えた。それらすべてのものが煙《けむり》の渦《うず》のようになって遠ざかり、気がついたら、二人は真夏のまばゆい日ざしの中に立っていた。足もとはきれいに生えそろった芝生《しばふ》で、周囲《しゅうい》には巨木《きょぼく》が何本もそそり立ち、すぐそばに清《きよ》らかな小川の流れがあった。二人は、ナルニアのある世界の果《は》てのさらに先、はるかな高みにそびえる〈アスランの山〉にもどってきたのだった。しかし、不思議《ふしぎ》なことに、カスピアン王の死を悼《いた》む音楽が、どこからともなく聞こえつづけていた。ジルとユースティスは小川のほとりを歩いていて、二人の前をアスランが歩いていた。アスランの姿《すがた》がこのうえなく美しく見えたせいか、それとも、耳にする音楽があまりに悲愴《ひそう》だったせいか、ジルの目から涙《なみだ》があふれそうになった。

そのとき、アスランが足を止めた。子どもたちは小川の中をのぞきこんだ。そこには、金色の小石が敷《し》きつめられた川底《かわぞこ》に息絶《いきた》えたカスピアン王が横たわり、王の上をガラスのように澄《す》んだ水が流れていた。カスピアン王の長く白いひげが、流れの中で水草のように揺《ゆ》れていた。三人とも、その場に立ちつくしたまま涙を流した。ライオンでさえも、涙を流した。偉大《いだい》なるライオンの涙の一粒《つぶ》一粒は、地球全体が一つのダイヤモンドの粒だったとしても、それよりなお尊《とうと》い涙だった。ジルはユースティスも泣《な》いていることに気づいた。その顔は子どもの泣き顔ではなく、他人に見られるのが嫌《いや》で隠《かく》れて泣く少年の泣き顔でもなく、一人前の男性《だんせい》がはらはらと涙を流す顔だった。少なくとも、ジルはそう受け止めるのがせいいっぱいだった。しかし実際《じっさい》には、ジルが言ったように、アスランの山の上では誰《だれ》も特定《とくてい》の年齢《ねんれい》には見えないのだ。

「アダムの息子《むすこ》よ」アスランが言った。「あのしげみの中へ行き、そこで見つけたとげを折《お》り取《と》って、わたしのところへ持ってきなさい」

ユースティスは言われたようにした。とげは長さが三〇センチほどあり、細身の小さな剣《けん》のように先が鋭《するど》くとがっていた。

「そのとげをわたしの足に刺《さ》しなさい、アダムの息子《むすこ》よ」アスランは右の前足を持ち上げ、大きな肉球を広げてユースティスのほうへさしだした。

「どうしてもしなければいけませんか?」ユースティスが言った。

「そうだ」アスランが言った。

ユースティスは歯を食いしばり、とげをライオンの肉球に突《つ》き刺《さ》した。すると大きな一滴《てき》の血がにじみ出た。その血は、この世のどんなに赤い色よりも赤く、心に思《おも》い描《えが》くことのできるどんなに赤い色よりもはるかに赤い色をしていた。アスランの血は、小川の底《そこ》に横たわる王のなきがらの上にしたたり落ちた。その瞬間《しゅんかん》、悲しげな音楽がやんだ。そして、息絶《いきた》えた王の姿《すがた》が見る見る変化《へんか》しはじめた。白いひげは灰色《はいいろ》に変《か》わり、さらに黄色に変わり、短くなって、すっかりなくなった。落ちくぼんだ両の頬《ほお》はふっくらとして血《ち》の気《け》がさし、しわが消えて、目が開いた。そして、王の目と唇《くちびる》に笑《え》みがうかんだと見えたとたん、王は勢《いきお》いよく立ちあがり、その姿《すがた》は若者《わかもの》というより少年に見えるほど若々《わかわか》しかった（若者だったのか、少年だったのか、ジルにはどちらとも言えなかった。というのは、アスランの国では誰《だれ》もが年齢《ねんれい》というものとは無縁《むえん》になるからだ。しかし言うまでもなく、アスランの国においても、最《もっと》も子どもっぽいのは最も愚《おろ》かな子どもたちであり、最も大人じみているのは最も愚かな大人たちなのである）。カスピアン王はアスランに駆《か》け寄《よ》り、両腕《りょううで》を大きく広げてアスランの首に抱《だ》きついた。そして、アスランに王らしく力強いキスをした。アスランのほうも、ライオンらしい野性的《やせいてき》なキスを返した。

そのあと、カスピアンは二人の子どもたちのほうを向いた。そして、驚《おどろ》いたようにうれしそうな声をあげて笑《わら》った。

「やあ！　ユースティスじゃないか！　ということは、つまり、きみたちはあのあと世界の果《は》てへ行き着いたんだね。わたしの二番目に大切にしていた剣《けん》、どうしてくれるんだい？　大ウミヘビと戦《たたか》って折《お》ってしまっただろう？」

ユースティスは両腕《りょううで》をさしのべてカスピアン王のほうへ一歩踏《ふ》み出したのだが、

急にぎょっとした顔になって後ずさりした。

「ちょっと待って！　その……」ユースティスが言いよどんだ。「うれしくないわけじゃないんだけど、その、カスピアン、あなたは……その、あなたは……」

「もう、つまらないこと言うなよ」カスピアンが言った。

「だけど」ユースティスはアスランのほうを見た。「あの……彼《かれ》は……その……死んだんじゃないんですか？」

「そのとおりだ」ライオンは落ち着きはらった声で答えた。ジルには、ライオンが笑《わら》いをこらえているように聞こえた。「彼は死んだ。ほとんどの人は、そうだ。わたしでさえも、いちど死んだ身である。死んだことのない人は、ほとんどいない」

「なるほど」カスピアンが言った。「わかったぞ。きみは、わたしが幽霊《ゆうれい》か何かの化け物だと思っているんだろう。いいかい？　わたしがいまナルニアに現《あらわ》れたとしたら、わたしは幽霊だ。なぜなら、わたしはすでにナルニアの者ではないからね。しかし、こうして自分の国にいるかぎりは、幽霊であるはずがない。わたしがきみの国に行ったとしたら、幽霊ということになるかもしれないが。よくわからないけど。でも、きみも、もうきみの国の者ではないんだろう？　だって、いま、ここにいるのだから」

子どもたちの胸《むね》に大きな希望《きぼう》が芽生《めば》えた。しかし、アスランが豊《ゆた》かなたてがみに縁《ふち》取《ど》られた首を左右に振《ふ》った。「そうではない、子どもたちよ。あなたがたがふたたびここでわたしと出会うときには、その先もずっとこの国にとどまることになる。しかし、いまはそのときではない。あなたがたは、まだしばらくのあいだ、自分の世界にもどらなくてはならない」

「アスラン」カスピアン王が口を開いた。「わたしはずっと願《ねが》っておりました、ぜひ一目でいいから彼らの世界をのぞいてみたいものだ、と。それはまちがった望《のぞ》みでしょうか？」

「息子《むすこ》よ、あなたはもはや、まちがった望みを抱《いだ》くことはありえない。なぜなら、あなたはすでに死んだ身だからだ」アスランが言った。「あなたに彼らの世界を見せてあげよう。彼らの時間で五分間だ。むこうで不正《ふせい》をただすのに、それ以上《いじょう》の時間はかからないだろう」そのあと、アスランはジルとユースティスがもどっていこうとしている世界のことや実験《じっけん》学校のことなどをカスピアンに詳《くわ》しく説明《せつめい》して聞かせた。アスランはジルとユースティスの世界のことをとてもよく知っているようだった。

「娘《むすめ》よ」アスランがジルに声をかけた。「あのしげみから小枝《こえだ》を一本折《お》り取《と》ってきなさい」ジルが言われたようにすると、小枝はジルが手に持ったとたんに上等な新品の乗馬用鞭《むち》になった。

「さあ、アダムの息子《むすこ》たちよ、剣《けん》を抜《ぬ》きなさい」アスランが言った。「しかし、使うのは剣のひらだけだ。わたしがあなたがたを遣《つか》わす相手は戦士《せんし》ではなく、臆病者《おくびょうもの》の子どもたちだからである」

「アスランもいっしょにいらっしゃるのですか？」ジルが聞いた。

「彼《かれ》らはわたしの背中《せなか》だけを見ることになろう」アスランが言った。

アスランは先頭に立って足早に林の中を進んでいった。それほど歩かないうちに、目の前に実験学校の塀《へい》が見えてきた。そのとき、アスランが大声で吼《ほ》えた。空にかかる太陽が震《ふる》え、目の前の石塀《いしべい》が一〇メートル近くにわたって崩《くず》れ落《お》ちた。塀の崩れた隙間《すきま》から見下ろすと、学校の植えこみが見え、その先に体育館の屋根が見えた。空は

YOUCHAN

あいかわらずどんより曇《くも》った秋の空で、ジルとユースティスの冒険《ぼうけん》が始まったときと何ひとつ変《か》わっていなかった。アスランは二人のほうを向いて息を吹《ふ》きかけ、舌先《したさき》で額《ひたい》に触《ふ》れた。そのあと、さっきのひと声で崩《くず》した石塀《いしべい》の真ん中に横たわり、金色の背中《せなか》をイギリス側《がわ》に、威厳《いげん》に満《み》ちた顔をアスランの国に向けた。ちょうどそのとき、ジルがよく知っている生徒《せいと》たちがゲッケイジュの植えこみをかきわけて登ってくるのが見えた。いじめっ子たちがほとんどそろっていた。アディラ・ペニファーザー、チャムリー・メイジャー、イーディス・ウィンターブロット、〝そばかす〟ソーナー、バニスター兄弟の兄、最悪《さいあく》の双子《ふたご》ギャレット兄弟。しかし、いじめっ子たちは突然《とつぜん》足を止めた。そして、その顔から卑劣《ひれつ》でうぬぼれて残酷《ざんこく》でずるい表情《ひょうじょう》が消え、かわりに恐怖《きょうふ》に震《ふる》えあがった表情が現《あらわ》れた。というのも、石塀が壊《こわ》れているのが目にはいり、そこに若《わか》いゾウほどもある巨大《きょだい》なライオンが横たわっているのが見え、おまけにきらびやかな服装《ふくそう》をした三人の人物が手に手に武器《ぶき》をふりかざして斜面《しゃめん》を駆《か》け下りてきたからだ。アスランに力づけられた三人は、ジルが女の子たちにむかって乗馬用鞭《むち》を振《ふ》り下ろし、カスピアンとユースティスが男の子たちを剣《けん》のひらでしたたかに打ちすえ、ほんの二分ばかりで、いじめっ子たちは「人殺《ひとごろ》し！　ファシスト[6]！　ライオン！　ずるいぞ！」と叫《さけ》びながら一目散《いちもくさん》に逃《に》げだした。そこへ、校長（ちなみに、校長は女性《じょせい》だった）が何の騒《さわ》ぎかと走って校長室から出てきた。校長はライオンの姿《すがた》を目にし、石塀《いしべい》が崩《くず》れているのを見つけ、カスピアンとジルとユースティス（自分の学校の生徒《せいと》たちだとは気づかなかった）の姿を見てヒステリーを起こし、校舎《こうしゃ》へ駆《か》けもどって警察《けいさつ》に電話をして、ライオンがサーカスから逃《に》げ出《だ》している、脱走《だっそう》した囚《しゅう》人《じん》たちが学校の石塀を壊《こわ》して抜《ぬ》き身《み》の剣《けん》を振《ふ》りまわしている、と通報《つうほう》した。この大騒《おおさわ》ぎにまぎれて、ジルとユースティスはそっと寮《りょう》にもどり、派手《はで》な衣装《いしょう》を脱《ぬ》いでふだんの服に着替《きが》えた。そして、カスピアンは自分の世界へもどっていった。崩れた塀《へい》は、アスランの一声でもとどおりになった。警察が到着《とうちゃく》したときには、ライオンもいなければ、塀も崩れていないし、囚人もおらず、校長ひとりが正気を失《うしな》ったように騒

6　極端《きょくたん》に独裁的《どくさいてき》な国家社会主義《こっかしゃかいしゅぎ》（ファシズム）を信奉《しんぽう》する人たちのこと。この作品が執筆《しっぴつ》された少し前、イギリスに敵対《てきたい》するイタリアでファシズムが台頭《たいとう》していたので、この言葉が悪口として使われた。

いでいるだけだった。これがきっかけで学校全体に調査《ちょうさ》がはいり、その結果《けっか》、実験《じっけん》学校の恥《は》ずべき実態《じったい》が明るみに出て、一〇人ほどが放校処分《ほうこうしょぶん》になった。その後、女校長の友人たちは女校長が実験学校の校長として役に立っていないのを見て、他校の校長たちに口出しする役目の視学官《しがくかん》にした。しかし、その元校長は視学官としてもたいして役に立たなかったので、こんどはこの元校長を国会に送りこもうという話になった。そして、元校長は国会議員《こっかいぎいん》として末長《すえなが》く幸せに暮《く》らしたという話である。

ユースティスはナルニアから持ち帰った立派《りっぱ》な衣装《いしょう》をある夜こっそり学校の敷地《しきち》内《ない》に埋《う》めたが、ジルは自分の衣装を家に持ち帰り、次の休暇《きゅうか》に仮装舞踏会《かそうぶとうかい》があったときに、そのドレスを着た。その後、実験学校ではいろいろ改善《かいぜん》がおこなわれ、たいへん良《よ》い学校になった。ジルとユースティスはずっと仲《なか》のいい友だちだった。

はるか遠くのナルニアでは、リリアン王が父であるカスピアン一〇世航海王《こうかいおう》を埋葬《まいそう》し、その死を悼《いた》んだ。リリアン王はナルニアをりっぱに治《おさ》め、その治世《ちせい》のあいだ、ナルニアは幸せな国だった。ただし、パドルグラムだけは（足は三週間ですっかり治《なお》った）、よく晴れた朝のあとには雨降《あめふ》りの午後がやってくるものだし、良い時代はいつまでも続《つづ》くものではない、というようなことをたびたび口にした。丘《おか》の斜面《しゃめん》に開けられた穴《あな》はそのまま残《のこ》され、暑い夏の日など、ナルニアの住民《じゅうみん》たちは舟《ふね》とランタンを持って水のあるところまで洞窟《どうくつ》の中を下りていき、ひんやりと暗い地下の海に舟を浮《う》かべて漕《こ》ぎまわったり歌を歌ったりして、何尋《ひろ》も下の水底《みなそこ》に眠《ねむ》る都の話を語りあった。読者諸君《しょくん》も、もしナルニアを訪《おとず》れる幸運に恵《めぐ》まれたら、ぜひ忘《わす》れずにこの洞窟を訪れてみることをお勧《すす》めする。

解説

三辺 律子
（翻訳家・児童文学評論家）

本書『銀の椅子』は、C・S・ルイスの大作『ナルニア国物語』全七巻のうちの第六巻にあたる。ゆえに、今回、この解説の依頼を頂いたとき、すでに一巻〜五巻で各専門家の方々が作家論・作品論については語り尽くしているので、私は思う存分ナルニア愛を炸裂《さくれつ》させてもいいとのお許しをもらった！　というわけで、ごく個人的なことから語らせて頂くと、『ナルニア国物語』との出会いは小学校五年生だった。でも、本当はあと二年早いはずだったのだ。小学校三年生のとき、クリスマス・プレゼントに、『ライオンと魔女と衣装だんす』（当時は『ライオンと魔女』）と『カスピアン王子』（同『カスピアン王子のつのぶえ』）をもらった。今どきの小学生とちがい暇だけならいくらでもあった私は、新しい本を手にすると、いつもすぐに読んでいた。ところが、そのときにかぎって、ふだんは黙ってただ本を渡してくれる母がめずらしく、「これは本当に面白いから読みなさいね」と言ったのだ。そして、私は読まなかった。

われながら、かわいげのない、ひねくれた子どもだったと思う。こうして母の余計な（？）ひと言のせいで、ナルニアとの出会いが二年遅くなってしまった。ものすごく退屈だった雨の日に、ほかに読むものがなくて渋々手を伸ばしたのを、今でもはっきり覚えている。

ちなみにこの経験があるので、今は児童書・ＹＡ作品の翻訳・紹介を仕事にしているにもかかわらず、若い読者に本を勧めるとき、一瞬ためらいを感じてしまう。

さて、結果はどうだったかというと、もちろん、たちまち夢中になった。今回、この新訳で『ナルニア国物語』にはじめて触れた読者も、巻を追うごとに広がっていくナルニアの世界に、別世界ファンタジーならではの醍醐味を味わっていると思う。ナルニアの歴史は、実に二五五五年におよぶ。第一巻『魔術師のおい』でほろびゆくチャーン国がわずかに登場するとはいえ、第二巻『ライオンと魔女と衣装だんす』まででは、ほぼナルニア国一国だった世界も、第三巻『馬と少年』でアーケン国やカロールメン国といった近隣国家が登場し、第四巻『カスピアン王子』では西方からテルマール人が到来、第五巻『ドーン・トレッダー号の航海』では、東の海への航路に点在する島々へと広がっていく。

子どものころ、こうしてどんどん世界が膨らんでいくさまにすっかり心を奪われた。本になっている物語は、ナルニア国を中心とした広大な世界のほんの一部の歴史や出来事にすぎず、ほかにも無数の物語があるにちがいない、と思わせてくれたからだ。私は、当時の出版順で読んでいたのだが、この『銀の椅子』でちらりと言及される「コル王子とアラヴィスと馬のブリーの壮大な昔話」が、次巻『馬と少年』で語られたときは、「やっぱり！」と興奮した。今回の新訳では、読者は先に『馬と少年』を読んでいるわけだが、自分たちが読んだ物語が「昔話」になっているのを知って、やはり同じような興奮を味わうと思う。ナルニアという別世界が有機的に存在するように感じられるのだ。

本書『銀の椅子』で、世界はさらに広がりを見せる。主人公のユースティスとジルはいじめっ子に追いかけられ、学校の塀の扉からナルニアへ入る。そこは、高い山の頂にあるアスランの国だった。天上世界を思わせるその場所で、二人はアスランの命を受け、下界であるナルニアにくだって、〈ヌマヒョロリ〉のパドルグラムと共にカスピアン王の息子リリアン王子探索の旅へ出る。そして、北方の荒れ地をさまよったすえ、地底人たちのいる地下世界までたどりつくのだ。さらに最後には、その先、

「地の最も深い奥底」に、地底人がもともと暮らしていた国〈ビズム〉があることも示唆される。つまり、ナルニアの世界は水平方向だけでなく、天上から地下まで、垂直方向にも広がったのだ。

このときの、リリアンやユースティスの反応は、はじめて読んだ小学生のときから今までずっと私の心に刻み込まれている。地底人に〈ビズム〉にくるよう誘われたリリアンは言う。「これは考えられぬような冒険だ。いまだかつて〈ビズム〉を見た人間はいないだろうし、そのような機会が二度とあるとも思えない。そして、この先の歳月、地の最も深い奥底を探検する機会に手が届きながらそれを思いとどまったことを思い出すたびに、その無念たるや耐えがたきものにちがいない」そして、それを受けてユースティスも言う。「もし、ぼくのむかしの友人でネズミのリーピチープがこの場にいたなら、『ここで〈ビズム〉を探検するという冒険から身を引けば、われらの名誉は少なからず傷つくことになりましょう』と言ったでしょうね」このせりふを読んだときが、自分の中にぼんやりとあった感情に、まだ見ぬ世界への憧れという名が付けられた瞬間だった。

そう、リーピチープ！　かのネズミの名前を聞くだけで、胸が疼《うず》いてしまう。彼も、強烈な憧れに胸を焦がし、東の果てへ消えていったのだ。

「その者は東の果てまで行くのじゃ。そして、二度とふたたび、この世界にもどってくることはできない」

「それこそ、わが望むところであります」リーピチープが言った。

（『ドーン・トレッダー号の航海』）

さて、大人になって紆余曲折の後、私は大学院で児童文学を学ぶことになった。そして、『ナルニア国物語』に再会し、人生二度目にしてまた夢中になった。そのころには、当然ながら、曲がりなりにも解説や論文を読めるようになっており、オクスフォードとケンブリッジの教授で、著名な文学者かつキリスト教弁証家のC・S・ルイスが物語にちりばめた神学・哲学的象徴に感嘆し、とりつかれた。一時は、そうした象徴の意味探しに夢中になり、意味をつなげていくことによって浮かびあがるテーマを見いだして、『ナルニア国物語』の魅力をわかったような気にもなった。

けれど、よくよく考えると、子どものころの私は、キリスト教的なテーマのことなんてなにもわからずに物語を読んでいたはずだ。私は幼児洗礼を受けており、当時、毎週教会にもいっていた。教会のミサには、かならず神父さまの「お説教」の時間がある。子どもの私にとっては身じろぎもせずにすわっていなければならないこの時間は拷問に近く（罰当たりですみません）、もじもじしたり弟たちにちょっかいを出したりする私に手を焼いた両親は仕方なく、「聖書なら読んでいていい」という許可を出した。聖書と聞くとつまらなそうに感じるかもしれないが（罰当たり……以下略）、ノアの箱舟や大魚に飲みこまれたヨナの話を思い出してもらえばわかるとおり、実はおもしろい話が満載なのだ。というわけで、毎週日曜日聖書を読みふけり、わずか十歳にて聖書通だった私だが、にもかかわらず、アスランはキリストの象徴かもしれない、なんてことは、これっぽっちも思わなかった。それでも、じゅうぶんナルニアの数々の物語を楽しんでいたのだ。

つまり、『ナルニア国物語』における神学・哲学的意味探しは興味深くはあるが、それでは、子どもの私がこの物語を何十回も読んだ理由は説明できないということだ。これは、多くの子ども読者や、キリスト教教義を求めず物語を読んでいる大人にとっても、同じではないか。ではなぜ、この物語はこんなにも読者をとらえるのだろう？

『銀の椅子』は、子どもの私のお気に入りの巻だった。批評家のコリン・マンラブは、ナルニア全七巻のなかで「もっとも整っている（筆者訳）」と評している。物語は、現実世界、アスランの国、ナルニア、地下の国、ナルニア、アスランの国、現実世界と舞台を移していく。これは、神の国から下界、そして黄泉《よみ》の国への下降、そして再び神の国への上昇という、神話的プロセスを彷彿《ほうふつ》させる。さらにリリアンを丸呑みしようとする魔女（大蛇）や、地下世界での彷徨《ほうこう》、地下に横たわる海などの、世界的に共通に見られるイメージも多い。こうした「整った」物語は、子どもだった私を含め、多くの読者に馴染《なじ》みやすいものだろう。

一方で、こうした神話を思わせる壮大なスケールの世界で活躍するのは、ごく身近な人物、動物、生物たちだ。右にあげたリーピチープはもちろん、控えめに庭自慢をするビーバーさんや、頑固一徹、信の置けるトリュフハンターなど、忘れがたいキャラクターは数多い。そして、この『銀の椅子』で登場する印象深いキャラクターと言えば、〈ヌマヒョロリ〉族のパドルグラムだろう。「濡《ぬ》れ毛布」のように人の気をくじくが、「ほんとうはライオンみたいに勇気」があり、最後にジルにキスをされて、「いやいや、あの子があんなことをするとは思わなかった。あたしがいくら男前だと言ってもねえ……」とのたまう愛すべきパドルグラムは、ルイスの庭師だったパックスフォードがモデルだという。ルイスはかつて、友人に次のように語っている。

「〈ヌマヒョロリ〉のパドルグラムのモデルは、庭師のパックスフォードなんだ。実は楽天家のくせに表向きは悲観的で、人をイライラさせる、抜け目ない、それでいて実に誠実で愛すべき人物というわけさ。でも、パックスフォードとはちがって、パドルグラムはパックスフォードに代表されるような人間の典型により近いんだ」

(*C.S.Lewis: a Biography* より。筆者訳)

ある種の「典型」だからこそ、読者は、身近なよく知っている人物やキャラクターにパドルグラムを重ね合わせ、それぞれ独自のパドルグラム像を造りあげることができる。だから、彼のことを知っているように感じるのだ。タムナスさんしかり、トランプキンしかり、ブリーとフィンしかり。こうしたフェアリー・テールにおける人間以外の生き物について、ルイスはエッセイ「児童書の三つの書きかた」(『別世界にて』所収)にて、こうも述べている。

(人間以外の生き物は) 小説以上に簡潔に人間の心理すなわち、性格のさまざまな型というものを伝達するすばらしい象形文字であり、それは小説という形式を鑑賞しえないような読者にも理解されうるのでないかと思うのです。『たのしい川べ』[筆者注　ケネス・グレアム作。代表的イギリス児童文学の一つ] のアナグマ氏のことを考えてみてください。社会的地位は高いのに、多少粗野な物腰、がさつさ、それでいてはにかみや、善良で——という、なんともすばらしい合成物です。ひとたびアナグマ氏に出会った子どもは後々までずっと、人間性についての、またイギリス社会の歴史についてのある知識を身のうちにたくわえることでしょう。

こうしたキャラクターの中で、『ナルニア国物語』でもっとも重要な役割を担うのは、もちろんアスランだ。ルイスは、同じエッセイで、ナルニアを描くずっと前から

「威風あたりを払うライオン」のイメージが自分の中にあったことを明かしている。それが、物語の構想を練っていたとき、「とつぜん……跳びこんできた」（「すべては絵ではじまった」『別世界にて』所収）のだ。

このエピソードから、アスランはなにか（例えばキリスト）を象徴するために創り出されたキャラクターではないことがわかる。黄金のたてがみをなびかせ、大地を揺るがすようなうなり声を持つアスランは、ルイスの中にむかしからあった「絵」であり、偉大で力強い百獣の王ライオンそのものなのだ。

ルイスは『ナルニア国物語』以前にも、作品に神性を帯びた存在を登場させたことがある。ＳＦ三部作として知られるシリーズの一作目『マラカンドラ』には、オヤルサと呼ばれる「神」が登場する。ルイスは、オヤルサの偉大さを知らしめようと、持ち前の神学知識や論理的思考力を駆使し、大量の比喩を用い、さまざまな例を引くことでオヤルサの驚異を解説しようとする。しかし、ルイスが自分の持っているイメージを細かく描写すればするほど、読者は置いてきぼりを食らう。そもそも「神」という、描写しえないものを描写しようとしているからだ。

実はルイス自身、この方法がうまくいかないことを、ミルトンの『失楽園』を取りあげた講義で述べている。「楽園」という本来なら描写しえないものをどう描写するのか。「詳しく叙述すればするほど、読者は自分の頭にある楽園の概念から離れていき、ミルトンの頭の中の概念からも離れていく」(『「失楽園」序説』)。では、ミルトンはどうしているのか。「読者に段々と増加する期待感を与え、楽園的光明が近づきつつあるがまだ完全には来ていないと思わせることができれば、詩人［ミルトン］が最後に楽園自体を叙述するふりをしなければならないとき、読者はすでに征服されているのである」(同)。

『ライオンと魔女と衣装だんす』での、アスランの登場シーンは印象的だ。最初、読者はたびたびアスランの名前を耳にするが、彼が何者かを知ることはできない。アスランの名前を聞いたときの子どもたちのおののき、ビーバーのアスランへの信頼と尊敬、魔女が怖れる様子、そして春の訪れが、次第に読者の中にアスランのイメージを形作り、読者の期待を高めていく。そして最後の最後、ついにアスランが血肉の通ったライオンとして登場したとき、読者は「すでに征服されている」。『銀の椅子』でも、なにも知らないジルは、ユースティスから〈あるひと〉の話を聞かされる。そして実際に、扉をくぐると、「何か巨大で輝かしい色をした動物」に出会うのだ。ここで登場するアスランも、「トラファルガー広場のライオン像にそっくり」であり、ライオンそのものだ。

ビーバーさんやパドルグラムを通してそれぞれの人物像を造りあげたように、読者は、ライオンの姿を通して、それぞれのアスラン像を造り出す。ライオンは、さきほどの引用にある「すばらしい」象形文字になっているのだ。

ルイスの物語の力は、このように読者の能動的な関わりをうながすところにあるのではないか。物語のキャラクターや数々の出来事、いや、ナルニアの世界そのものを通して、読者はさまざまな独自のイメージや思いを紡ぐことになる。そうやって生み出された唯一無二の想像世界こそ、ナルニアの世界が私たちに与えてくれるものなのだと思う。

《引用文献》
C・S・ルイスの著作
「児童書の三つの書きかた」「すべては絵ではじまった」、『別世界にて』中村妙子訳
みすず書房　一九九一年

『「失楽園」序説』大日向幻訳、叢文社、一九八一年

そのほか

Manlove, Colin. *The Chronicles of Narnia: The Patterning of a Fantastic World*, New York: Twayne Pub., 1993

Green, Roger Lancelyn and Hooper, Walter. *C.S. Lewis: a Biography*, London: Harcourt Brace Jovanovichm 1974

C・S・ルイス年譜

一八九八年
一一月二九日、北アイルランドのベルファスト市に生まれる。父アルバート・ジェイムズ・ルイスは事務弁護士、母フローレンス・オーガスタ・ハミルトン・ルイスは牧師の娘で、当時の女性としてはめずらしく、ベルファスト市のクイーンズ・カレッジで大学教育を受けていた。

一九〇二年　三歳
自身のファースト・ネームおよびミドル・ネームを嫌ったルイスは、家族に自分を「ジャクシー」と呼ぶように求め、他の名前で呼ばれても返事をしなくなる。これ以降、家族と友人は生涯彼を「ジャック」と呼ぶ。服を着た動物が登場する物語を好んで読む。この頃、兄ウォレンとの共作の物語「動物の国」を創作する。

一九〇八年　九歳
八月二三日、母フローレンス、癌により死去。
九月、兄と同じイングランドのハートフォードシャーにあるウィニヤード校に入学。当初、「まわりから聞こえてくるイングランド訛りがまるで悪魔の唸り声のよう」に聞こえ、イングランドの風景にも「嫌悪の情」を感じたという。(『喜びのおとずれ』)
元々アイルランド教会のプロテスタントであったが、イングランド国教会の教義に触れ、キリスト教に篤い信仰心をもつようになる。

一九一〇年　一一歳
夏、ウィニヤード校が廃校となる。ベルファスト市のキャンベル校に入学するも、病気により数カ月で退学。なお、キャンベル校は、イングランドの学校よりは肌に合った。

一九一一年　一二歳
一月、キャンベル校に不満をもっていた父の考えにより、イングランド西部のウスターシャーにある予備学校チェアバーグ校に入学。
この時期、イングランドの風景の美しさを発見する。妖精ものの小説を好んで読み、「いつも小妖精を心に思い描くようになり、そのためについに幻覚の未開地に迷い込む」こともあった(『喜びのおとずれ』)。徐々にキリスト教にたいする信仰を失う。

一九一三年　一四歳
チェアバーグ校近隣のパブリック・スクールの一つであるモルヴァーン・カレッジに入学。

一九一四年　一五歳
モルヴァーン・カレッジになじめず、退

学させてくれるよう父親に手紙で請う。
八月、イギリス、ドイツに宣戦布告。
九月、モルヴァーン・カレッジを退学。父のかつての恩師であり、イングランドのサリー州在住のウィリアム・カークパトリック氏の自宅で個人指導を受けながら大学受験の準備をすることになる。

一九一六年　一七歳
一二月、オックスフォード大学奨学生試験を受験。ユニヴァーシティ・カレッジの奨学生に選ばれる。

一九一七年　一八歳
学位取得予備試験において数学で不合格となるが、四月からオックスフォード大学内に寄宿することを許可され、大学生活を開始。

オックスフォード大学のキーブル・カレッジに宿舎のある士官候補生大隊に召集され、パディ・ムーアと同室になる。
一一月、軽歩兵隊の少尉としてフランス戦線に出征。
この頃、ジョージ・マクドナルド（一八二四―一九〇五）の『ファンタステス』（一八五八）に夢中になる。

一九一八年　一九歳
二月、〈塹壕熱〉と呼ばれる熱病に罹る。
四月、味方の砲弾の破片に当たって重傷を負い、ロンドンの病院に送還される。
一一月、ロンドンで終戦を迎える。この頃からムーア夫人に愛情を抱くようになる。

一九一九年　二〇歳

オックスフォード大学に戻る。退役軍人に限り、学位取得予備試験が免除される決定が出され、以前に不合格であった数学の試験を免除されることになる。
三月、クライヴ・ハミルトン名義で第一次世界大戦での体験を謳った詩集『囚われの魂』を出版。

一九二〇年　二一歳
夏、ムーア夫人とその娘モーリーンとの共同生活を開始。

一九二二年　二三歳
八月、人文学学位取得試験に最優等の成績で合格。大学の研究職を得るのに苦労し、修学を一年延長して英文学を専攻することを決める。英文学の中では、トマス・ブラウン（一六〇五―一六八二）、ジョン・ダン（一五七二―一六三一）、ジョージ・ハーバート（一五九三―一六三三）の詩に陶酔する。

一九二三年　二四歳
英文学学位取得試験に優等の成績で合格。

一九二五年　二六歳
モードリン・カレッジの英語・英文学のフェロー（特別研究員）に選ばれる。

一九二六年　二七歳
オックスフォード大学の会議でJ・R・R・トールキンと出会う。
五月、ゼネラル・ストライキのため、イギリス社会は一時混乱に陥る。

一九二九年　三〇歳
父アルバート死去。

一九三〇年　三一歳

四月、陸軍軍人であった兄ウォレン帰英。
七月、オックスフォード郊外の〈キルンズ荘〉でムーア夫人、その娘モーリーン、実兄ウォレンと同居生活を開始。
この頃より、トールキンほか数名の友人がモードリン・カレッジのルイスの居室に集まり、〈インクリングズ〉の会が始まる。

一九三一年　三二歳
キリスト教への信仰を取り戻す。

一九三三年　三四歳
宗教的アレゴリー『天路逆行』出版。タイトルは、ジョン・バニヤン（一六二八―一六八八）の『天路歴程』（一六七八）をもじったもので、平凡な男ジョンが救われるまでを描く。

一九三六年　三七歳
五月、オヴィディウスからスペンサーにいたる恋愛詩を論じる最初の学問的著書『愛のアレゴリー――ヨーロッパ中世文学の伝統』出版。

一九三八年　三九歳
宇宙を舞台とするSFファンタジー『沈黙の惑星を離れて』出版。これは三部作で、続編が一九四三年、一九四五年に出版される。

一九三九年　四〇歳
九月、イギリス、ドイツに宣戦布告。

一九四〇年　四一歳
一〇月、宗教的著作『痛みの問題』出版。この世にはなぜ痛みと悪が存在するのか、という問題をめぐる考察。

一九四一年　四二歳
BBCラジオ放送の依頼で、キリスト教に関する放送講話を開始。放送は一回一五分で、一九四四年まで断続的に計二九回行われた。
キリスト教に関する知的に困難な問題を討議するための公開フォーラム、オックスフォード大学ソクラテス・クラブの創設に尽力（発足は一九四二年）。ルイスは会長に選任され、これ以降同クラブで多くの講演を行う。
一九四二年　四三歳
諷刺という手法を用いることによって神学的な問題に深く切り込む『悪魔の手紙』出版。ベストセラーとなり、スター的名声を得る。
七月、ジョン・ミルトン（一六〇八―一六七四）の『失楽園』（一六六七）を扱う『〈失楽園〉研究序説』、BBCの講話を収録した『放送講話』（のちに『キリスト教の精髄』に再収録）出版。
一九四五年　四六歳
七月、総選挙で労働党が大勝。アトリー労働党内閣発足。
一九四六年　四七歳
国民保健サービス法制定。
一九五〇年　五一歳
『ナルニア国物語』の第一作『ライオンと魔女と衣装だんす』出版。
一九五一年　五二歳
ムーア夫人死去。
オックスフォード大学詩学教授選任にお

いて、詩人・作家でもあるセシル・デイ・ルイス（一九〇四―一九七二）に敗れる。
『ナルニア国物語』の第二作『カスピアン王子』出版。

一九五二年　五三歳
以前から文通相手であった、ルイスの作品のファンのジョイ・デヴィッドマンと初めて会う。
BBC放送講話を編集した『キリスト教の精髄』、『ナルニア国物語』の第三作『ドーン・トレッダー号の航海』の出版。

一九五三年　五四歳
『ナルニア国物語』の第四作『銀の椅子』出版。

一九五四年　五五歳
『一六世紀英文学史』、『ナルニア国物語』の第五作『馬と少年』出版。
一一月、ケンブリッジ大学モードリン・カレッジに新設された中世・ルネサンス文学講座の初代教授に就任。これ以降、学期中はケンブリッジで、休暇と週末はオックスフォードのキルンズ荘で過ごす生活を送るようになる。

一九五五年　五六歳
九月、自叙伝『喜びのおとずれ』出版。
『ナルニア国物語』の第六作『魔術師のおい』出版。

一九五六年　五七歳
イギリス政府がジョイの滞在許可の更新を認めなかったため、四月、ジョイと書類上の結婚をして窮状を救う。ジョイの二人の息子は英国籍を得る。
『ナルニア国物語』の第七作『最後の戦い』、『愛はあまりにも若く』出版。
一九五七年　五八歳
『最後の戦い』によりカーネギー賞を受ける。
三月、骨癌で入院中のジョイと病室で結婚式を挙げる。
一九六〇年　六一歳
七月、ジョイ死去。
一九六一年　六二歳
妻ジョイの死をどのように受けとめたのかを記す『悲しみをみつめて』をN・W・クラーク名義で出版。
この頃より衰弱がひどくなる。
一九六三年
七月、心臓発作で一時危篤状態となる。
八月、ケンブリッジ大学に辞表を提出。
一一月二二日、死去。享年六四。

訳者あとがき

ナルニアの世界へ、ようこそ！

第六巻《かん》は『銀の椅子《いす》』――魔女《まじょ》にさらわれて地底《ちてい》の王国に幽閉《ゆうへい》されているリリアン王子を、わたしたちの世界からナルニアへ遣《つか》わされたジルとユースティスが救《すく》い出《だ》しに行く冒険《ぼうけん》物語である。

主人公のジルとユースティスは先進的《せんしんてき》な教育方針《ほうしん》で有名な「実験《じっけん》学校」の生徒《せいと》だったが、この学校は十数人のいじめっ子たちに牛耳《ぎゅうじ》られており、今回の冒険が始まった日にも、ジルはいじめられて体育館の裏《うら》で泣《な》いていた。そこに通りかかったユースティス・スクラブは、第五巻『ドーン・トレッダー号の航海《こうかい》』に登場したあの嫌味《いやみ》たっぷりな少年ユースティスなのだが、第六巻の物語が始まる前の夏休みにナルニアの世界に吸《す》いこまれて、ルーシーやエドマンドとともに〈東の海〉をめざす航海《こうかい》を経《けい》験《けん》し、その冒険《ぼうけん》を通じて人間として大きく成長《せいちょう》したあとだったので、いじめられて泣《な》いているジルに同情《どうじょう》し、なぐさめようとする。しかし、いじめっ子たちがジルを追って体育館の裏《うら》まで迫《せま》ってきた。

逃《に》げようとして学校の敷地《しきち》を囲《かこ》む石塀《いしべい》まで追いつめられた二人は、石塀の扉《とびら》の鍵《かぎ》が奇跡的《きせきてき》に開いていることを発見する。扉を開けて一歩踏《ふ》み出《だ》すと、そこはどんより曇《くも》ったイギリスの秋空ではなく、初夏《しょか》の日差《ひざ》しがまぶしいナルニアの世界だった。

アスランが二人の子どもたちをナルニアへ呼《よ》んだのは、カスピアン航海王《こうかいおう》と星の血を引く王妃《おうひ》（カスピアンがラマンドゥの島で見そめた星の娘《むすめ》）とのあいだに生まれたリリアン王子の行方《ゆくえ》を探《さが》して救《すく》い出《だ》す、という任務《にんむ》を与《あた》えるためだった。その任務を遂行《すいこう》するために、アスランは二人に謎《なぞ》のような四つの〈しるし〉を教える。

一、ナルニアに着いた直後に出会うユースティスの旧友《きゅうゆう》に声をかけること。

二、ナルニアの北方にある古代の巨人《きょじん》が営《いとな》んだ都の廃墟《はいきょ》へ行くこと。

三、廃墟《はいきょ》の石に刻《きざ》まれている言葉を見つけ、それに従《したが》うこと。
四、アスランの名において願《ねが》いを口にした最初《さいしょ》の人物が探《さが》し求める王子であると信《しん》じること。

ただでさえ謎《なぞ》めいた〈しるし〉なのに、ジルとユースティスが降《お》りたったナルニアでは次から次へと予期せぬできごとが起こり、二人は〈しるし〉をことごとくやりそこない、王子を探《さが》す冒険《ぼうけん》はそのたびに難《むずか》しくなる——。

ところで、主人公ジルのフルネームは、ジル・ポウルという。原書のスペルはJill Poleで、Poleは「ポウル」と発音する。よくある男の子の名前Paul（発音は「ポール」）と似《に》ているので、日本人の読者には少しややこしいかもしれないが、名前の「ポール」ではなくて姓《せい》の「ポウル」である、と意識《いしき》して読んでいただければ、混乱《こんらん》しなくてすむかと思う。

こんなことをわざわざ書くのはなぜかというと、第五巻《かん》までは主人公たちは「ルーシー」「ピーター」「エドマンド」「スーザン」「ユースティス」など下の名前で言及《げんきゅう》されていたのに対して、この第六巻《かん》では二人の主人公「ユースティス・スクラブ」と「ジル・ポウル」が名前ではなく姓《せい》で「スクラブ」「ポウル」と言及される場面がたびたび出てくるからだ。それは、ジルとユースティスが学校の同級生どうしであり、二人が通っていた先進的《せんしんてき》な「実験学校《じっけんがっこう》」では同級生を名前ではなく姓で呼《よ》びあう習慣《しゅうかん》になっていたということが背景《はいけい》にあるらしいのだが、それにしては、著者《ちょしゃ》ルイスはジル・ポウルのことは「ジル」と名前で言及し、一方でユースティス・スクラブのことは「スクラブ」と姓で言及している場面が多い。なんだかちぐはぐな感じがするのだが、おそらく、ルイスの頭の中ではこの物語の主人公は「ジル・ポウル」であり、主人公だから「ジル」と名前で呼ぶ一方で、ユースティスは主人公ジルの視点《してん》から見た同級生として「スクラブ」と姓で呼ぶ場合が多い……のではないかと訳者《やくしゃ》は考えている。ただ、その原則《げんそく》に一致《いっち》しない箇所《かしょ》もいくつかあり、訳者の中では依然《いぜん》として「ジル」と「スクラブ」の使い分けがいまひとつ納得《なっとく》できないので、訳稿《やくこう》では、ルイスがScrubbと書いているところは「スクラブ」、Eustaceと書いているところは「ユースティス」、Poleと書いているところは「ポウル」、Jillと書いているところは「ジル」と、原書の記述《きじゅつ》を厳密《げんみつ》に守って訳《やく》しておいた。読者のみなさんも、読みながらちぐはぐな印象《いんしょう》を受ける箇所《かしょ》があるかと思うが、原著者《げんちょしゃ》ルイスがどのような意図でその呼称《こしょう》を使ったのか、あれこれ想像《そうぞう》をめぐらせてみるのも一興《いっきょう》かと思う。

固有名詞《こゆうめいし》の発音については、主役の二人の名前以外《いがい》にも、Harper Children's Audio "The Chronicles of Narnia"（第六巻《かん》『銀の椅子《いす》』の朗読者《ろうどくしゃ》はJeremy Northam）として発売されているオーディオCDを聴《き》き、その発音をできるだけ正確《せいかく》にカタカナに写すようつとめた。原著者ルイスが原稿《げんこう》を書いているときに想定していた音に近い表《ひょう》現《げん》になっていると思う。

『ナルニア国物語』も、残《のこ》すところあと一巻のみとなった。光文社古典新訳文庫《こてんしんやくぶんこ》では、著者C・S・ルイス自身が生前に望《のぞ》んだように、『ナルニア国物語』の各巻《かくかん》を作品中の時系列《じけいれつ》にそった並《なら》べかたで紹介《しょうかい》してきた。今回の翻訳《ほんやく》で使用した原書Harper-

Collins Publishers 版《ばん》でも作品中の時系列《じけいれつ》にそって各巻《かくかん》が次の順《じゅん》で並《なら》んでおり（邦題《ほうだい》は光文社古典新訳《こてんしんやく》文庫でのタイトル）、現在欧米《げんざいおうべい》で出版《しゅっぱん》されている『ナルニア国物語』はこの並べかたが標準《ひょうじゅん》となっている。

第一巻『魔術師《まじゅつし》のおい』*The Magician's Nephew*
第二巻『ライオンと魔女《まじょ》と衣装《いしょう》だんす』*The Lion, the Witch and the Wardrobe*
第三巻『馬と少年』*The Horse and His Boy*
第四巻『カスピアン王子』*Prince Caspian*
第五巻『ドーン・トレッダー号の航海《こうかい》』*The Voyage of the Dawn Treader*
第六巻『銀の椅子《いす》』*The Silver Chair*
第七巻『最後《さいご》の戦《たたか》い』*The Last Battle*

これまで岩波書店から出版されていた『ナルニア国物語』（訳者《やくしゃ》・瀬田貞二《せたていじ》）では、七つの作品は『ライオンと魔女』（原書は一九五〇年刊《かん》）、『カスピアン王子のつのぶえ』(同、一九五一年)、『朝びらき丸　東の海へ』(同、一九五二年)、『銀のいす』(同、一九五三年)、『馬と少年』(同、一九五四年)、『魔術師《まじゅつし》のおい』(同、一九五五年)、『さいごの戦《たたか》い』(同、一九五六年)という順番《じゅんばん》で並《なら》んでいた。毎年一冊《さつ》ずつ作品が発表され、それを順に翻訳《ほんやく》していったのだから、瀬田訳《せたやく》が原書の刊行順《かんこうじゅん》になったのは当然《とうぜん》なのであるが、光文社古典新訳文庫《こてんしんやくぶんこ》でも第一巻《かん》から第六巻までがそろったのを機《き》に、原書の刊行順で読むとどんなふうにナルニアの世界が見えてくるのか興味《きょうみ》のある読者は、第二巻→第四巻→第五巻→第六巻→第三巻→第一巻の順に並べかえて手にとっていただければと思う。訳者《やくしゃ》としては、物語をより整理して理解《りかい》しやすいという理由と、読者のみなさんに世界標準《ひょうじゅん》の『ナルニア国物語』を味わっていただきたいという理由から、著者《ちょしゃ》ルイスの希望《きぼう》どおり物語の時系列《じけいれつ》に読むほうがいいと思っているが、『ナルニア国物語』はどの巻をとってもそれぞれに物語が完結《かんけつ》しているので、全七巻そろったあかつきには、トランプのカードを切るように七冊の順番をめちゃくちゃに並べて端《はし》から読んでいく、という読みかたをしても、少しも不都《ふつ》合《ごう》なく楽しめるだろう。

YOUCHAN（ユーチャン）さんによる挿絵《さしえ》もすっかり新訳《しんやく》『ナルニア国物語』の顔になり、挿絵に描《えが》かれた印象的《いんしょうてき》なシーンが文章と切《き》り離《はな》しがたく記憶《きおく》に焼《や》きついている読者のみなさんも少なくないだろうと思う。今回も、各章《かくしょう》の挿絵に加《くわ》えて、地上のナルニア国と地下の魔女《まじょ》の世界をわかりやすく描いた地図（地上と地下の断面《だんめん》図《ず》）が巻頭《かんとう》を飾《かざ》っている。本文を読みながら、ときどきこの断面図を眺《なが》めて、ジルとユースティスとパドルグラムの冒険《ぼうけん》を思《おも》い描《えが》いてみるのも楽しいだろう。

最後《さいご》になったが、この大作を訳《やく》す機会《きかい》を与《あた》えてくださった光文社古典新訳《こてんしんやく》文庫の創《そう》刊編集長《かんへんしゅうちょう》・駒井《こまい》稔《みのる》氏《し》と、新訳が完成《かんせい》するまでのプロセス全般《ぜんぱん》を支《ささ》えてくださる編集長の中町俊伸《なかまちとしのぶ》氏、訳稿《やくこう》やイラストのチェックから本のデザインや販売《はんばい》までまさに八《はち》面六臂《めんろっぴ》の活躍《かつやく》を続《つづ》けてくださっている光文社翻訳編集部《ほんやくへんしゅうぶ》の小都一郎《おづいちろう》氏に、心からの感謝《かんしゃ》を申しあげる。また、校閲《こうえつ》にたずさわってくださる方々に対する深い信頼《しんらい》と尊敬《そんけい》の気もちも、ここに記させていただく。

第六巻《かん》の最後《さいご》に、こんな一節《いっせつ》が出てくる。

リリアン王はナルニアをりっぱに治《おさ》め、その治世《ちせい》のあいだ、ナルニアは幸せな国だった。ただし、パドルグラムだけは（中略《ちゅうりゃく》）、よく晴れた朝のあとには雨降《あめふ》りの午後がやってくるものだし、良《よ》い時代はいつまでも続《つづ》くものではない、というようなことをたびたび口にした。

残念《ざんねん》ながら、パドルグラムの暗い予感が現実《げんじつ》となる日が、やがてやってくる。すべてのものに終わりがあるように、ナルニア国も終焉《しゅうえん》を迎《むか》えるときがやってくるのだ。読者のみなさん、続く第七巻『最後の戦《たたか》い』でナルニア国の終わりを見届《みとど》け、ぜひ、その先に広がる世界をのぞいてください。

二〇一七年一一月　　土屋京子

光文社古典新訳文庫

ナルニア国物語《こくものがたり》⑥
銀《ぎん》の椅子《いす》

著者　C・S・ルイス
訳者　土屋《つちや》 京子《きょうこ》

2017年12月20日　初版第1刷発行

発行者　田邉浩司
印刷　萩原印刷
製本　ナショナル製本

発行所　株式会社光文社
〒112-8011東京都文京区音羽1-16-6
電話　03（5395）8162（編集部）
03（5395）8116（書籍販売部）
03（5395）8125（業務部）
www.kobunsha.com

ISBN978-4-334-75367-2 Printed in Japan

いま、息をしている言葉で、もういちど古典を

長い年月をかけて世界中で読み継がれてきたのが古典です。奥の深い味わいある作品ばかりがそろっており、この「古典の森」に分け入ることは人生のもっとも大きな喜びであることに異論のある人はいないはずです。しかしながら、こんなに豊饒で魅力に満ちた古典を、なぜわたしたちはこれほどまで疎んじてきたのでしょうか。

ひとつには古臭い教養主義からの逃走だったのかもしれません。真面目に文学や思想を論じることは、ある種の権威化であるという思いから、その呪縛から逃れるために、教養そのものを否定しすぎてしまったのではないでしょうか。

いま、時代は大きな転換期を迎えています。まれに見るスピードで歴史が動いていくのを多くの人々が実感していると思います。

こんな時わたしたちを支え、導いてくれるものが古典なのです。「いま、息をしている言葉で」——光文社の古典新訳文庫は、さまよえる現代人の心の奥底まで届くような言葉で、古典を現代に蘇らせることを意図して創刊されました。気取らず、自由に、心の赴くままに、気軽に手に取って楽しめる古典作品を、新訳という光のもとに読者に届けていくこと。それがこの文庫の使命だとわたしたちは考えています。

このシリーズについてのご意見、ご感想、ご要望をハガキ、手紙、メール等で翻訳編集部までお寄せください。今後の企画の参考にさせていただきます。
メール　info@kotensinyaku.jp

光文社古典新訳文庫　好評既刊

魔術師のおい
ナルニア国物語①
C・S・ルイス
土屋 京子 訳

異世界に迷い込んだディゴリーとポリーの運命は？　悪の女王の復活、そしてアスランの登場……。ナルニアのすべてがいま始まる！　ナルニア創世を描く第1巻（解説・松本朗）

ライオンと魔女と衣装だんす
ナルニア国物語②
C・S・ルイス
土屋 京子 訳

魔法の衣装だんすから真冬の異世界へ——四人きょうだいの活躍と成長、そしてアスランと魔女ジェイディスの対決を描く、ナルニアで最も有名な冒険譚。（解説・芦田川祐子）

馬と少年
ナルニア国物語③
C・S・ルイス
土屋 京子 訳

カロールメン国の漁師の子シャスタと、ナルニア出身の〈もの言う馬〉との奇妙な逃避行！　隣国同士の争いと少年の冒険が絡み合う「勇気」と「運命」の物語。（解説・安達まみ）

カスピアン王子
ナルニア国物語④
C・S・ルイス
土屋 京子 訳

ナルニアはテルマール人の治世。邪悪なミラーズ王の暗殺の手を逃れたカスピアン王子は、ナルニア再興の希望を胸に、伝説の角笛を吹き鳴らすが……（解説・井辻朱美）

ドーン・トレッダー号の航海
ナルニア国物語⑤
C・S・ルイス
土屋 京子 訳

いとこのユースティスとともにナルニアに呼び戻されたエドマンドとルーシー。カスピアンやリーピチープと再会し、未知なる〈東の海〉へと冒険に出るが……。（解説・立原透耶）

光文社古典新訳文庫　好評既刊

失われた世界

アーサー・コナン・ドイル
伏見　威蕃　訳

南米に絶滅動物たちの生息する台地が存在すると主張するチャレンジャー教授。恐竜が闊歩する台地の驚くべき秘密とは？「シャーロック・ホームズ」生みの親が贈る痛快冒険小説！

宝　島

スティーヴンスン
村上　博基　訳

「ベンボウ提督亭」を手助けしていたジム少年は、大地主のトリローニ、医者のリヴジーたちと宝の眠る島へ。だが、コックのシルヴァーは、悪名高き海賊だった！（解説・小林章夫）

ジーキル博士とハイド氏

スティーヴンスン
村上　博基　訳

高潔温厚な紳士ジーキル博士と、邪悪な冷血漢ハイド氏。善と悪に分離する人間の二面性を追究した怪奇小説の傑作が、名手による香り高い訳文で甦った。（解説・東　雅夫）

新アラビア夜話

スティーヴンスン
南條　竹則
坂本あおい　訳

ボヘミアの王子フロリゼルが見たのは、「自殺クラブ」での奇怪な死のゲームだった。「ラージャのダイヤモンド」をめぐる冒険譚を含む、世にも不思議な七つの物語。

木曜日だった男　一つの悪夢

チェスタトン
南條　竹則　訳

日曜日から土曜日まで、七曜を名乗る男たちが巣くう秘密結社とは？　幾重にも張りめぐらされた陰謀、壮大な冒険活劇が始まる。奇想天外な幻想ピクニック譚！

光文社古典新訳文庫　好評既刊

不思議屋／ダイヤモンドのレンズ

オブライエン
南條　竹則　訳

独創的な才能を発揮し、ポーの後継者と呼ばれるオブライエン。奇抜な想像力と変幻自在のストーリーテリング、溢れる情感と絵画的な魅力に富む、幻想、神秘の傑作短篇集。

プークが丘の妖精パック

キプリング
金原　瑞人
三辺　律子　訳

二人の兄妹に偶然呼び出された妖精パックは、魔法で二人の前に歴史上の人物を呼び出し、真の物語を語らせる。兄妹は知らず知らずに古き歴史の深遠に触れるのだった―。

幼年期の終わり

クラーク
池田真紀子　訳

地球上空に現れた巨大な宇宙船。オーヴァーロード（最高君主）と呼ばれる異星人との遭遇によって新たな道を歩み始める人類の姿を哲学的に描いた傑作SF。（解説・巽　孝之）

飛ぶ教室

ケストナー
丘沢　静也　訳

孤独なジョニー、弱虫のウーリ、読書家ゼバスティアン、そして、マルティンにマティアス。五人の少年は友情を育み、信頼を学び、大人たちに見守られながら成長していく―。

天来の美酒／消えちゃった

コッパード
南條　竹則　訳

小説の〝型〟にはまらない意外な展開と独創性。短篇の職人・コッパードが、「イギリスの奇想、恐怖、不思議」に満ちた物語を詩情とユーモア溢れる練達の筆致で描いた、珠玉の十一篇。

光文社古典新訳文庫　好評既刊

海に住む少女
シュペルヴィエル
永田千奈 訳

大海原に浮かんでは消える、不思議な町の少女の秘密を描く表題作。ほかに「ノアの箱舟」、イエス誕生に立ち合った牛を描く「飼葉桶を囲む牛とロバ」など、ユニークな短編集。

ひとさらい
シュペルヴィエル
永田千奈 訳

貧しい親に捨てられたり放置された子供たちをさらい自らの「家族」を築くビグア大佐。だが、とある少女を新たに迎えて以来、彼の「親心」は、それとは別の感情とせめぎ合うようになり……。

オンディーヌ
ジロドゥ
二木麻里 訳

湖畔近くで暮らす漁師の養女オンディーヌは騎士ハンスと恋に落ちる。だが、彼女は人間ではなく、水の精だった—。「究極の愛」を描いたジロドゥ演劇の最高傑作。

オリヴィエ・ベカイユの死／呪われた家　ゾラ傑作短篇集
ゾラ
國分俊宏 訳

完全に意識はあるが肉体が動かず、周囲に死んだと思われた男の視点から綴る「オリヴィエ・ベカイユの死」など、稀代のストーリーテラーとしてのゾラの才能が凝縮された珠玉の5篇を収録。

クリスマス・キャロル
ディケンズ
池央耿 訳

クリスマス・イヴ、守銭奴で有名なスクルージの前に、盟友だったマーリーの亡霊が現れる。マーリーの予言どおり、彼は辛い過去と対面、そして自分の未来を知ることになる—。

光文社古典新訳文庫　好評既刊

仔鹿物語（上・下）『鹿と少年』改題

ローリングズ
土屋　京子
訳

厳しい開墾生活を送るバクスター一家。父ペニーがとっさに撃ち殺した雌ジカの近くにいた仔ジカに、息子ジョディは魅了される。しかし、厳しい決断を迫られることに……。（解説・松本朗）

アウルクリーク橋の出来事／豹の眼

ビアス
小川　高義
訳

絞首刑で川に落ちた男が敵の銃弾を逃れ着いた先を描く「アウルクリーク橋の出来事」。恋人からの求婚をなぜか拒む女を描く「豹の眼」。ひたすら「死」を描いた短篇の名手の十四篇。

若者はみな悲しい

フィッツジェラルド
小川　高義
訳

アメリカが最も輝いていた一九二〇年代を代表する作家が、若者と、かつて若者だった大人たちのリアルな姿をクールに皮肉を交えて描きだす、珠玉の自選短編集。本邦初訳多数。

黒猫／モルグ街の殺人

ポー
小川　高義
訳

推理小説が一般的になる半世紀前、不可能犯罪に挑戦する探偵・デュパンを世に出した「モルグ街の殺人」。現在もまだ色褪せない恐怖を描く「黒猫」。ポーの魅力が堪能出来る短編集。

アッシャー家の崩壊／黄金虫

ポー
小川　高義
訳

ゴシックホラーの傑作から暗号解読ミステリーまで、めくるめくポーの世界。表題作ほか「ライジーア」「ヴァルデマー氏の死の真相」「盗まれた手紙」など短篇7篇と詩2篇を収録！

光文社古典新訳文庫　好評既刊

黄金の壺／マドモワゼル・ド・スキュデリ

ホフマン
大島かおり 訳

美しい蛇に恋した大学生を描いた「黄金の壺」、天才職人が作った宝石を持つ貴族が襲われる「マドモワゼル・ド・スキュデリ」ほか、鬼才ホフマンが破天荒な想像力を駆使する珠玉の四編！

砂男／クレスペル顧問官

ホフマン
大島かおり 訳

サイコ・ホラーの元祖と呼ばれる、恐怖と戦慄に満ちた傑作「砂男」、芸術の圧倒的な力とそれゆえの悲劇を幻想的に綴った「クレスペル顧問官」などホフマンの怪奇幻想作品の代表傑作3篇。

くるみ割り人形とねずみの王さま／ブランビラ王女

ホフマン
大島かおり 訳

クリスマス・イヴに贈られたくるみ割り人形の導きで、少女マリーは不思議の国の扉を開ける……奔放な想像力が炸裂するホフマン円熟期の傑作2篇を収録。（解説・識名章喜）

鏡の前のチェス盤

ボンテンペッリ
橋本 勝雄 訳

10歳の少年が、罰で閉じ込められた部屋にある古い鏡に映ったチェスの駒に誘われる。「向こうの世界」には祖母や泥棒がいて……。20世紀前半のイタリア文学を代表する幻想譚。

白《びゃく》魔《ま》

マッケン
南條 竹則 訳

妖魔の森がささやき、少女を魔へと誘う「白魔」や、平凡な銀行員が〝本当の自分〟に覚醒していく「生活のかけら」など、幻想怪奇小説の大家マッケンが描く幻想の世界、全五編！

光文社古典新訳文庫　好評既刊

猫とともに去りぬ
ロダーリ
関口　英子　訳

猫の半分が元・人間だってこと、ご存知でしたか？　ピアノを武器にするカウボーイなど、人類愛、反差別、自由の概念を織り込んだ、知的ファンタジー十六編を収録。

羊飼いの指輪　ファンタジーの練習帳
ロダーリ
関口　英子　訳

それぞれの物語には結末が三つあります。あなたはどれを選ぶ？　表題作ほか「魔法の小太鼓」「哀れな幽霊たち」「星へ向かうタクシー」ほか読者参加型の愉快な短篇全二十！

野性の呼び声
ロンドン
深町眞理子　訳

犬橇が唯一の通信手段だったアラスカ国境地帯。橇犬のバックは、大雪原を駆け抜け、力が支配する世界で闘ううちに、やがてその血に眠っていたものが目覚めはじめるのだった。

白い牙
ロンドン
深町眞理子　訳

飢えが支配する北米の凍てつく荒野。人間に利用され、闘いを強いられる狼「ホワイト・ファング（白い牙）」。野性の血を研ぎ澄ます彼の目に映った人間の残虐さと愛情。（解説・信岡朝子）

カンタヴィルの幽霊／スフィンクス
ワイルド
南條　竹則　訳

アメリカ公使一家が買ったお屋敷には頑張り屋の幽霊が……（「カンタヴィルの幽霊」）。長詩「スフィンクス」ほか短篇4作、ワイルドと親友の女性作家の佳作を含むコラボレーション短篇集！

光文社古典新訳文庫　好評既刊

幸福な王子／柘榴の家
ワイルド
小尾　芙佐　訳

ひたむきな愛を描く「幸福な王子」、わがままな男と子どもたちの交流を描く「身勝手な大男」など、道徳的な枠組に収まらない、大人にこそ読んでほしい童話集。（解説・田中裕介）

うたかたの日々
ヴィアン
野崎　歓　訳

青年コランは美しいクロエと恋に落ち、結婚する。しかしクロエは肺の中に睡蓮が生長する奇妙な病気にかかってしまう……。二十世紀「伝説の作品」が鮮烈な新訳で甦る！

変身／掟の前で　他2編
カフカ
丘沢　静也　訳

家族の物語を虫の視点で描いた「変身」をはじめ、「掟の前で」「判決」「アカデミーで報告する」。カフカの傑作四編を、〈史的批判版全集〉にもとづいた翻訳で贈る。

ピノッキオの冒険
カルロ・コッローディ
大岡　玲　訳

一本の棒っきれから作られた少年ピノッキオは周囲の大人を裏切り、騒動に次ぐ騒動を巻き起こす。アニメや絵本とは異なる〝トラブルメーカー〟という真の姿がよみがえる鮮烈な新訳。

ねじの回転
ジェイムズ
土屋　政雄　訳

両親を亡くし、伯父の屋敷に身を寄せる兄妹。奇妙な条件のもと、その家庭教師として雇われた「わたし」は、邪悪な亡霊を目撃する。その正体を探ろうとするが——。（解説・松本　朗）

光文社古典新訳文庫　好評既刊

ドリアン・グレイの肖像

ワイルド
仁木めぐみ 訳

美貌の青年ドリアンに魅了される画家バジル。ドリアンを快楽に導くヘンリー卿。堕落するドリアンの肖像だけが醜く変貌し、なぜか本人は美しいままだった…。（解説・日髙真帆）

虫めづる姫君　堤中納言物語

作者未詳
蜂飼耳 訳

風流な貴公子の失敗談「花を手折る人」、虫ばかりに夢中になる年ごろの姫「あたしは虫が好き」……無類の面白さと意外性に富む物語集。訳者によるエッセイを各篇に収録。

オペラ座の怪人

ガストン・ルルー
平岡敦 訳

パリのオペラ座の舞台裏で道具係が謎の縊死体で発見された。次々と起こる奇怪な事件に、迷宮のようなオペラ座に棲みつく「怪人」の関与が囁かれる。フランスを代表する怪奇ミステリー。

すばらしい新世界

オルダス・ハクスリー
黒原敏行 訳

西暦２５４０年。人間の工場生産と条件付け教育、フリーセックスの奨励、快楽薬の配給で、人類は不満と無縁の安定社会を築いていたが、未開社会から来たジョンは、世界に疑問を抱く。

オリエント急行殺人事件

アガサ・クリスティー
安原和見 訳

大雪で立ち往生した豪華列車の客室で、富豪の刺殺体が発見される。国籍も階層も異なる乗客たちにはみなアリバイがあり……。名探偵ポアロによる迫真の推理が幕を開ける！

★続刊

白痴3　ドストエフスキー／亀山郁夫・訳

ムイシキン公爵と友人ロゴージン、美女ナスターシャ、美少女アグラーヤ……。はたして誰が誰を本当に愛しているのか？　謎に満ちた複雑な恋愛四角形は形を変えはじめ、やがてアグラーヤからの一通の手紙が公爵の心を揺り動かす。

幸福について　ショーペンハウアー／鈴木芳子・訳

人は幸福になるために生きているというのは実は人間生来の迷妄であると逆説的に語るショーペンハウアーの幸福論。名誉、地位、財産、他者の評価に惑わされず、その人が本来持っている個性や知性、人格を磨くことが第一に重要だと説く。

椿姫　デュマ・フィス／永田千奈・訳

パリの社交界で金持ちの貴族を相手に奔放な日々を送る美貌の高級娼婦マルグリット。彼女はある日、青年アルマンと出会う。初めて真実の愛に目覚めた彼女は、享楽的な生活を捨て、パリ近郊の別荘で二人は暮らし始めるのだが……。